雪鹰领主

我吃西红柿 著

◇ 新版 ◇

6

ARTTIME
时代出版
时代出版传媒股份有限公司
安徽文艺出版社

图书在版编目（CIP）数据

雪鹰领主：新版.6/ 我吃西红柿著. — 合肥：
安徽文艺出版社，2023.11
ISBN 978-7-5396-7828-3

Ⅰ.①雪… Ⅱ.①我… Ⅲ.①长篇小说—中国—当代
Ⅳ.①I247.5

中国国家版本馆CIP数据核字(2023)第147760号

XUEYING LINGZHU XINBAN 6

雪鹰领主 新版 6

我吃西红柿 著

出 版 人：姚 巍
责任编辑：卢嘉洋
装帧设计：曹希予　周艳芳

出版发行：安徽文艺出版社　www.awpub.com
地　　址：合肥市翡翠路1118号　邮政编码：230071
营 销 部：(0551)63533889
印　　制：北京盛通印刷股份有限公司　　　电话：(010)52249888

开本：710 mm×1000 mm　1/16　印张：18　字数：280千字
版次：2023年11月第1版
印次：2023年11月第1次印刷
定价：36.80元

目 录
CONTENTS

第308章

桥的尽头

金衣青年看向梅山主人："谢谢了。"

"没什么好谢的。"梅山主人摇摇头，"在时空神殿内的大多是可怜人，被强行抓去经历生死间的无数危机，许多人都心性扭曲入魔了，没入魔的大多出现了病态。可时空神殿根本不在乎，它要的只是从中筛选出强者。"

"就像神界培育虫兽的方法，"辰九也道，"其中就有让毒虫自相残杀之法。无数毒虫相互厮杀，最后活下来的就是最强的，而其他尽皆死亡。时空神殿也是这么做的。"

"唉，真羡慕武皇兄你，"金衣青年道，"摆脱了时空神殿的束缚。"

"我是看透了，心死了，宁死也要参加三次地狱级任务。"梅山主人说道。

金衣青年虽然受到很大的打击，可他毕竟长期处于时空神殿的压迫下，磨炼了意志，此刻已经强忍住悲痛，再度鼓起斗志。他想要在这条路上继续走下去，走得更远，直至将来复活那些曾与自己生死与共的同伴。

东伯雪鹰在一旁看着。

他还好，因为天赋够高，时空神殿无法逼迫他加入，只能邀请他。

说实话，对于时空神殿这种逼迫的行为，他并不喜欢。可是，时空神殿的主人是黑暗深渊和神界中最强大的存在之一，尤其在时空方面更是最强的，有绝对强大的力量。

在神界，也有很多看不惯时空神殿的。历史上，像梅山主人这种对时空神殿有很大怨气的肯定有很多。可那又如何？时空神殿一如既往地运行，依旧能强行把亿万世界、黑暗深渊中的凡人、恶魔抓走。

……

几人谈话时，最后一支队伍，也就是巫马海的队伍，闯过了飞翼毒蝎群的围攻，来到了陨石桥的后半段。

"厉害！"这是东伯雪鹰第一次近距离看到巫马海出手。

用一个字形容刚才的战斗场景，那就是快。

巫马海战斗时完全化作一道金光，快得惊人。在这几支队伍的队长中，巫马海的速度堪称第一，绝对在尤兰、梅山主人、辰九、金衣青年之上，甚至让东伯雪鹰有些心惊。

除了速度快以外，他还发出了带着毁灭性的攻击。他的兵器是两柄刀，双手各抓着一柄刀，攻击力极强。

那个高瘦男子巴晗修行了黑暗魔力，实力也颇强。他们俩的配合可谓天衣无缝，都没使用神级卷轴就成功通过陨石桥了。

"又是一个攻击力超强的。"东伯雪鹰看着巫马海，暗暗惊叹。

这几个没有一个是好惹的，他们都是掌握了两种二品真意的，而且都配合得比较好。

东伯雪鹰在赞叹别人的实力，殊不知别人同样对他的实力惊叹不已。战斗时，东伯雪鹰一直在虚界，别人要攻击他就得穿过虚界，这样一来，攻击的威力就大大减弱了。而东伯雪鹰攻击他们时，威力却丝毫不减。最重要的是，掌握了秘技的东伯雪鹰潜力比他们大得多。

他们现在面临的门槛，是三重境巅峰到神心境。这对他们而言是最大的门槛。许多超凡强者到死都跨越不了这个门槛。

凝聚神心，开辟神海，这是成神的两大超级门槛。对于掌握二品真意者而言，只要凝聚二品神心，则必定能轻松开辟神海。所以，他们成神唯一的门槛就是达到神心境，可这一步难得很，需要他们将自己过去的所有感悟完全整合，形成一个完美的整体。

而东伯雪鹰是要从二重境巅峰到三重境，不过这只能算是小关卡，只要再有些感悟即可，正常来说，时间一长就能突破。

四支队伍贴着一块块巨大的白色陨石高速飞行，白色陨石大的直径有数百里，小的直径只有数里，彼此连接，通往遥远的地方，在尽头处有一株巨大的连天藤，高度难以计算。

东伯雪鹰所在的队伍飞在最前面。

时间飞快流逝。

东伯雪鹰他们飞了几个时辰，依旧还在飞着。

"比夏族世界都大得多。"东伯雪鹰看了看旁边的黑暗虚空。

在陨石桥旁边的黑暗虚空看似普普通通，实则有汹涌的暗流，暗流威力极大。曾经闯荡过的夏族先辈尝试扔出一些超凡兵器、材料等物，它们被暗流直接撞击成粉末，化作虚无了。

按照辰九那边提供的情报，这暗流极为厉害，就连神器都可以碾压得粉碎。

这也是他们必须沿着陨石桥前行，必须通过连天藤的缘故。

"最后的阻碍了。"

东伯雪鹰看着这由无数白色陨石组成的长桥，长桥尽头是最后的，也是难度最大的阻碍——刀客。

如果自己单独行动，面对的就是一名银甲刀客；若四人一起行动，面对的则是四名刀客。

在浮空岛，自己面对的是大量的石雕守卫；之前自己也是一个人面对一群飞翼毒蝎；可在陨石桥的尽头，自己要面对的却只是一名银甲刀客。

为何？因为这名银甲刀客实力很强，是能媲美新晋神灵的神界战兵，而且据说掌握着太阴神心的规则奥妙。太阴神心是三品神心，看似和库蒙、诺诺安、巴晗、老贼他们境界相当，可架不住对方基础太强。这是真正神级的神界战兵，单单力量和速度就已经达到了惊人的地步，恐怕还在尤兰、辰九、梅山主人他们之上。银甲刀客全身无坚不摧，再配合这等规则奥妙，不亚于真正的神灵。

一对一，东伯雪鹰没有取胜的把握。

幸好无须击败银甲刀客，他只要想办法通过陨石桥即可。

"老贼、福叔，你们小心点，只要通过这里，接下来闯连天藤就容易多了……前期你们帮我一下，之后就可以返回了，你们的任务就算完成了。"辰九说道，"不过得小心，我们这次面对的将是四名银甲刀客。"

"嗯。"

老贼和福叔都点点头。

红石山主要有两段极具考验：

第一段，浮空岛和陨石桥……这是最基本的考验，对辰九、东伯雪鹰、尤兰、梅山主人等而言，单独行动更轻松，带着同伴反而需要分心照顾。

可到了第二段就不一样了，福叔可以施展神级卷轴帮助辰九，老贼则可以借助幻象分身帮忙查探。他们都有辅助之效，前期帮助辰九后，后期就可以返回了。因为越到后面，对个体的能力要求越高，他们无法继续跟着了。

所以，第一段带着他们，就是为了在连天藤上他们能帮上忙。

"辰九兄，面对银甲刀客时，我恐怕难以分心照顾你们。"东伯雪鹰说道，"我会施展虚界分身尽量迷惑对方，其他的恐怕就没办法了。"

"明白。"辰九微笑着点点头。

银甲刀客是要一对一的，很难应对。这也是他很担心老贼和福叔的原因。虽然老贼有幻象分身，可银甲刀客的刀光速度太快。神级神界战兵本就速度超快，太阴神心施展出的刀光仿佛一道弯月，恐怕一刀斩灭周围百米内的十个八个幻象分身都不是难事。

福叔则更危险。

辰九想着，只能凭借着自己的八臂尽量帮助老贼和福叔。

……

在陨石桥的后半段，东伯雪鹰他们飞了一天多才终于抵达尽头。

在白色陨石桥的尽头站着四名刀客，他们身上的银甲和陨石的颜色很像，面庞犹如刀刻斧凿，且个个背上有一柄战刀。

四名银甲刀客整齐地站着，彼此隔着一里的距离，都冷漠地看着东伯雪鹰他们四人。

"单独行动的话，你们的把握还大一些；你们四个一起行动，我们也会配合，哼，你们恐怕会吃亏。"一名银甲刀客开口道。

辰九、东伯雪鹰他们都没吭声。

如果单独行动，他们俩是很轻松，而老贼和福叔可就危险了；他们一起行动，辰九至少能庇护老贼和福叔，东伯雪鹰倒是不会分心去帮他们，不过在力所能及的情况下或许会出手。当然，他肯定首先得保全自己。

呼！呼！呼！呼！

东伯雪鹰他们四个瞬间化作流光冲了上去，同时，出现了一群幻象分身、虚界分身。东伯雪鹰进入了虚界。

"虚界？这个交给我对付！"其中一名银甲刀客身体一晃，冷冷地道。

作为神级的神界战兵，他的身体极为特殊，他轻松进入了虚界。

第309章

继续前进

东伯雪鹰并不和这名银甲刀客纠缠，他化作流光，迅速朝陨石桥之外冲去。

唰！银甲刀客速度也极快，迎着东伯雪鹰冲去，身影一闪就靠近了，跟着发出一道残月般的冰冷刀光，虚界内的空间开始冻结，刀光直接袭向东伯雪鹰的喉咙。

"滚开！"东伯雪鹰的长枪猛然击出，轰的一声，仿佛星星膨胀爆发出耀眼的光芒，跟着猛地塌陷，光芒收缩，化为一个点。

这个点化作长枪的枪尖，蕴含着旋涡般的引力，吸引着刀光朝他靠近。

那残月般的刀光散发出的恐怖寒气也侵袭过来。

引力陡然转化为斥力。在这急速转化下，刀光的方向受到了影响。

咻！长枪的枪杆擦着刀光而过，枪尖直接刺在这名银甲刀客的胸膛上。

银甲刀客往后踉跄了下，惊异地看了眼前这名超凡强者一眼。虽说虚界不同于真实世界，令他处处受到影响，速度变慢了，力量变弱了，实力还是可以发挥七八成。但是，这名银甲刀客不得不承认，那一枪的精妙在自己的刀法之上。

东伯雪鹰感觉到体表的星辰真意在寒气侵袭下微微震颤着，不过还好，护体的星辰真意未曾崩溃，更何况自己还有青甲守卫所化的衣甲保护。

"太阴真意不愧是至阴至寒的真意，仅仅外放寒气就如此惊人。一旦被击中，恐怕会被活活冻死吧。"东伯雪鹰的脑海中掠过这一念头，可身体丝毫不停，高速朝陨石桥冲去。

"别想走！"银甲刀客立即再度扑上来，猛然挥刀。刚才是没经验，现在知道对方枪法的诡异之处了，他便做好了准备。

"老贼、福叔，快，快，你们俩快走！"

一瞬间，辰九的八条灰色金属手臂隐隐显现出龙首虚影。他的攻击手段精妙，据东伯雪鹰判断，八龙真意应该是生死真意的变种。毕竟天地规则奥妙无穷，无数奥妙最终组合成了完整的天地规则，所以任何规则奥妙在理论上都是可以融合的。

这就导致出现了一些较为特殊的未知真意，可一般都能够找出相似的。辰九的八龙真意类似于生死真意，虽然带着诸多夺命绝招，却隐隐含着无尽生机，使得他的招数都很完美。

另外三名银甲刀客一交手就立即判断出，虽然他们的力量和速度占了优势，可辰九在规则奥妙上更强，而且他有八臂。他们三个就算一起上，恐怕也只能压制辰九这个半神级强者，难以取胜。所以，他们转而去对付老贼和福叔了。

"别想走。"辰九悍勇无比，迅速靠近老贼、福叔，同时八条手臂去纠缠银甲刀客。

银甲刀客想要灭了老贼、福叔，而辰九在旁边阻拦，他们自然得交手。

双方打斗起来。

银甲刀客在虚界内实力会被削弱，可在真实世界内实力丝毫不减。每一次和三名银甲刀客交手，辰九的手臂都被震得往后缩。一时间，他只能勉强竭力缠住其中两名银甲刀客，剩下的那名银甲刀客便袭向了福叔。

福叔体表有一层黑色光芒，手抓着一面盾牌。

"挡。"福叔用盾牌硬扛了那名银甲刀客的一击。

受到冲击后，福叔借力朝隙石桥那头更快地飞去。

"想走？"银甲刀客冷笑着以极快的速度追上，手中的战刀再次挥舞起来。

福叔虽然竭力靠盾牌抵挡着，可银甲刀客的刀法诡秘莫测，很快就有三刀劈在福叔身上。福叔体表的护体黑光开始震颤，而后就完全消散了。

"老光头。"老贼立马变出幻象分身，在一旁故意迷惑那名银甲刀客。可根本没用，那名银甲刀客盯着福叔，根本不理他。

嘭！福叔手中的半神阶盾牌被劈得抛飞开去，他的双手都有些麻木了。之前他的身体中了三刀，可盾牌却扛住了那名银甲刀客的十余次攻击，每一击的威力都比辰九、尤兰他们的力量更强。幸亏福叔的真意发挥出的威力也够强，才能借助盾牌连续挡住多次，可终究还是扛不住了。

嘭！

又一刀劈来。

福叔露出绝望的神色。

太快了！

即便福叔使用神级卷轴都来不及抵挡，神级卷轴需要取出且撕裂开来，还要用法力引导。而银甲刀客接连发出刀光，上一刀就劈飞了他的盾牌。紧跟着，银甲刀客又劈出了一刀，他哪里来得及抵挡？

"我就要死了？不，神级卷轴还在我身上啊。"福叔焦急，他可是队伍中唯一一个超凡法师。

"福叔。"辰九焦急赶来，却还是来不及。

"不好。"虚界中的东伯雪鹰见状立马行动，可也来不及。

就在这时，福叔身前忽然出现了一道身影。

那是老贼。只有他能够借助幻象分身瞬间切换，能来得及救福叔。

老贼手持着匕首闪电般地挡向那一刀。

嘭！挡住了！

弯刀劈在匕首上，紧跟着这弯刀蕴含的恐怖力量爆发了，直接压着匕首劈在了老贼身上。虽然身上穿着半神级的衣袍，可这一刀中蕴含的恐怖力量依旧透过衣袍冲击老贼全身，他整个人往后抛飞开去，眼睛瞪得滚圆。

这一次来挡的可是老贼的本尊啊，因为其幻象分身根本不可能挡得住。

迅速赶来的辰九立即猛然挥动手臂，怒拍向那名银甲刀客。

那名银甲刀客虽然用刀挡住了，却不由得往后踉跄。

这时候，福叔抱着受伤的老贼立即朝陨石桥那头冲去。一刹那，他们便已逃出去了。

"走。"辰九也立即飞逃。

陨石桥的另一端。

东伯雪鹰最先抵达，紧随其后的是抱着老贼的福叔。

"老贼。"福叔焦急地唤道。

"老贼，你怎么样？"辰九赶来后，连忙问道。

老贼咧嘴一笑："帮庄主……"他刚说三个字，整个身体就完全崩溃，化作了虚无。在那恐怖的一击下，老贼的身体根本扛不住，粒子层面都被摧毁了，只是强大的灵魂硬是让其身体维持了片刻，可他一开口身体就崩溃了。

"你怎么、怎么这么笨啊？"福叔眼中满含泪花，"明明知道挡不住还来挡。老贼啊，老贼……"

老贼掌握的是幻象真意。这一门真意，使得老贼自身能力并不强，攻击力也不占优势。就像在虚界中对手的攻击力会被削弱那样，只不过幻象真意相对好一点，可攻击力依旧会被削弱。老贼的攻击力也就媲美夏族半神榜前三的水准。只是，寻常他本尊幻象变幻，保命能力极强，刺杀能力也极强。

"我知道，我知道老贼认为我是超凡法师，我对庄主更有用，所以不惜舍命来救我……"福叔流着泪说道。在飞剑山庄时，他和老贼情同兄弟，自然很了解老贼。

辰九眼睛微微泛红。

福叔是他的长辈，老贼也是他的长辈，没想到老贼竟然死在了这里。可恨啊，如果自己实力更强点，能够缠住那三名银甲刀客就好了。

……

后面的队伍一一来闯。

梅山主人他们是分开行动的。黑衣男子使用神级卷轴独自行动，成功通过；而梅山主人带着白袍少女也成功通过了。他们队伍依旧全员活着。

金衣青年独自一人行动，自然也通过了。

最后闯的是巫马海，他的同伴巴晗死在了银甲刀客的手下。巫马海毕竟没有八臂，又不擅长远攻，只能对付一名银甲刀客。而那巴晗虽然实力颇强，都快到桥头了，可还是被银甲刀客一刀给斩灭了。

四支队伍中，只有梅山主人带领的队伍是完好的。

辰九带领的队伍，损失一人。

巫马海、金衣青年带领的队伍，都只剩他们自己。

"都来了。"此时气氛明显比较压抑。梅山主人又开口道，"大家应该明白，进入红石山后，就是九死一生。我们现在已经通过了陨石桥，等到了前面，也就是连天藤的底部，我们应该能够得到各自所需的东西。"

当初在神界，红石山的主人以红石山中的宝物为条件来收徒，吸引无数半神级强者来闯。这第一段较容易通过，其实就是一种恩赐。只要来了，实力不错的半神级强者，或者运气好的，通过陨石桥后都会得到一些奖励。至于连天藤这一关，那才是真正残酷的。

"走吧。"看着前方幽暗的大地，以及远处那一株看不到尽头的连天藤，东伯雪鹰开口道。

"走。"梅山主人、东伯雪鹰、辰九、金衣青年、巫马海、白袍少女、黑衣男子、福叔一同朝连天藤的方向走去。虽然此行损失很大，可在来之前，他们都已经预想到了。既然事情发生了，那就只能接受，继续前进。

第310章
连天藤下求解药

地上散发着泥土的腥味，周围长着杂草、野花。

从神界、时空神殿、凡人世界来的八人，正走向那巨大的连天藤。这八人中，最紧张的是东伯雪鹰。

因为其他七人的目标都很明确，都是必须沿着连天藤往上走，渡过重重危险，进入更上一层的空间，才能得到他们背后的界神们所渴望的宝物。

"只要解了毒，我就能全身心推演，将三门真意尽快推演到三重境，这样我各方面的实力都能大进，比梅山主人他们几个恐怕还要略胜一筹。"东伯雪鹰心生期待，"到时候，以我的实力，我完全有资格在红石山内弄到许多宝物，我弄到的宝物定比黑风老祖的多得多。"

黑风老祖当初为什么不甘心？为什么还想要再进去？就是因为危险降临，他是被迫选择离开红石山的。

而自己的实力比黑风老祖强得多，特别是解毒后实力将再度提升，自己能弄到的宝物肯定多得多，说不定比整个夏族的宝物都要多。

……

东伯雪鹰心中忐忑。连天藤极为庞大，虽然他们老远就看到了，可他们依旧走了半个多时辰才来到连天藤的底部。

连天藤的底部，无数扭曲的根部从泥土中冒出来一部分，仿佛一条条大蛇，其他大部分则扎根在泥土深处。

"这浮空大陆直径有百万里，几乎被连天藤的根须覆盖。"辰九在一旁说道，"这还是在神界大能的控制下，否则连天藤的根须能够覆盖更为庞大的范围。"

八人终于停下，他们都看着前方，等待着。

东伯雪鹰更是强行压抑住心头的情绪。

忽然——

连天藤的主干上渐渐浮现出一道身影，她容貌美丽绝伦，头发是绿色的，身上裹着绿色树叶形成的衣服，整个人有一种独特的气质。这绿发女子赤着脚，身上还散发着神秘的气息。

"年轻的超凡强者们，"绿发女子缓缓降落在地上，面带微笑，"我叫奚薇。恭喜你们，顺利来到我面前。奉圣主之令，我会给来到我面前的超凡强者赠予一份礼物。告诉我，你们想要什么。兵器、宝物、秘术，还是进入修行洞天？只要是你们想要的，都可以提出来。能满足你们的，我都会尽量满足的。"

"奚薇前辈，"巫马海恭敬地行礼，"我想要观看一次开天辟地印记。"

他们都不敢有丝毫不敬。

这位奚薇前辈实际上是连天藤显现出的一个化身。这连天藤可是界神级生物，据说在界神级生物中都是极为厉害的，寻常的界神级生物碰到它都抵挡不住，甚至可能会毙命。他们这些小小的超凡强者哪里敢放肆？若冒犯了这位奚薇前辈，很可能会丧命，到时后悔都来不及。

"观看一次开天辟地印记？"奚薇笑了，"你这小家伙还真会选，去吧！"

嗡！

一股波动笼罩了巫马海。

巫马海顿时消失不见了。

"你们呢？"奚薇看向其他人。

"奚薇前辈，我也想要观看一次开天辟地印记。"白袍少女恭敬地道。

"我也想观看一次开天辟地印记。"

"……想观看一次开天辟地印记……"

一个个都迅速做出了选择。

东伯雪鹰在一旁看着，没有吭声。

夏族这么多年搜集到的情报很丰富，而且许多异界来客都和夏族有交易，夏族搜集到的情报中自然有关于开天辟地印记的介绍。

传说，神界大能能够超越一切规则，拥有匪夷所思的能力。比如，别人不能念他们的真名，一旦念出，他们就能感应到，便会隔着遥远的空间距离将对方瞬间消灭。此外，他们还有复活的能力，这是众所周知的。连时空神殿也无法在大能面前庇护轮回者。

大能们还能开天辟地，开辟出一个崭新世界来。

在开天辟地时，一个崭新世界的无数规则奥妙会逐渐形成，这是非常好的参悟机会。

当然，想要亲眼看到一位神界大能开天辟地是很难的。在红石山内，观看开天辟地印记，其实就是观看红石山主人留下的一份印记。只要用精神去感应，就能"观看"红石山主人开天辟地时的场景。虽然效果不如亲眼看到，可这样的机会也很难得了。

在神界，在黑暗深渊，要观看一次这样的印记都是非常难得的。因为只有神界大能才能费尽千辛万苦留下一份印记，不可能掉价地公开叫卖，所以超凡强者平常很难有机会观看到。

"小家伙，就剩下你一个了。"奚薇看向东伯雪鹰。

此刻，其他七个已经被挪移走，去观看开天辟地印记了。

东伯雪鹰深吸一口气，而后说道："奚薇前辈，我想要一份解药……解除我体内的鬼六怨巫毒。"

"解毒？"奚薇轻轻摇头，"鬼六怨巫毒可是神级巅峰的巫毒大师才能配制出的毒，而你们通过浮空岛、陨石桥，这只是通过最基本、最简单的考验……圣祖虽然允诺赠予你们一份礼物，可都是些半神级宝物，价值是有限的。而鬼六怨巫毒的解药，已经超出了我能给你的礼物的价值。"

"奚薇前辈，我虽然中的是鬼六怨巫毒，但只是被巫神剑刺中，中的并非原始的巫毒，毒性要弱得多。"东伯雪鹰连忙说道。

如果他中的是原始的巫毒，肯定没指望。可他中的只是削弱版的巫毒，所以一直心存希望。

　　"小家伙，我一眼就能看出你中的巫毒，"奚薇说道，"你无须解释。虽然你中的不是原始的巫毒，可那解药也超出了礼物的价值，我没办法给你。"

第311章
巨大的惊喜

"不一定要解药，只要能解毒，什么办法都行，"东伯雪鹰连忙说道，"甚至只要能压制毒性都行。"

"压制毒性？你不是在服用苦百回吗？这是最合适的压制毒性之法了。"奚薇说道。

"难道你们红石山连削弱版的鬼六怨巫毒都解不了？"东伯雪鹰急了。

他早就知道，通过最基本、最简单的考验，红石山赠送的礼物价值是有限的。可像观看开天辟地印记或进入修行洞天，其实价值都是非常高的，拿十件百件神器都很难换取到这样的机会。

不过，开天辟地印记是红石山内部就有的。外人观看一次，对红石山而言并没什么损失。修行洞天也是红石山内部就有的，让超凡强者们进去修行，对红石山而言也没任何损失，所以红石山都是愿意的。

东伯雪鹰觉得，自己中的鬼六怨巫毒只是削弱版的，红石山应该有办法解毒，毕竟红石山的主人可是一位神界大能啊。

"除了解药，当然还有其他办法可以解毒。"奚薇缓缓说道，"不过，那几种办法的价值都远超解药了。"

"我、我……"东伯雪鹰不知道该说什么好了。

"你真的不能给我解毒？"东伯雪鹰再次问道。

"不能。"

听到这一回答，东伯雪鹰沉默了。

其实他早就做好了心理准备。之前他和辰九他们聊到通过陨石桥后想要得到什么宝物时，他只说希望得到解药，并无绝对把握。可他之前认为红石山神秘、强大，应该能搞定小小的鬼六怨巫毒，可事实证明他错了。

这是神级巅峰的巫毒，即便只是削弱版的，想解毒也没那么容易。

"看来只能执行另外的计划了。"东伯雪鹰暗道。

他为什么想要和其他队伍一起行动？就是担心通过陨石桥后无法解毒。

他想过诸多计划。

第一计划是最容易实现的，就是通过红石山最基本的考验，在连天藤下成功解毒。随后他会先修行，尽快突破到三重境，而后在连天藤的第一片藤叶上进行冒险，想办法得到诸多宝物。

连天藤一共有五片巨大的藤叶，每片藤叶比一颗普通的星星都大得多。

第一片藤叶上，有危险，也有无数奇遇。像黑风老祖的那些神界战兵、神界生物尸体都是在第一片藤叶上得到的。可正因为有危险，后来黑风老祖捏碎了符牌，随即被送出了红石山。

每一个人通过最基本的考验后，在闯连天藤前都会从奚薇那里得到一块符牌。

连天藤上太危险了，越往上越难闯，辰九、梅山主人这种层次的半神级强者闯过连天藤的希望都很渺茫。可在遇到危险时，是可以捏碎符牌，直接选择放弃的。放弃了，就能活着离开。所以，当年在红石山闯荡的人，除了一些不要命的，谨慎的都来得及捏碎符牌保命。

当然，辰九、梅山主人他们不同，他们都是接到界神命令来此的，都签下了誓约，所以不可能选择放弃，必须活着抵达更上一层的世界，得到界神所需的宝物。如果无法成功，就算靠着符牌活着离开，最终也会在誓约惩罚下身死。

"第一片藤叶和第二片藤叶上都有着诸多奇遇。"东伯雪鹰暗道，"我们夏族的半神级前辈中有极少数进入了第一片藤叶，并且带着宝物离开了。"

在危险到来时只需立即捏碎符牌，所以对那些夏族半神级强者而言，红石山最基本的考验反而是最难的。

"数年来，我们夏族通过最基本考验的极少。"东伯雪鹰暗道，"不过，晁青前辈非常幸运地抵达了这里。"

数年来，进入红石山的夏族半神级强者很多。可要通过最基本的考验都很难，浮空岛、陨石桥对普通的半神级强者而言简直就是绝境。所以，一般是拥有夏族半神榜前三实力的，或者冠绝一时的，才会进来冒冒险，碰碰运气。

按照概率，冠绝一时的，十个进来闯荡，一般只有一个能活着通过。

而实力排夏族半神榜前三的进来闯荡，恐怕也只有一个能侥幸通过。

晁青就是这幸运的一个。

晁青用的方法是夏族半神级强者们经常用的方法——驾驭一艘半神阶飞舟来闯荡。半神阶飞舟很难被摧毁，所以是能够硬扛石雕守卫、飞翼毒蝎、银甲刀客的攻击的。宁可被攻击，也别被阻拦住。一旦被阻拦住，被困住，那就必死无疑。必须靠速度，以最快的速度冲过去。

浮空岛相对比较容易闯，石雕守卫们的速度仅仅每秒百里。如果一人闯，围攻的石雕守卫不会太多；驾驶着一艘飞舟去闯，运气好的话，是能闯过去的。

至于飞翼毒蝎，十只普通飞翼毒蝎的攻击力比较弱，只是神级飞翼毒蝎比较难缠，最难对付的还是银甲刀客。

银甲刀客的刀法境界高，一旦被他缠住，飞舟速度慢下来，那就死定了。

晁青带来的是东伯雪鹰从魔神会总部所得的宝物中的一艘半神阶飞舟，飞舟上的符纹是雷电类的。其实，这些速度快的飞舟上面的法阵一般都是雷电、光芒、风等能加速的符纹。

晁青凝聚了雷神神心，在雷电方面最擅长。单论速度，不算上东伯雪鹰，他是夏族最快的，能达到每秒五百里。

借助飞舟，他的速度能够达到每秒七百里，比老贼、福叔他们还要快。

靠着速度，靠着拼命，晁青侥幸通过最基本的考验，后来在奚薇那里选择了进入修行洞天，之后就再也没有消息了。如今，他已经过了三千年的寿命大限了。

当然，选择乘坐飞舟闯荡，也是纯粹拼运气，冠绝一时的强者一般是不会这么做的。乘坐飞舟时，人在飞舟内是无法对外界进行攻击的。一旦被困住，比如被一群石雕守卫包围，这时候再出来战斗几乎是送死。

"我们夏族历代半神级强者，运气好，成功通过的，一般都是去第一片藤叶上弄些宝物。"东伯雪鹰摇摇头，"我原本也想这么做，可惜不行了，我必须借助第一片藤叶和第二片藤叶。"

连天藤的那五片藤叶中，最前面的两片藤叶上都有着无数奇遇。或许红石山的神界大能想要借此吸引一些半神级强者来闯连天藤。

"我希望在第一片藤叶上就突破到三重境。"东伯雪鹰暗道，"如果不行，就在第二片藤叶上找到时间流速快的地方。宁可和辰九他们分开，我留下来修行，也必须达到三重境后再往上行。"

在第二片藤叶上，有的地方时间流速很慢，有的地方时间流速很快。

时间流速快的地方过去一个月，可能外界才过去一天。

东伯雪鹰想要借助这样的环境修行个十年二十年，毕竟自己中了鬼六怨巫毒，理论上是能撑两百年的，现在自己才活了百年。

至于保持战斗力，估计也能够再撑五十年。所以，他宁可在第二片藤叶上修行十年二十年，让自己的实力提升。

一旦极点穿透真意、虚界真意、星辰真意都跨入三重境，那么自己的实力就会蜕变。

至于达到三重境巅峰，时间上根本来不及。

达到三重境就够了，他的实力就能超越辰九、梅山主人他们了。而且，若虚界真意达到三重境，他能够像老贼那样实现身体和虚界分身互相切换，到时候，保命能力也会大增，就有底气闯过连天藤了。

……

东伯雪鹰站在那里，脑海中急速思考着。

奚薇则微微摇头："小家伙，我无法给你解毒，不过你还是得选择一件礼物。要不，你也观看一次开天辟地印记？在神界，这都是很难得的。你若选择进入修行洞天也不错，这是我们红石山给护法弟子修行的地方，对修行大有裨益。"

在神界时，辰九、巫马海他们一般都得到过好的修行环境。

在时空神殿，梅山主人、金衣青年他们也兑换过好的修行环境。

而夏族半神级强者们选择观看开天辟地印记的较少，大多选择进入修行洞天，他们毕竟是凡人世界的，从来没有在好的环境中修行过。毕竟修行洞天对他们的帮助还是很大的。

"我看你天赋颇高就进入了红石山，你应该是这夏族世界的绝世超凡强者吧。你还能创出秘技。若在神界或黑暗深渊，你恐怕早就解毒了。"奚薇道，"你若去修行洞天也是不错的。你体内的巫毒离完全控制不住还早得很，你可以去修行洞天修行五十年。百年前，你们夏族也有一个即将到大限的超凡强者进来，他选择进入修行洞天，然后幸运地开辟神海，成为神灵了。"

此刻，东伯雪鹰完全愣住了，脑海中一片空白。

第312章
晁青成神

"他、他是不是叫晁青？"东伯雪鹰很快回过神来，连忙焦急地问道。

"这我就不知道了。"奚薇惊讶地道，"他成神的事，难道你还不知道？如果我没猜错的话，他和你应该都是夏族的吧。"

"是！"东伯雪鹰连连点头，随即顾不得其他，一挥手，天地力量在他的面前迅速凝聚，显现出晁青的图像。

"是他吗？"东伯雪鹰再度问道。

"嗯。"奚薇点点头。

东伯雪鹰的内心被无尽狂喜充斥。

晁青前辈开辟了神海，成为神灵了?!

"太好了，太好了，真是太好了。"东伯雪鹰无比激动，就算自己成功解毒了，他恐怕都不会如此欣喜，"晁青前辈成为神灵了，我们夏族如今又有一位神灵了。即便巫神和大魔神发动战争，我们夏族也有可以抵抗的力量了。"

晁青前辈没死，这值得欢喜；晁青前辈成为神灵，更值得庆贺。

一位神灵，论实力，不一定比得上东伯雪鹰、辰九、尤兰他们这一层次的超凡强者，可神灵有着特殊的技能，比如能够操纵丁九战船。

"有晁青前辈在，就有源源不断的神力，可以尽情地催动丁九战船。就算丁九战船上的法阵复杂，难以完全参悟，晁青前辈也可以用神力催动，丁九战船发挥出的威力自然不一样。"东伯雪鹰激动不已。

"奚薇前辈，"东伯雪鹰又问道，"他出去了吗，还是依旧在红石山？"

"早就出去了。"奚薇回道，"他原本可以在修行洞天内持续修行千年，不过他成神后并没有逗留，立马就出了修行洞天。而且，以他的实力，无法接受神灵级的考验，自然出了红石山。他应该回归夏族了吧。"

在红石山，除了半神级考验，还有神灵级考验。当然，接受考验的得是真正的神灵。像神之分身这类实力被压制在半神级极限的，是算不上真正的神灵的，也不能算是半神级强者。

"出了红石山，回夏族了？"东伯雪鹰疑惑，"那他是什么时候成神的？"

"你问这么多，你和他有仇吗？"奚薇皱眉。

她觉得不对劲，明明晁青早就成神了，难道这个来自夏族的小子不知道？她没再细说。

东伯雪鹰思索着："晁青前辈只有三千年的寿命，他必定是在大限前成神的。也就是说，他应该早在数十年前就回归夏族了。可是，我根本没听说他回了夏族。陈宫主他们遭到尤兰挑衅时，他也没出现过。可他明明出了红石山，他还拥有神之领域，他稍微释放一点神力就会惊动整个夏族世界。这只能说明一点，他故意隐匿起来了。"

想到这里，东伯雪鹰两眼放光，露出喜色。

"夏族半神级强者中恐怕还有魔神会的奸细，为了揪出那些奸细，晁青前辈特意隐匿起来，没把自己成神的事告诉任何一个超凡强者，甚至都没告诉陈宫主。"东伯雪鹰暗暗点头，"陈宫主虽然对夏族绝对忠诚，可他一言一行说不定早被藏在暗中的奸细所窥视。所以，晁青前辈没告诉任何人，这才是绝对的保密。"

"如果晁青前辈公开此事，巫神和大魔神会立即知晓，自然清楚攻打夏族会很困难，恐怕宁可熬过数年，等晁青前辈进入神界后再攻打夏族。"东伯雪鹰想通了这一点，"巫神和大魔神就算不推迟计划，强行攻打夏族，在得知晁青前辈成神之后，恐怕也会有所准备。"

毕竟在对付夏族方面，巫神和大魔神最忌惮的是东伯雪鹰。

如今，晁青却是隐藏在暗中的一大杀招了。

隐藏的杀招，威力更大。

"晁青前辈隐藏在暗中，主动权在我们的手里。"东伯雪鹰暗暗欢喜，"晁青前辈可真能忍啊！尤兰那次肆意挑衅，晁青前辈竟然都没出手。也对，小不忍则乱大谋。和巫神、大魔神相比，尤兰只是一个小麻烦罢了。"

"奚薇前辈，"东伯雪鹰笑容灿烂，"我选择去观看一次开天辟地印记。"

此时，东伯雪鹰无比轻松。

之前，他压力很大，担心整个夏族的存亡。而现在，他一下子压力小了好多，心情无比畅快。

"好。"奚薇点点头，随即一挥手。

一股空间波动笼罩下来，东伯雪鹰瞬间消失不见了。

夏族世界。

洁白的沙滩旁，一艘木船漂荡着，木船上有一名衣着破烂的老头在钓鱼，此人正是晁青。

他看似在平静地钓鱼，实则神之领域仔细感应着周围的世界。整个夏族世界中，稍微大一点的战斗动静，他都能感应到。论感应能力，作为掌握神之领域的神灵，他如今是夏族世界中最厉害的。当然，一旦神之分身降临，又另说了。

神之分身降临的灵魂都是界神级的伟大存在，虽说威力被夏族世界强行压制在半神级极限，也就能排夏族半神榜前三，甚至比不上冠绝一时的库蒙将军、诺诺安等。可规则奥妙太过高深，其威力虽弱，依旧能斩灭新晋神灵。

尤兰、东伯雪鹰他们这种级别的强者，在神之分身面前，一样能被斩灭。

"幸好雪鹰这小子够厉害，在关键时刻，挡住了那个叫尤兰的来自黑暗深渊的半神级强者。"晁青钓着鱼，心中暗道，"否则那尤兰恐怕会屠戮整个夏族，我也得暴露。"

当时，尤兰轰破黑白神山的镇山法阵、击灭酆东时的动静虽不算很大，可晁青还是感应到了，迅速前往，比东伯雪鹰早些抵达黑白神山。

晁青远距离暗中看着，甚至忍不住想要现身，毕竟他不可能眼睁睁地看着夏族世界的人被屠戮。幸好最后东伯雪鹰及时赶到，还解决了尤兰，这让他颇为欣慰。当初他看着长大的小家伙，如今的实力丝毫不亚于已经成神的他。

"那一支支队伍都去红石山了，雪鹰也去了，希望雪鹰能在里面解除巫毒，一飞冲天吧。我成神后，对巫神和大魔神虽有威胁，但并不是致命的。若是雪鹰能够成神，巫神和大魔神就死定了。"晃青期待着东伯雪鹰能在红石山内一飞冲天。

……

红石山内，一处隐秘的区域。

东伯雪鹰、福叔、辰九、梅山主人等都在峡谷外。

"东伯雪鹰，你也来了？"辰九惊讶地道，"你也选择观看开天辟地印记？"

"嗯！你们怎么都在这里站着？"东伯雪鹰好奇地问道。

"进不去。"旁边的福叔说道，"观看开天辟地印记，得轮着来。巫马海正在里面，等他观看完了，我们才能一个接一个进去。"

东伯雪鹰点点头。

第313章
开天辟地印记

辰九立即反应过来，连忙低声问道："东伯雪鹰，你体内的巫毒解了？"

闯过浮空岛、陨石桥，就是通过红石山最基本的考验，能得到一份礼物。东伯雪鹰竟选择观看开天辟地印记，那他体内的毒解了？

"解不了。"东伯雪鹰摇摇头，"奚薇前辈说了，鬼六怨是神级巅峰的巫毒，解药太过珍贵，远远超过一份礼物的价值。"

"可你中的不是原始巫毒啊。"辰九又道。

"就算我中的只是削弱版巫毒，解药的价值依旧远超一份礼物的价值。"东伯雪鹰神色黯然。

旁边的梅山主人、金衣青年、白袍少女等看向东伯雪鹰，虽然都有些同情东伯雪鹰，可都没说什么。

"唉，巫毒确实恐怖得很，"辰九叹息道。他的挚爱就是中巫毒而死的，他的飞剑山庄都没法救，"更何况，鬼六怨还是神级巅峰的巫毒。如果是原始巫毒，神级巅峰强者中了都会饱受折磨，想要解毒，付出的代价恐怕超过神阶极品兵器。"

神器，从大的层次分，也是分成神阶、界神阶，乃至更高的等阶。

像巫神剑、雪前辈这类的，都算是神阶极品神器。半神级强者是无法催动的，他们能催动的都是一些神阶下品神器。

而巫神剑和雪前辈有一个共同点，都是血炼神兵，和主人一起成长，从神阶下品逐渐成长为神阶极品。因为兵器本身受到材质等多方面限制，神阶就是极致。正因为是血炼神兵，所以才可能由半神级强者操纵。不过，这对操纵者灵魂的要求极高，需要和血炼神兵原始的主人灵魂相近才能催动。

"所以，擅长炼制巫毒的神级强者在神界也是很可怕的。"辰九道，"只是我没想到，你中的只是削弱版的巫毒，可在红石山也不能解。"

"毕竟是神级巅峰的巫毒。"一旁的梅山主人开口道，"诸位难道没发现这红石山赠予的礼物其实价值很低？红石山连一件神器都不肯给，给的只是半神级的宝物。提供价值极高的开天辟地印记和修行洞天，对红石山而言又没任何损失。"

在场的人纷纷点点头。

"对，红石山就是靠开天辟地印记和修行洞天吸引人来呢。"辰九摇头一笑，"总归要给半神级强者们足够的吸引力，否则来红石山冒险的会很少。"

"当初在神界，红石山吸引了无数半神级强者，甚至还有神灵前来。当然，神灵来红石山接受考验，对手都是神级巅峰强者。"福叔在一旁说道。

"不能怪红石山小气。"东伯雪鹰道，"无数半神级强者乃至神级强者来闯，如果红石山赠予的礼物太贵重，时间久了，红石山也扛不住，自然要控制礼物的价值限度。只有开天辟地印记、修行洞天这类不需要付出什么代价的礼物，红石山才能大方提供。"

"嗯。"

在场的人再次点头表示赞同。

"东伯雪鹰，没想到，你没有解毒，都能如此看得开。"旁边的金衣青年道，"佩服，佩服。"

东伯雪鹰淡淡一笑。

之前他有些焦急、不甘，不过晃青前辈成神的事让他心情大好，轻松了许多，也就看开了。人总得往前看，不能总是奢望有好运气。

……

巫马海在峡谷内观看着开天辟地印记。半个时辰后，轮到白袍少女进去了。

大家轮流进去，每人能观看半个时辰。

东伯雪鹰是最后一个来的，也就排在了末尾。

哗！眼前的峡谷被无形的力量笼罩着。忽然力量消失，不再形成阻碍。此刻，峡谷口就剩下东伯雪鹰孤零零一个人，他迈步入内。

峡谷中很是寂静。

东伯雪鹰看到前方站着一名黑袍老者。

"年轻的超凡强者，"黑袍老者看向东伯雪鹰，冷漠地道，"观看开天辟地印记没过多久，一般都会陷入感悟中。不过半个时辰后，我依旧会将你挪移送回奚薇那儿，这一点你得明白。"

"是，前辈。"东伯雪鹰恭敬行礼。

"这就是开天辟地印记。"黑袍老者指向峡谷旁边的一面崖壁。

东伯雪鹰转头看去。

崖壁上有着无形力量阻挡，可紧跟着这无形力量迅速撤去，露出了一个巨大的凹坑，表面有手指纹路。东伯雪鹰一眼就判断出，这是一根巨大的手指点在这崖壁上留下来的。

"你无须多想，用精神去感应。"黑袍老者道。

"是！"东伯雪鹰盘膝坐下，随即灵魂力量弥漫，渗透那个凹坑。

当灵魂力量触碰凹坑的一刹那——

东伯雪鹰"看到"了。

那是一片广袤寂静的黑暗虚空，黑暗虚空中站着一名红发红袍老者。这名老者仿佛一团无比耀眼的火焰，他的头发、眉毛、胡须都是火红色的，双眸也是火红色的。他站在那里，无形的威压让黑暗虚空都在震颤。

东伯雪鹰即便只是透过印记"看到"，都发自内心地敬畏。

老者伸出右手的食指，朝前方的黑暗虚空一点。他的食指仿佛急剧变大，似乎充斥视野；又仿佛很小很小，渗透黑暗虚空的最内部。

"极点！"

东伯雪鹰瞬间明悟。他从手指这一点感觉到了极点。指尖仿佛一个极点，代表万事万物的终结，也代表万事万物的起始。

轰——

一指点出，虚空裂开，天地初始能量涌动，一个世界在这一点下逐渐扩张。

时间、空间，开始在这个世界内显现。

还有一丝神秘的波动，弥漫整个世界。

当然，还有耀眼的火光，笼罩整个世界。

世界最终成形。

这是一个庞大的世界，植物开始生长，奇异的虫兽诞生。虽然这是迥异于夏族世界的另一个世界，可这个世界一样有万事万物。

哗！一切结束。

崖壁上再次出现无形的力量，阻挡东伯雪鹰继续观看。

东伯雪鹰盘膝坐在峡谷内，完全沉迷其中。他清楚地记得，刚才显现出的整个天地世界的诸多最根本的规则奥妙，特别是自己颇有研究的极点穿透真意，还有那红发红袍老者用一根手指头开天辟地的场景。

一时间，东伯雪鹰脑海中生出无数想法。他不禁让手指在面前一次次挥动，或犹如枪尖刺出，或犹如一掌拍击而出……

旁边的黑袍老者看着这一切，面无表情，他早就习惯了。在神界时，不知道有多少超凡强者，甚至神灵，在这观看开天辟地印记，如痴如醉。

可甭管他们多么沉迷，半个时辰一到，即便会打扰到他们参悟，他依旧会强行将他们挪移送走。

第314章
突破到三重境

峡谷内。

东伯雪鹰盘膝坐在崖壁前，旁边的黑袍老者仿佛枯木般站着。

随着时间一分一秒过去，东伯雪鹰的眉头不禁皱了皱。

"该死！"

疼痛逐渐变得强烈。

虽然在进入峡谷观看开天辟地印记之前，东伯雪鹰就喝了一次药，可是巫毒越来越不受控制了。在外面时，东伯雪鹰必须一个时辰喝一次药。而在红石山内，为了不影响战斗，他半个时辰就必须喝一次药。

可是，参悟和战斗是不一样的。参悟，那是完全沉浸其中的，疼痛不断加剧，还是影响到了东伯雪鹰。不过，他却不愿意停止参悟。开天辟地的场景实在太震撼了，让他产生了无数想法。他要趁脑海中的灵光没有散去，迅速一一验证。

"太神奇了，天地规则竟然如此浩瀚，我过去所感悟的只是沧海一粟罢了。"东伯雪鹰满怀激动。他过去没有师父教导，完全是靠自己一心体悟。而在观看开天辟地印记时，一个崭新的世界形成时的种种规则奥妙外显，让他见识了无数规则。

"极点穿透还可以这样施展，和真正的极点相比差得好远。

"我的星辰真意还真浅显啊！

"虚界终究只是虚界，只有真正的世界才是完美的吧！"

此刻，东伯雪鹰感到仿佛天堑一般的实力差距，再也没有丝毫骄傲。

那红发红袍老者一指点出，就开辟出了天地。

若是自己有这样的实力，一个凡人世界自己也能随手就覆灭吧，巫神和大魔神又何足惧？

"时间到了！"那冷漠的声音再次响起。

一股波动笼罩东伯雪鹰，而后强行将他扔出了这片空间。

东伯雪鹰眼前场景一变，空间强行挪移的感觉让他的身体颇为难受，脑袋一阵眩晕："奚薇前辈挪移的时候那么温柔，这个黑袍老者却这么粗鲁。"

"东伯兄。"辰九的声音响起。

东伯雪鹰发现自己回到了连天藤底部，旁边的正是辰九、福叔、巫马海、梅山主人、金衣青年、黑衣男子、白袍少女。

"辰九兄。"东伯雪鹰微笑道。

"哈哈……被强行扔出来，你颇为难受吧？"辰九打趣道，"我也觉得不舒服。我被扔出来后，看到的许多东西就遗忘了大半，不过收获还是挺大的。你感觉如何？"

"震撼。"东伯雪鹰说道。

"是啊，开天辟地，这是大能才能做到的。"辰九点点头，"如果能多看几次开天辟地印记就好了。"

"观看一次就够了，次数多了，怕是效果会越来越弱。"东伯雪鹰说道。

"我们准备在这里修行三天，三天后就开始沿着连天藤往上走。"辰九笑道，"看来，你还是要和我们一起走。"

"当然一起。"东伯雪鹰道。

随即，东伯雪鹰他们一行八人就在连天藤底部开始参悟、修行，尽量消化之前的感悟，都希望有所突破。在修行前，奚薇送给了他们每人一个符牌。

……

连天藤底部，虚界内。

东伯雪鹰喝了药后就练起了枪法。

其他七人静坐参悟，可东伯雪鹰参悟的效果弱，还是要一次次用枪法验证的。

轰！轰！轰！

东伯雪鹰的长枪快得化作了无数幻影。每一击，枪尖隐隐有黑点。枪法之快，比他刚进入红石山时明显提升了一大截。

"痛快，痛快，达到三重境就是不一样。"东伯雪鹰露出喜色。

他的极点穿透真意突破到三重境了。

哗啦！无数枪影时而犹如雪花飘散，时而仿佛神龙摆尾。

不知不觉，三天已过。

"感觉还是差一些。"东伯雪鹰有些遗憾。他连续三天练枪法，也只是让极点穿透真意突破，星辰真意和虚界真意还没有突破。

"三重境本就不是什么大门槛，极点穿透真意已突破，星辰真意和虚界真意还欠缺些。"东伯雪鹰深知这一点，但并不着急。

"我们走。"

东伯雪鹰他们一行八人沿着连天藤主干迅速往上飞。

连天藤主干极粗，在近距离下肉眼难以看清其末端，主干上还有无数藤蔓缠绕着。东伯雪鹰他们沿着主干往上飞，离主干越远，就感觉到黑暗星空中的暗流越强。

这一次，他们足足飞了九天。

因为知道在飞行途中不会有危险，所以东伯雪鹰控制自己每过一个时辰就喝一次药。

"第一片藤叶！"东伯雪鹰他们继续往上飞，忽然感觉到无形的阻碍仿佛一层屏障，挡住了他们的去路。

他们俯瞰下方，发现连天藤主干上长出了一片奇大无比的藤叶。之前无数藤蔓上有些很小的藤叶，这很平常。可这片藤叶太庞大了，从远距离观看，这片藤叶的面积恐怕比夏族世界还要大。这连天藤真不愧是界神级生物！

"年轻的超凡强者们。"旁边连天藤主干上浮现出了奚薇的身影。

"奚薇前辈。"东伯雪鹰等八人都恭敬行礼。

"这五片藤叶是圣主给超凡强者们定下的考验。"奚薇缓缓说道，"前面的考验太简单，从这里开始才是真正筛选人才的考验。完全通过者将会成为圣主的护法弟子，并获得诸多特权。"

在场八个，包括东伯雪鹰，个个都很期待。

成为圣主的护法弟子后，能够得到一些宝物，其中就有对界神都有很强吸引力的宝物。

辰九、巫马海、尤兰他们一个个被界神送下来，而后进入红石山，就是为了得到这里的宝物。至于解毒，东伯雪鹰若能成为圣主的护法弟子，解毒估计是小事。

"你们应该知道通过第一片藤叶的办法。"奚薇遥遥指向第一片藤叶的核心，"那核心处有一根长藤，长藤连接着连天藤上方的主干。"

"只要抵达那根长藤，你们就算成功通过了，可以沿着长藤前往第二片藤叶。不过，第一片藤叶上有无数奇遇，也有危机，在抵达长藤之前，你们都得小心。"奚薇说完后，微微一笑，"祝你们好运，希望在第二片藤叶还能看到你们。"

奚薇说完，随即身影融入了连天藤主干。

"我们先走一步。"梅山主人说道。

梅山主人带着白袍少女、黑衣男子直接俯冲而下，飞向那片巨大的藤叶。

"哎！"金衣青年刚开口，只见梅山主人他们已经飞远了，随即看向辰九，"辰九兄，我们一起走吧？"

巫马海也转头看向旁边的辰九他们，努力挤出一丝笑容："辰九、东伯雪鹰，咱们一起走吧！"

第315章
奇遇和危机

金衣青年、巫马海都看向辰九带领的队伍。

"我们队伍的人够多了。"辰九说道。

"我有神级卷轴，都给你们。"巫马海再次挤出笑容，努力劝说，"放心吧，等会儿我一定在前面探路，战斗时也会挡在最前面。"

金衣青年也说道："我也有神级卷轴，我也愿意给辰九兄。"

东伯雪鹰在一旁看着，没有出声。这事还是让辰九决定吧。

神级卷轴是很有用，可金衣青年、巫马海都是超凡骑士，都用不了神级卷轴，拿了也白拿。金衣青年队伍中的妖媚妇人血薇是超凡法师，能使用神级卷轴，巫马海队伍中的高瘦男子巴晗也能使用神级卷轴，可惜都死了。

"我们队伍有神级卷轴，而且你们应该明白，队伍中的人越多，危险系数就会越高。抱歉，我没办法带上你们，我们走。"辰九说道。

辰九、东伯雪鹰、福叔都朝下方俯冲而去。

"哼！"巫马海看着下方，眼中有怒意。

"他不带我们也是正常的。巫马海，要不我们联手吧。这第一藤叶世界，空间诡秘莫测，随时可能出现危险。我们两人联手，更能抵挡危险。"金衣青年道。

"可两人一起行动，危险更大，死的可能性更高。"巫马海冷哼一声，"我们还是各自为战吧。"

嗖！巫马海也俯冲下去。

金衣青年独自站在连天藤主干旁的半空，轻轻摇头："此行真是不顺利啊！我无法使用神级卷轴，在第一藤叶世界中太危险了。"

"我一定能成功，一定能！"金衣青年极力安慰自己，随即也俯冲而下。

东伯雪鹰、辰九、福叔降落在第一藤叶世界的边缘。

看了一眼远处分开行动的巫马海和金衣青年，东伯雪鹰暗松一口气。

"辰九兄，这第一藤叶世界和第二藤叶世界可不好闯啊。"东伯雪鹰道。

"这就需要东伯兄的虚界分身帮忙查探了。"辰九说道。

二人相视一眼，都笑了。

红石山中危机重重，越往后，越考验个体的实力。

连天藤的五个藤叶世界，一个比一个难闯。

第一藤叶世界、第二藤叶世界……闯入者好歹还能一起行动。

而从第三藤叶世界开始则是完全考验个体实力了，团队无法再一起行动。

当然，因为和辰九他们一起行动，在前两个藤叶世界，东伯雪鹰会轻松很多。

"关于第一藤叶世界，东伯兄，你们夏族的情报更详细啊。"辰九遥遥看着。

这巨大的第一藤叶世界中，山脉起伏，有一些平整的道路，有荒野，甚至远处还有奇异的金属建筑。

"我们夏族的一些前辈不敢奢望闯过连天藤，所以来第一藤叶世界寻找奇遇，尽量弄些宝物。"东伯雪鹰笑道，"一旦遇到生命危险，就立即捏碎符牌，放弃闯荡，立马离开。因为前辈们一直在寻找奇遇，所以对这个藤叶世界的记载格外详细。"

"我们这次可不能胡乱冒险。"辰九道，"我们是三人一起行动，遇到的危险会很大，尽量别招惹敌人。"

"明白。"东伯雪鹰点点头。

按照原先的第一计划，如果在奚薇前辈那儿就解了毒，那么东伯雪鹰会在第一藤叶世界内尽量停留得久一些，探寻一处处区域，尽量弄更多的宝物。弄到十几个神界战兵，乃至一些神器，这都是有可能的，可现在他不能这么做。因为奇遇越多的地方，危险就越大。

"快看那座塔！"辰九遥指远处。

东伯雪鹰和福叔看过去，一眼就看到远处杂草中隐约有一座银灰色的金字塔。

"七阶星塔?!"福叔惊呼道，"庄主，这可是星塔，七阶的星塔！"

"眼馋了？"辰九摇摇头，"我也眼馋，它比我们整个飞剑山庄无数年积累的宝物还珍贵，把它卖掉甚至能买一两个神级巅峰的奴隶。可这第一藤叶世界有一个规矩，奇遇越大，危险就越大啊。"

东伯雪鹰听得咂舌。

"买神级巅峰的奴隶？

"神界有奴隶？神灵当奴隶？"东伯雪鹰忍不住问道。

辰九看了看东伯雪鹰，感慨道："是啊，其实神界比你想象中的残酷得多。"

东伯雪鹰若有所思。

"听说，红石山在神界的时候，第一藤叶世界中的宝物并没有这么多。"辰九说道，"那位大能死后，红石山坠落在这凡人世界，反而在第一藤叶世界里放置了许多极为珍贵的宝物，估计是想要吸引更多更强的半神级强者进来闯荡。"

东伯雪鹰也眼馋了，可夏族的情报早就记载了，第一藤叶世界中越是显眼夺目的宝物，越不能去碰。

黑风老祖也就走运，弄了些神界战兵而已。

"准备出发。"辰九说道，"福叔，施展法术吧。"

"嗯。"福叔拿出一份灰蒙蒙的神级卷轴，轻轻一捏。

嗡！神级卷轴立即碎裂，两股灰蒙蒙的气流钻进了福叔的眼中。他的眼睛顿时变成灰色，仿佛能够看透一切。

"空间之眸。"辰九说道，"有了这门法术，我们就安全多了。"

空间之眸和神级卷轴是辰九专门为闯荡第一藤叶世界准备的。

像梅山主人、巫马海、金衣青年他们，一个个都是带着神级卷轴的，可巫马海和金衣青年没法使用神级卷轴，所以只能去拼命了。

梅山主人虽然掌握了完整的空间真意，可除非凝聚空间神心，否则他对空间的感知比不上空间之眸。空间之眸是一门神级巅峰的空间法术，且专注于探查方面。

"东伯兄，麻烦你的虚界分身在前面查探。"辰九道。

"没问题。"东伯雪鹰点点头。

之前辰九的队伍配置是最好的，老贼负责去前方查探情况，福叔负责施展神级卷轴。有他俩在，辰九能较为轻松地通过前两个藤叶世界。至于去后面三个藤叶世界，那就只能靠他自己了。福叔他们是必须止步于第三藤叶世界，和辰九分开的。

东伯雪鹰之所以能继续跟着，一来，他之前就在这队伍，也算有点功劳，辰九不好推辞；二来，他的虚界分身能帮忙查探情况。

至于巫马海、金衣青年，只能自求多福了。

"走！"

东伯雪鹰的九个虚界分身分散在周围数千里内。

辰九、福叔、东伯雪鹰本尊，开始朝第一藤叶世界的核心处前进。

……

在第一藤叶世界的核心处，离那根长藤数十里的丘陵旁有几块乱石。乱石内，看起来没有什么异常。就算探查，也探查不到任何危险。因为这里的空间形成了重叠，除了正常空间，还有一个隐藏空间。

重叠的隐藏空间内，正盘膝坐着一名裹着白布的黑皮肤青年，正是比东伯雪鹰他们早一个月进入红石山的尤兰。作为来自黑暗深渊的恶魔，尤兰的黑暗魔力自然也能使用神级卷轴，他较为轻松地抵达了长藤。

咚——

远处隐隐有波动传来。

"战斗？"尤兰立即睁开眼睛，眼中隐隐泛着金光。他咧嘴一笑，露出了洁白的牙齿，"来了？他们终于来了！"

"东伯雪鹰，你杀了诺诺安和库蒙，没他们帮我探路，又害我中了巫毒，我岂能放过你？"尤兰眼中满是杀意。

从黑暗深渊的底层爬上来，他本就是睚眦必报的。他虽然中了巫毒，可毒性比东伯雪鹰中的还要弱，毕竟只是被刺中一次。适应了这么久，身上的毒已不再影响他战斗了。

"我早来一个月，在这里辛苦地搜集到了一些宝贝。

"东伯雪鹰，就等你来了呢！

"你抵达第一藤叶世界终点的时候，就是你……殒命的时候！"

尤兰冷哼一声，随即闭上眼睛，默默等待。

第316章

躲不掉

这里永远是黑夜，夜空中布满星星。当然，这些都是红石山主人布置的。

夜空下。

巨大的第一藤叶世界内，东伯雪鹰等三人在一座荒山山脚下留宿，点燃篝火，烤着肉，时不时割下来一块，大口吃着，又喝着美味的果酒，偶尔抬头看看夜空中绚烂的星星，好不惬意。

"真舒坦！"东伯雪鹰露出一丝笑容，"六天了，我们总算能放松一下了。"

"多亏了东伯兄弟。若非你和庄主，这六天，我恐怕早就死了。"一旁的福叔笑呵呵地说道。

"别这么说，我们各有分工罢了。如果不是福叔你能够远距离发现敌人，我们可没这么轻松。"东伯雪鹰说道。

旁边的辰九点点头，道："这六天里，我们一共遭到十五次袭击，除了六次是敌人突然来袭，其他九次都是敌人远距离杀过来。据情报，我们去第一藤叶世界核心的长藤处的途中应该再无危险。还剩下三十多万里的路程，等会儿吃好喝好，我们就一气呵成飞过去。"

"嗯。"

东伯雪鹰、福叔都点点头。

按照界神们提供的情报，通过第一藤叶世界，排除奇遇伴随着的危险，正常行进时将遭到十五次袭击。十五次袭击都扛下来后，他们就不会再遭到袭击了。

东伯雪鹰暗暗庆幸。幸亏有福叔的空间之眸能够远距离发现敌人，让他们有所防备，甚至能靠极快的速度逐个击破。就算敌人从一些隐藏空间突然冲出来，福叔也能发现。如果没有福叔，那些敌人恐怕会一直潜行到他们面前，直接进行刺杀，那就不好对付了。

"我们走吧。"辰九起身。

东伯雪鹰快速啃完手中的骨头，又拿出一个酒壶，仰头喝了一口药。

"东伯兄，你饱受巫毒折磨，还吃肉、喝酒，有感觉吗？"辰九笑着问道。

"当然有感觉！不信，你可以试试。"东伯雪鹰打趣道。

"我可不想试。那尤兰痛苦号叫的样子，我可忘不了。"辰九说道。

三人当即继续赶路。

他们一路飞行，一路闲聊，轻松得很。

除了奇遇伴随的危险外，再无其他危险，他们自然很轻松。

至于奇遇伴随的危险，也不足为惧。东伯雪鹰的虚界分身就在前面探路，他们是按照虚界分身飞过的路线前进的，自然很安全。

很快，他们离第一藤叶世界核心的长藤越来越近。

"闯荡第一藤叶世界还算轻松。"东伯雪鹰暗道。虽然遇到了一些小麻烦，但他和辰九联手解决起来颇为轻松。

就在东伯雪鹰心情极好时，忽然——

嗡——

他们撞在一片空间涟漪上。紧跟着，他们三个同时消失不见了。

"怎么回事？"

东伯雪鹰、辰九、福叔都脸色大变。

明明刚刚还在飞行，且他们速度都不快，否则也不会六百万里路程就飞了整整六天。他们怎么突然就来到了这里？

"这里是……？"

东伯雪鹰察看，发现这是一个密封舱室，有千米长、三百米宽、三百米高。舱室内空荡荡的，只有角落有一尊雕像和一个箱子。

那是一名拿着狼牙棒的肥胖战士的雕像，箱子则是黑色的金属箱子。

"不应该啊。这路明明是东伯兄弟的虚界分身经过了的，虚界分身都没进来，我们怎么进来了？"福叔感到疑惑。

"奇遇！"辰九皱眉，"我们碰到奇遇了。"

"麻烦了。"东伯雪鹰也皱眉。

福叔微微色变："我们一路上都避开奇遇，可竟然还是进来了。"

夏族先辈们拼命想要找到奇遇，可东伯雪鹰、辰九他们都竭力避开，就是因为奇遇伴随的危险是未知的……谁也不知道奇遇是大是小。就怕碰到大奇遇，大奇遇伴随的大危险很可能是他们无法抵抗的，甚至可能会令他们丧命。

"奇遇，除了许多公开显现在外面的，还有一些是隐藏的。有些不但隐藏着，而且还一直在移动。"辰九无奈地说道，"我们都小心点，危险随时可能降临。"

"嗯。"东伯雪鹰点点头。

辰九、东伯雪鹰、福叔的目光都落在舱室角落里的雕像和黑色金属箱子上。因为这里别无他物，就只有这雕像和箱子，这很可能是经历奇遇所得的战利品。

"看起来一般。如果我没看错的话，那雕像是一个神界战兵。"辰九说道，"第一藤叶世界里的神界战兵几乎都是半神级的。"

东伯雪鹰点点头。

半神级神界战兵在这里算是较为普通的，一般也就有夏族半神榜前十的实力，能在前三就算很厉害了。

神级战兵则很昂贵，一个神级战兵的价值在百个半神级战兵之上，当然意味着这样的奇遇要危险得多。

不过，东伯雪鹰根本不需要神级战兵，因为神级战兵无法进入夏族世界。

"不就一个神界战兵？"东伯雪鹰心中略微一松。这算很简单的奇遇，那黑风老祖当初弄到了好些神界战兵呢。

"不对。"东伯雪鹰瞳孔一缩。

"或许箱子内有什么。"辰九说道，忽然他发现了东伯雪鹰表情的变化。

东伯雪鹰立即传音："快看那神界战兵的兵器和铠甲。"

辰九立即看去，甚至通过八龙真意的无形规则领域去查探，脸色大变。

雕像身上的铠甲，还有手中拿着的狼牙棒，竟然都是神器。

"神器？"

辰九和东伯雪鹰相视一眼，都紧张起来。

普通的神器比半神级神界战兵的价值高一些。可是，铠甲和狼牙棒的价值是完全不同的。一件防御类铠甲神器一般相当于十件攻击类神器。

"对方还有防御类神器，这下麻烦了。"辰九皱着眉传音，"东伯兄，你让你的虚界分身去看看那箱子里有什么。"

"一旦触碰那箱子，很可能会惊动那个神界战兵，恐怕危机就会降临。"东伯雪鹰道。

"嗯。"辰九当即做好了准备。

东伯雪鹰心念一动，一个和东伯雪鹰长得一模一样的虚界分身凭空出现，而后直接移动到那雕像的旁边，闪电般地伸手抓向箱子，欲打开。

"滚！"

那雕像眼中闪烁着光芒，手中的狼牙棒猛然一挥。

那雕像就在黑色金属箱子旁边，出手自然快得很，狼牙棒直接轰击在东伯雪鹰的虚界分身身上。

轰——

东伯雪鹰的虚界分身相对弱小得多，只有资深半神级强者的实力，当即倒飞开去，胸口上就出现一个大窟窿。

"这神界战兵没什么威胁。"东伯雪鹰传音。神界战兵的实力也就达到半神级巅峰，估计有夏族半神榜前五的水准。至于神器，神界战兵催动不了神器，神器在神界战兵身上就是样子货。

"小心！"东伯雪鹰的脸色陡然大变。

"怎么了？"

辰九、福叔都露出疑惑之色。

他们也都竭力查探，却没发现异常。

哗！一条手臂粗的深青色触手从虚空中伸出，猛然一甩，鞭子般抽向了辰九。那触手抽打时发挥出的威力极大，让整个舱室都不断震荡起来。

第317章
虚界生物

辰九的眼中闪过一丝暴戾，他右手直接一拳砸出，隐隐有一条黑龙在咆哮。这一拳威力完全内敛，舱室内根本没有一丝余波。

嘭！当他的拳头和那触手碰撞的一刹那，威力立即爆发。

一股阴毒的力量瞬间沿着触手传递向隐藏在虚界中的未知生物的全身。

"小心，是虚界生物，有八条触手。"东伯雪鹰本尊立即传音，同时身影一闪，也进入了虚界。

轰隆隆——

正面交手没占到便宜，自己还受了伤，那虚界生物怒了。一瞬间，一条条深青色的触手从虚界中挥舞而出，足足五条长长的触手几乎同时笼罩向辰九。

辰九脸色一变，陡然显现出八条手臂。

论近战的战斗技巧，这次进入红石山的人中，他恐怕是排第一的。八龙真意包含各种复杂的战斗方式，或凶猛，或阴毒，或诡异，且都有生死转换不灭的意境，再配合八臂的唯我真意，近战的攻击力极强。之前闯陨石桥的时候，就算三名银甲刀客围攻，都奈何不了他。

辰九正面抵挡那一条条触手，同时其中的两只手抓住一条触手猛地往外拽："给我出来！"

辰九的唯我真意力量强大，远超此次来红石山闯荡的其他超凡强者。

啪！那条触手竟然断了。

其他触手迅速收回。

那断掉的触手掉落在舱室地面上，挣扎了一下，就迅速钻进了虚界。

"虚界生物？"辰九皱眉，直接传音，"东伯兄，看来得靠你了。"

"交给我吧。"东伯雪鹰的声音在舱室内回荡。

虚界内。

一袭白衣的东伯雪鹰舔舐了下嘴角，嘴里还有些苦涩，这是喝下苦百回后留下的。他手持一杆火红色长枪，看着前方那仿佛八爪章鱼的生物。

此刻，它回到了虚界，断掉的触手也连接上了。它悬浮在虚界内，八条触手随意伸展着，笼罩着周围二三十米。

它的红色眼眸正盯着东伯雪鹰。

"进入红石山后，我还是第一次遇到虚界生物。"东伯雪鹰暗道。

虽然之前遇到过一些能进入虚界的，比如石雕守卫、神级飞翼毒蝎等，可它们都不是真正的虚界生物。在虚界内，它们是受到很大的阻碍的，速度、力量等都受到影响。并且，它们在虚界内的一举一动都会造成很强的波动。就算在外界，东伯雪鹰都能感应到它们的存在。

可虚界生物不同，它们在虚界内是自由自在的，不受任何阻碍，且移动时悄无声息，就像掌握了虚界真意的超凡强者。

"虚界真意？"那八爪虚界生物看着东伯雪鹰，发出低吼声，"超凡强者，你的虚界真意真弱啊，你都无法和虚界融为一体。"

"你不也没做到吗？"东伯雪鹰手持长枪，冷冷地道。

"我靠的是天赋，和你可不一样。虚界真意这么弱，你的实力恐怕远不如外面那个八臂超凡强者吧。"八爪虚界生物嗤笑道。

它和辰九短暂交过手，就对辰九有了忌惮。辰九的近战能力很强，它恐怕难以获胜。不过它在虚界内，辰九也奈何不了它。

这就是虚界生物的可怕之处。

它们能轻易偷袭敌人，敌人却难以找到它们。

不过，这次辰九的队伍中有东伯雪鹰。

"外面的八臂超凡强者是厉害，至于我的实力嘛，你试试不就知道了？"东伯雪鹰道。

呼！八爪虚界生物瞬间挥动触手，八条触手直接向东伯雪鹰笼罩了过来，威势浩荡。

"它能和辰九正面对决，力量方面绝对达到了神级。不过，它似乎在规则奥妙方面弱了些。"东伯雪鹰想着，身影一闪。

八爪虚界生物大吃一惊："好快！"

极点穿透真意达到了三重境，东伯雪鹰的移动速度也就飙升到每秒千里。在近距离战斗时，他的动作变化自然快得多。

轰！长枪枪杆旋转着，划出一道弧线，隐隐仿佛一颗庞大的星星陡然膨胀，爆发出耀眼的光芒。紧跟着，急剧缩小，化为一个点。

八爪虚界生物妄图抵挡，可东伯雪鹰这一枪带着旋涡般的引力和超快的速度，它的触手没能抵挡住，就被东伯雪鹰一枪刺在了头上，它的头瞬间湮灭。可很快，它的八条触手迅速后退，头再度长出来。

"好强的生命力！"东伯雪鹰暗暗嘀咕，"我的枪法威力极强，面对库蒙将军都是一击灭杀。这八爪虚界生物竟然能硬扛。看来我这秘技还没完善，完善后估计会好很多。"

他的极点穿透真意刚达到三重境，星辰真意依旧处于二重境巅峰，两种真意构成的秘技星辰陨灭击自然得跟着改变。因为二者的威力高低不等，彼此结合时有些麻烦，所以还需多花费些时间完善这秘技。可不管如何，相较于进入红石山前，秘技威力还是强大了三四成。

八爪虚界生物也被这一枪的威力给震慑住了。紧跟着，它更加狂暴地冲上来。这一次，它的八条触手配合得更好，努力不留下破绽。

嗖——

东伯雪鹰化作无数残影。

八爪虚界生物的触手虽然很快，可显然还在东伯雪鹰承受的范围内。长枪一次次命中。八爪虚界生物被长枪刺中五次后，号叫着妄图逃窜。

"逃？"东伯雪鹰追上去，接连出招。

八爪虚界生物的身体一次次崩溃，在被接连击中十二枪后，完全化作虚无。

……

辰九、福叔焦急地等待着。他们隐隐感觉到虚界内的波动，显然战斗颇为激烈。

很快，一袭白衣的东伯雪鹰从虚界中走了出来，脸上露出笑容："解决了。"

"哈哈。"

辰九、福叔顿时露出喜色。

"幸亏有东伯兄。那虚界生物难缠得很，力量和速度都达到了神级，而且藏在虚界，能近距离偷袭我们。我们攻击到虚界，威力却会急剧削减。"辰九慨叹道。

这个虚界生物偷袭是很让人头疼的，因为都是超近距离偷袭，且有八条触手。

"嗯。"东伯雪鹰点点头，"辰九兄的近战技巧堪称完美，很是难得。若换作别人，在这虚界生物的偷袭下恐怕很难活命。"

本来是很危险，可东伯雪鹰掌握了虚界真意，使得原本专门偷袭的虚界生物只能和东伯雪鹰正面搏斗。

"快看看战利品吧。"福叔说道。

东伯雪鹰、辰九、福叔都看向那个肥胖战士。

那肥胖战士被一条锁链捆着，锁链的另一端在辰九的手里。任凭肥胖战士如何挣扎都挣不开。以肥胖战士的实力，在辰九面前却也毫无反抗之力。

东伯雪鹰心念一动，一个虚界分身出现，走向黑色金属箱子，欲打开箱子。

"嗯？"

辰九、福叔的脸色忽然一变。

"怎么了？"东伯雪鹰疑惑地看向他们。

"巫马海死了，"辰九沉声说道，"就刚刚。"

第318章

埋伏

"什么?!"东伯雪鹰大惊。

巫马海可是大地神殿队伍的首领,怎么会死了呢?

"还只是在第一藤叶世界,他就死了?"东伯雪鹰一查探,仍旧不敢相信。

"对。"旁边的福叔说道,"他和我们一样,都在夏族世界留下了斗气分身,可就在刚才,他的斗气分身在我们面前直接消散了,死前还很不甘心。"

辰九点点头。他刚才看到冷酷的巫马海死前面目狰狞的模样,心中不免有兔死狐悲之感。还只是在第一藤叶世界,巫马海就死了。那他自己呢?他能够活着通过五个藤叶世界的考验,成为圣主的护法弟子吗?

"唉。"东伯雪鹰轻轻摇头。

虽然巫马海很冷酷,当初也曾向夏族索要五份神级卷轴,可东伯雪鹰对他没有什么恨意。毕竟那只是一个交易,况且自己并没有答应。没想到,巫马海的队伍这么快就全军覆没了。

"他和剑皇都无法使用神级卷轴,在第一藤叶世界里是很危险的。之前我听剑皇说过,他已经战斗了三十五场。"辰九道,"巫马海虽然寡言少语,不善交际,可战斗时很勇猛,估计战斗次数很多。我们算上这次和虚界生物交手,一共才经历十六场战斗。"

福叔也道:"他们战斗,不但次数多,还很突然,应该都是无意中进入了一些危险之地。"

没有空间之眸这类法术，又没有东伯雪鹰虚界分身的查探手段，巫马海身死也很正常。

相对而言，剑皇在远距离攻击上更擅长。虽然剑皇的感应能力不如空间之眸，可也能发现一些敌人。

巫马海的死，让东伯雪鹰、辰九、福叔心中的那根弦又绷紧了。

"看下这箱子内有什么。"

东伯雪鹰的虚界分身走到黑色金属箱子前，一扭，就打开了。

箱子内空荡荡的，只有一块青铜色符令。

"是战兵符令。"辰九点点头，"也对，一个擅长刺杀的虚界生物，虽然有着神级战力，不过能有一件攻击类神器、一件防御类铠甲神器，加上一个神界战兵，算是不错了。"

东伯雪鹰也点点头。

那虚界生物很难缠，可惜遇到了同样能行走于虚界的东伯雪鹰。这些宝物的确算是不错了。夏族半神级先辈们来过红石山数次都没能得到神器，他一来就得到了。

"东伯兄，这次是你的功劳。"辰九道，"是你解决了那虚界生物，按理说，这战利品应该归你。不过，我厚颜请东伯兄将这防御类铠甲神器先借给我一用，如何？若是我活着出去，我定会将这铠甲神器归还；若是我死了，那就……"

"不必多说，我在第一藤叶世界里颇受辰九兄照顾，我如今又没有斗气，根本无法催动，拿着神器也没用，给我也就是做个样子罢了。辰九兄，你且拿着。你可是说过的，如果能活着离开红石山，可得将神器还给我。"东伯雪鹰打趣道。

"一定，一定。"辰九露出喜色。

在红石山内，有一件防御类铠甲神器傍身，生存能力会大大增强。至于活着出去后，那还要铠甲神器有何用？到时候，他就直接回神界了。在神界，他飞剑山庄中就有防御类神器。更何况，他立下如此大的功劳，界神可是在誓约中早就定下了惊人的奖励。

辰九担心他很可能死在寻宝的途中。毕竟越往后越危险，且都是单独行动，他若是死了，恐怕就无法归还铠甲神器了。

辰九从思绪中回过神来，连忙说道："东伯兄，你赶紧炼化这战兵符令吧。"

"嗯。"东伯雪鹰一伸手，那青铜色符令立即朝他飞过来，他直接滴血炼化。

原本还在挣扎的肥胖战士立即不动了。

辰九收回锁链。

"拜见主人。"肥胖战士连忙恭敬行礼。

"你叫什么名字？"东伯雪鹰问道。

"主人，我叫屠双。"肥胖战士回道，"我被炼制出来后，没多久，就被奚薇前辈挪移到第一藤叶世界了。"

"你把两件神器放下吧，你拿着也没法用。"东伯雪鹰道。

"是！是！"肥胖战士迅速放下狼牙棒，脱下铠甲，"这些本来就不是我的，我也不喜欢这些兵器。"

东伯雪鹰当即挥手，收了狼牙棒。

辰九咧嘴笑着，立即炼化铠甲。

红石山内的神器有一个特点——都是无主的，轻易就能被炼化。

辰九全身立即浮现出了一层银灰色铠甲。

"你适合使用什么兵器？"东伯雪鹰问道。他可不敢给这神界战兵使用神器，战斗时神器若被夺走，后悔都来不及。他将狼牙棒带回夏族，夏族是能用的。

"盾牌，大斧。"肥胖战士道。

"我这里有盾牌，并无大斧。"东伯雪鹰一挥手，将一面盾牌和一柄战刀扔了过去，"你先拿着用吧。"

当初，东伯雪鹰在魔神会总部得到了大量兵器，贵重的都给夏族了，可还是留下了几件，比如三杆半神阶长枪。他就是担心施展极点穿透真意时，星石火云枪在攻击敌人时失败，反而被敌人的铠甲崩断，所以准备了预备兵器。他在来红石山前，准备了两面盾牌，刀、棍也准备了。这其实是库蒙将军和诺诺安留下的半神阶武器。

"是！"肥胖战士开心地抓着盾牌，另一手抓着战刀，"我誓死效忠于主人，为主人征战！"

一直以来，肥胖战士以雕像的形态待在这里，一动不动，都快憋坏了。

东伯雪鹰见状，笑了："有你战斗的时候。"

不过，估计其作用也不大。

"主人要出去吧，我来开门。"肥胖战士迅速走到舱壁旁，手掌轻轻放在一处舱壁上。

咔咔咔——

舱门缓缓开启，露出了外面山野的景色。

"战斗时，我会让你出来的。"东伯雪鹰一挥手，收起了肥胖战士。

"走！"

东伯雪鹰、辰九、福叔往外走去。

刚走出去，他们再回头看时，却再也看不到舱室了。

他们没有丝毫犹豫，东伯雪鹰的虚界分身在前面探路，福叔查探四方，迅速朝核心的长藤赶去。

……

他们离长藤已经很近了。随着高速移动，他们离长藤只剩下十万里、五万里、三万里……

一座高山上有着树木、植物，其中一棵大树遥遥看着远处。

"嗯？"这棵大树的树干上忽然显现出了一双眼睛。它遥遥俯瞰，看到了正朝这里而来的东伯雪鹰、辰九、福叔。

"主人，发现东伯雪鹰。"

离长藤数十里的几块乱石中的一个隐藏空间内。

尤兰猛地睁开了眼睛："来了？"

他当即起身，朝那个方向遥遥看去。在隐藏空间内，他能看到外界；可外界的人发现不了他，除非他走出隐藏空间。

这个隐藏空间是遭到过敌人偷袭的，敌人被尤兰斩灭后，他就暂时藏在这里。

"看到了。"尤兰看到三道身影正在开心地赶路。

东伯雪鹰三人当然很开心，因为离核心的长藤很近了。

"小宝贝们，行动吧。"尤兰咧嘴一笑。

……

在长藤左侧大概一千三百里处，有一座低矮的山头。

山腹处忽然传来轰鸣声。

"抓住它！"

山腹内传出波动，一头仓皇逃窜的四蹄异兽瞬间就被从虚界中伸出来的十余条深青色触手缠住了，而后扑哧一声，这四蹄异兽顿时没了声息。

远处有一头头四蹄异兽正在仓皇逃窜，它们正朝东伯雪鹰他们的方向冲过来。

东伯雪鹰三人仍在赶路，心情都很好，那高大的长藤已经近在眼前。不过，随着逐渐靠近长藤，他们还是得很小心。

福叔空间之眸的观察范围是周围三千里，而东伯雪鹰的虚界真意探察范围则是周围万里。

"嗯？"东伯雪鹰面色一变，他转头遥遥看向长藤左侧一千三百里处。

第一藤叶世界的空间极为诡异，有许多潜行过来的敌人，他的虚界真意也无法发现。可是，对于虚界生物，他还是能够发现的。

只见那山腹口有一个个八爪虚界生物冲出来，气息都不亚于他之前解决掉的那个。很快，足足有一百多个八爪虚界生物冲出，它们正追杀着一群四蹄异兽，四蹄异兽朝着他所在的方向冲来。

"八爪虚界生物！"东伯雪鹰脸色大变，焦急地传音，"有一百三十九个八爪虚界生物正朝我们冲过来，赶紧逃！"

第一藤叶世界里的生物，一旦发现外来者，一律杀无赦。

"一百三十九个？"辰九眼睛瞪大。

八爪虚界生物，也算达到神级的境界了。一百多个八爪虚界生物相当于一百多名石雕守卫，对他们而言是很危险的。

"怎么会有这么多虚界生物，还专门冲向我们？"福叔不敢迟疑，转头就逃。

轰——

远处半空出现一道身影，正是裹着白布、赤着脚的尤兰，他撕裂手中的卷轴。

一股恐怖的力量瞬间笼罩了周围万里，无数金色丝线出现，在尤兰的操纵下疯狂袭向东伯雪鹰三人。

　　东伯雪鹰、辰九、福叔都感觉到无处不在的金色丝线，不由得大急，个个转头看去，一眼就看到了远处半空的尤兰。

　　"尤兰！"东伯雪鹰大喝一声。

　　"尤兰，我一定会灭了你！"辰九双眸赤红，状若癫狂。

　　"哈哈……灭我？你从一百多个虚界生物的围攻下活下来再说吧。"尤兰冷笑道，他的声音在东伯雪鹰他们周围响起。

一群四蹄异兽正仓皇飞奔，追击它们的则是隐藏在虚界中的一百多个达到神级的八爪虚界生物。只见一条条深青色触手从虚界中伸出，快如闪电，且威力无穷，或抽打，或缠绕。

一头头四蹄异兽迅速被消灭。

"太恐怖了！"尤兰看得脸色大变，立即朝数十里外的长藤冲去。因为彼此间离得很近，他速度又快，刹那间就穿过数十里的距离落到了长藤上。

在虚界中早就注意到了他的八爪虚界生物，当即放弃攻击他了。因为第一藤叶世界有一个规矩：外来者只要踏上核心长藤，便算通过第一藤叶世界的考验，不会再遭到攻击。当然，自相残杀的半神级超凡强者们不在此列。

"嘿嘿嘿。"尤兰咧嘴，兴奋地怪笑着，"这些八爪虚界生物虽然规则奥妙弱了些，可力量和速度都达到了神级，比库蒙将军还要强些，而且还是从虚界中进行偷袭。一对一的话，我都很吃力，更别说被这么多个八爪虚界生物一起围攻了。"

"虽然辰九近战能力很强，可只要有十个八爪虚界生物围攻他，他必败无疑。至于东伯雪鹰，他不是喜欢藏在虚界，让别人难以攻击到他吗？可惜，这一群八爪怪物都是虚界生物啊。"尤兰很得意，他早就等着这一天了。

当他的仆从查探到山腹内有一群八爪虚界生物后，他就无比激动，很早就谋划了这一切。

……

东伯雪鹰、辰九、福叔瞬间明白，这一百多个八爪虚界生物根本不是他们所能抵抗的，所以第一时间转头就跑。

"该死！"东伯雪鹰感觉到身上缠绕着无数金色丝线。他尝试进入虚界，可这些金色丝线依旧缠绕着他，令他的速度只能发挥出五六成，根本摆脱不掉那群八爪虚界生物。

"尤兰！"辰九怒了。他身上肩负着的不仅是自己的生命安全，还有整个飞剑山庄啊！

"福叔，你快走，捏碎符牌离开。"辰九急切地传音，"你去夏族世界等我。只要我活着出去，我们就一起回神界。"

福叔此刻也急了，他立即拿出一份份神级卷轴就开始使用。

"不用给我，给东伯兄。"辰九急忙说道，"我有神器铠甲，防御无须担心，东伯兄他恐怕扛不住。"

"嗯。"福叔虽然心中完全倾向于辰九，可也明白辰九说得对。

辰九有神器铠甲护体，这些八爪虚界生物无法直接攻击辰九，神级卷轴的防御加持在辰九身上也只是浪费。

哗——

两份神级卷轴接连被撕裂。

一道红色流光和一道白色雾气笼罩在东伯雪鹰身上，令东伯雪鹰身上仿佛覆上一层红白色的薄纱。

"锁！"福叔又撕裂了其他神级卷轴。

无形的灰色气流渗透虚界，直接缠绕向那一个个八爪虚界生物。

此刻，八爪虚界生物们已经灭杀了一群四蹄异兽，它们盯上了东伯雪鹰三人，正高速冲过来，双方之间的距离只剩下三千里。

"唉。"福叔心中焦急。

这是大范围的控制法阵，可以束缚敌人。不管是真实世界，还是虚界，抑或是阴影空间等，这法阵皆可渗透、束缚，还可同时束缚住一百三十九个八爪虚界生物。如果集中到三五个八爪虚界生物身上，估计能令它们的速度锐减。可惜，降低三五个八爪虚界生物的速度，对整个局势的影响完全可以忽略不计。因为遭到一百三十九个八爪虚界生物的围攻，和遭到一百三十六个八爪虚界生物的围攻，没有区别。更何况，虚界生物身体庞大，它们本来就无法一起围攻。

"该死，该死！"福叔虽然身上还有神级卷轴，却已经无法帮到什么忙了。

"快走！"正在飞速逃窜的辰九急切地传音喝道。

"庄主，保重啊！"福叔一咬牙，捏碎了手中的符牌。

一股无形的力量降临，笼罩在了福叔身上。

呼！福叔凭空消失，瞬间就被送出了红石山。

出了红石山，福叔就无法再帮忙了。虽说福叔能够再次进来，可按照红石山的规矩，两次进来的间隔时间至少百年。此外，以后再进来，是得不到礼物，也得不到符牌的。

"啊啊啊。"辰九拼命地逃。

"辰九，只剩下八百里了。"东伯雪鹰在一旁传音。他跟着辰九一起逃，并没有进入虚界。因为那些八爪怪物就是虚界生物，自己进不进虚界，没什么区别。

"逃也没用了，迎战吧。"辰九停下来。

东伯雪鹰也停下来。

他们受到金色丝线的影响，根本无法甩脱，只能正面迎战。

"动手吧！"东伯雪鹰开口喝道。

引力领域直接释放开来，规则奥妙从辰九身旁避让开来，没有影响到辰九。

"这些超凡强者竟然敢和我们动手。"

"别挣扎了，乖乖受死吧！"

八爪虚界生物的声音响彻真实世界，同时一条条深青色的触手从四面八方袭击过来。一时间，数十条长长的触手化作幻影，向东伯雪鹰他们笼罩而来。

辰九显现出八臂，小心地抵挡。

东伯雪鹰手持长枪抵挡着。

八爪虚界生物体形较大，所以能挤在一起围攻东伯雪鹰和辰九的也就十几个八爪虚界生物。

东伯雪鹰和辰九各自分担冲击力，每人估计受到七八个八爪虚界生物的攻击。

"东伯兄，你小心，我顾不上你了。"辰九艰难地挥动八条手臂，拼命抵挡。他的手臂和手掌都变得很大，仿佛八面盾牌，几乎将周围的八爪虚界生物挡住了。可是，那一条条从虚界中伸出来的深青色触手除了抽打，还会缠绕，欲缠住辰九。

"滚！"东伯雪鹰的情况稍微好点，他能够清晰地观察到虚界中的每一个八爪虚界生物，自然反应更快。虽然这些八爪虚界生物体形较大，战斗起来显得笨拙，可东伯雪鹰的引力领域不够强，在引力排斥下，它们的速度也就被削弱一成而已。

可每一个八爪虚界生物都有八条触手啊！

只见数十条长长的触手从虚界中伸出，围攻东伯雪鹰。辰九也帮不上忙。

轰！

嘭！

东伯雪鹰一次次施展枪法，仅仅施展了一次星辰陨灭击，就被围攻而来的触手逼迫得不敢再施展了。因为星辰陨灭击不够连贯，必须施展几乎没有停顿的招式，比如快如闪电的极点穿透真意，才能抵挡四面八方的八爪虚界生物。

很快，一条触手就突破了长枪的防御，抽打在东伯雪鹰的背部。

一股强大的力量急速袭来。

这神级层次的力量不禁让东伯雪鹰飞了起来，前面又有一条条触手迅速笼罩过来。

"东伯兄！"此刻辰九还勉强硬撑着，他看到这一幕不由得焦急起来。

第320章

求生

"哈哈哈……去死吧。"站在核心长藤上的尤兰双眸放光，激动不已。如果他身处这样的险境，别说一个他，就算三五个他，也只有毙命这一个结果。

"嗯？"尤兰忽然眉头一皱，他发现被触手轰击得往前飞的东伯雪鹰竟然凭空消失了，"他进入虚界了？他进入虚界了也没用，那些八爪虚界生物在虚界内实力照样不受影响。只可惜，我看不到他死时的惨样了。"

……

虚界内。

原本围攻东伯雪鹰的那些八爪虚界生物及其同族都惊愕地看着东伯雪鹰。

这人竟然也跑到虚界来了？

哧！东伯雪鹰的手掌瞬间在枪刃上划拉了下，留下一抹殷红。

他此刻已经被逼到绝境，想不到其他办法了。

"逃到虚界，你也得死！"

顿时，那群八爪虚界生物再次围攻过来，一条条深青色的触手从四面八方笼罩过来，每一条触手的速度都非常快。就算是东伯雪鹰，就算是攻击速度极快的极点穿透真意，就算是超级厉害的长枪，也防不住这么多的触手啊。

噗！噗！噗！噗！噗！噗！

长枪化作幻影，每一次都刺在那些围攻而来的触手上。此前，长枪仅仅把那些触手刺破了皮，对那些八爪虚界生物身体的损害小到可以忽略不计。

可是——

"呜——"

一个个八爪虚界生物痛得号叫起来。

东伯雪鹰只需要刺中一条触手，就会让八爪虚界生物痛得缩回其他触手，并且身体开始翻滚起来，胡乱甩动。

虽然东伯雪鹰血液内的毒性弱了很多，可他当初中毒后痛得灵魂都在战栗，即便毒性大大减弱，依旧疼痛不已。连尤兰这种心性坚毅的，当初中毒时也痛得叫了出来。

"咦？"东伯雪鹰见状，连忙袭向那些正在围攻辰九的八爪虚界生物。

噗噗噗……

枪尖每一次刺出，都让八爪虚界生物痛得号叫起来。

在真实世界内，原本快扛不住的辰九一愣，因为从虚界中伸出来攻击他的触手竟然大大减少了。

"辰九，快，快朝核心长藤逃！这些八爪虚界生物受巫毒影响，攻击力减弱，可估计要不了多久，它们就会适应巫毒之痛了。"东伯雪鹰急切地传音。

与此同时，他急速朝核心长藤冲去，顺便在枪刃上多抹了些自己的血液。

可八爪虚界生物仍有很多，其他没遭到攻击的八爪虚界生物都怒吼着围攻他。

东伯雪鹰依旧一次次出招，每次都施展威力较弱的极点穿透真意。可这足够了，一个个八爪虚界生物尝到了巫毒之痛。毕竟它们也是血肉之躯，在巫毒渗透身体的情况下，一瞬间都号叫起来。

"该死的人类！"

"这是什么毒？"

"灭了他！"

疼痛无法减弱，可很快八爪虚界生物们就适应了，毕竟它们是达到神级的虚界生物，再怎么痛，也还是能够继续战斗的。

这种疼痛让它们心里充满恨意。

东伯雪鹰不断地出枪，才刺中了一百一十个八爪虚界生物。最早被刺中的八爪虚界生物很快就适应了，再度攻击而来。

"这么快？"东伯雪鹰早就料到它们会适应过来，当初尤兰就适应了。只是，他没想到它们竟然适应得那么快。

东伯雪鹰再度遭到攻击，正在逃窜的辰九也再度遭到攻击。没有东伯雪鹰帮辰九分担冲击力了，十几个八爪虚界生物同时围攻他，上百条深青色触手围攻而来。辰九顿时露出绝望之色。

砰砰砰……

他的八条手臂防御得很到位。可大量的触手一次次从四周缠绕而来，仿佛一张大网。他在挣扎，努力想要抵挡住，可这次袭来的触手比刚才多了近一倍。

哧哧哧——

大量的触手完全将他给包裹住了。

"完了。"辰九彻底绝望了。

虽然他有神器铠甲护体，这些八爪虚界生物破不了他的防御，他就死不了。

可是……

他会被抓到这些八爪虚界生物的老巢，到时他根本逃不出去，也就无法通过第一藤叶世界的考验。界神送他下来寻宝是有时间限制的。因为要不了多久，巫神和大魔神就会发动战争，到时候他们就没有机会再进入红石山了。

这次，他们必须得成功。

"完了，完了。"

辰九无法反抗，他感觉到自己被捆住了。这些八爪虚界生物将他抓住了，似乎正在移动。

……

"哈哈哈……辰九完了。"尤兰看到远处的辰九被触手完全捆缚起来，而后被拽入了虚界，顿时露出喜色，"如今，就差东伯雪鹰一个了。这么多八爪虚界生物围攻他，估计他也撑不了多久了。"

尤兰知道东伯雪鹰此刻还在战斗，因为他能够感应到虚界内战斗的波动。不过他并不担心，因为他觉得东伯雪鹰很快就会落败。

虚界内。

东伯雪鹰的确还在战斗。

噗！东伯雪鹰的长枪刺在围攻而来的触手上。

呜！八爪虚界生物立即号叫一声。

这些被刺中的八爪虚界生物时时刻刻承受巫毒的折磨。当再一次被长枪刺中，身体被东伯雪鹰那内含巫毒的血液渗透，这些八爪虚界生物体内的毒素浓度增加，疼痛加剧，它们越发愤怒。

在东伯雪鹰长枪的攻击下，八爪虚界生物们受到了影响。

"我血液中的毒素终究较弱，再这样下去，对这些八爪虚界生物的影响会越来越小。"东伯雪鹰无比焦急，"我不能败，不能！"

"我答应过靖秋，我一定会回去的。

"要不了多久，大战就会爆发。"

东伯雪鹰看到战败的辰九被捆起来拽入了虚界，他深知，自己败了只会更惨，因为自己没有神器铠甲护体。

"星辰真意和虚界真意只要突破一个，我就有希望了。"东伯雪鹰在不断施展极点穿透真意的同时，努力回想着开天辟地的场景，并强行压制住了体内的鬼六怨巫毒，想办法去推演星辰真意和虚界真意。

必须突破！

不突破，就是死！

嘭！一条触手突破防御，抽打在东伯雪鹰身上。

东伯雪鹰倒飞，而后立即闪电般地往后刺出一枪，刺在了那条欲缠绕自己的触手上。

"嗷！"那个八爪虚界生物立即号叫起来，整个身体都颤抖了下，不过很快再度攻击而来。

幸亏福叔之前将加持了防御力的神级卷轴都用在了自己身上，否则自己在神级威力的正面冲击下不死也会受重伤。要不了几次，自己就会完蛋。

"星辰真意……

"虚界真意……"

东伯雪鹰快急疯了，他的脑海中浮现出红石山主人手指一点让整个世界诞生的场景，那个世界内有花草树木，有飞禽鸟兽……

在想到那无比广袤的大地时，东伯雪鹰的心陡然一动。

轰！只见原本在他体表的星辰真意陡然凝实，周围的引力领域威力暴增。

强大的引力瞬间横扫围攻而来的八爪虚界生物。它们体形本就大，只是之前引力领域威力弱，但也能令它们的速度变慢。可现在引力领域威力陡然提升，令围攻而来的八爪虚界生物身体一滞，速度猛地一缓。

"星辰真意突破了！"东伯雪鹰激动得快哭了，在生死关头，他竟然突破了，"天不亡我，天不亡我啊！"

第321章
直捣老巢

东伯雪鹰的星辰真意、虚界真意早就达到了二重境巅峰，观看开天辟地印记后又有了许多感悟，感觉随时能突破，可这是不可控的。他自己都不敢说想突破就能突破。

"时空神殿逼迫轮回者们在生死边缘突破，虽然很残忍，不过是可行的，毕竟在生死压力下，的确更容易突破啊。"东伯雪鹰心里无比庆幸。

刚才他在无比危急的关头，在死亡面前，本能地迸发出极强的求生欲，连巫毒之痛对他的影响都迅速降低了。当时，他推演真意的速度都飙升了。就算没受巫毒影响，恐怕他平时推演真意的速度都没这么快。

这就是在生死逼迫下的状态。

"在生死压力下的确容易突破，可这种事还是越少遇到越好。"东伯雪鹰一点都不喜欢那种绝望的感觉。

轰！东伯雪鹰的引力领域排斥着八爪虚界生物。

在引力排斥下，它们的速度锐减。

东伯雪鹰手中长枪的枪杆急速旋转。

轰——

毁天灭地的气息散开，枪杆上的引力变得更强，汇聚成一点后更加自然，速度也更快。东伯雪鹰只感觉到光芒一闪，枪尖就刺在了一条深青色触手上。

嗡——

这一枪蕴含的恐怖的毁灭性奥妙立即传递开来，瞬间传遍了这个八爪虚界生物全身。

偌大的一个八爪虚界生物瞬间化作飞灰，而后消散在虚界中。

星辰陨灭击！

一枪毙命！

之前，东伯雪鹰一直在琢磨秘技，却没有完善。星辰真意、极点穿透真意达到三重境后，却和枪法配合得非常顺畅，一切都非常自然。虽然算不上完美，但对付八爪虚界生物足够了。这一击，威力比过去强，规则奥妙更强。

可以说，尤兰、辰九、梅山主人等加起来，在攻击方面都比不上东伯雪鹰施展的枪法。

轰！轰！轰！

星辰陨灭击的速度接近极点穿透真意，而八爪虚界生物在引力下速度更慢了。而且，东伯雪鹰每一次出枪，就有一个八爪虚界生物毙命。

如此一来，东伯雪鹰自然轻松多了。

哗哗哗！

长枪翻飞。

一个个八爪虚界生物湮灭，其他八爪虚界生物都被吓蒙了。

"逃，逃，逃。"

八爪虚界生物们开始仓皇逃窜。

"想逃？没门！"

这时候，东伯雪鹰的引力领域产生了强烈的引力，令它们逃离的速度都慢了很多。

"辰九。"东伯雪鹰直接奔向那几个捆缚着辰九的八爪虚界生物。

那几个八爪虚界生物聪慧得很，看到东伯雪鹰追过来，立即明白这个白衣青年是要救他的同伴，毫不犹豫地放开触手，将辰九释放了。

八爪虚界生物们四散逃跑。

东伯雪鹰这才停下，没有继续追击。

"怎么、怎么回事？"辰九看向周围，有些发蒙。

他已经被排斥出虚界，回到了真实世界。周围空荡荡的，远处正是核心长藤，核心长藤上站着的尤兰也是一脸错愕。

哗！从虚界中走出一道白衣身影，正是东伯雪鹰。

"东伯兄，是你！"辰九有些激动。

"我在生死时刻突破了，真是走运啊！"东伯雪鹰觉得无比庆幸，心里有劫后余生之感。

"哈哈哈……我也很走运啊！"辰九此刻难掩激动之情。

之前他都绝望了，觉得自己完了。这次他任务失败，就算靠着神器铠甲一直撑着，可一旦过了当初和界神约定的时间就会受到惩罚，到时别说躲到红石山，就算是躲到黑暗深渊最深处，一样会没命。

东伯雪鹰、辰九都转头看向核心长藤上的尤兰，二人眼中都充满恨意。

"尤兰！"

他们绝对不会放过他。

此次，他们俩差点没命。不单单他们自己会没命，他们背后的夏族、飞剑山庄都将因此受到莫大损失。

"尤兰，受死吧！"东伯雪鹰低吼一声，立即化作流光冲了过去。

辰九也冲了过去。

"竟然没死?! 他们、他们竟然没死?! 他们从一百三十九个八爪虚界生物的围攻中活下来了?!"尤兰感到难以置信。

当辰九和东伯雪鹰冲过来时，尤兰沿着长藤迅速朝第二藤叶世界的方向飞奔。

"辰九在虚界中根本无法战斗，看来是东伯雪鹰解决了那些八爪虚界生物。可他之前的实力根本不够啊，难道他突破了？"尤兰想到这里，气得牙痒痒。

他很清楚，其他人想要突破很难，因为都要从三重境巅峰跨入神心境，这一步宛如天堑，而东伯雪鹰是他们中最容易突破的。

"这次没能灭了他，竟然还促使他的实力提升了。"尤兰气急，"该死！"

尤兰虽然无比愤怒，可他也没闲着，逃跑的速度达到了极限。

东伯雪鹰、辰九此刻周围还有金色丝线，虽然对他们的影响已经降低了，可当他们冲到核心长藤处时，尤兰已经跑出了老远。而且，他的速度比他们快，彼此之间的距离越来越远。

"算了，追不上了。"辰九道。

"这个祸患必须除掉。"东伯雪鹰道。

"嗯，有机会的话，一定得除掉他，否则说不定他还会再次暗算我们。"辰九点点头，"不过你放心，后面的藤叶世界危险性更大，越往后，他想要暗算我们就越难。"

东伯雪鹰一想到后面的考验，不由得点点头。

"走，去那些八爪虚界生物的老巢瞧瞧。"东伯雪鹰眼中有一丝期待，他指向远处低矮山头的山腹，"就在那里。"

"哈哈哈……上次我们仅仅解决掉了一个八爪虚界生物，就收获了两件神器和一个神界战兵。这次比之前的威胁大多了，我们解决掉的八爪虚界生物也多得多，一定能得更多宝物。"辰九也很期待，"不过别急，等我们解除这些束缚再说。"

"嗯。"东伯雪鹰点点头。

周围的金色丝线越来越弱了。东伯雪鹰他们体表真意涌动，一次次削弱它们的威力。

"我让虚界分身查探下。"东伯雪鹰看向那里，心念一动，一个和他长得一模一样的虚界分身出现在山腹口，而后走了进去。

轰轰轰——

一些逃回老巢的八爪虚界生物看到那个白衣青年又走了进来，吓得逃窜起来。

它们通过虚界，纷纷冲出老巢。

老巢内竟然有足足一百五十五个八爪虚界生物。之前，这些八爪虚界生物去追杀入侵者时，还有一些八爪虚界生物留在老巢。此时，这些八爪虚界生物都见识到了东伯雪鹰的厉害，根本不想再与之战斗。一旦战斗，它们很可能会被一枪毙命。面对东伯雪鹰的长枪，它们引以为豪的强大生命力根本没用啊。

"这里竟然还有这么多的八爪虚界生物！"东伯雪鹰大吃一惊，"算起来，这山腹内的八爪虚界生物总数超过两百啊。"

很快，他们身上的金色丝线完全消散了。

"走！"东伯雪鹰、辰九立即走了过去，很快就来到山腹口。

在山腹外，东伯雪鹰留下了三个虚界分身，分散开来，监视各个方向。

他们则步入了山腹内。山腹内空荡荡的，空间非常大，里面生长着一些野花等植物，还有溪水在缓缓流动，角落上方的半空飘浮着一块晶玉。

东伯雪鹰、辰九的目光都落在晶玉上。

"我就不去了。"辰九笑道。

他再怎么厚脸皮，这时候也不可能去夺宝物。这次能活命，他已经很庆幸了，不可能再和东伯雪鹰抢宝物。当然，如果东伯雪鹰用不到那宝物，又愿意主动赠予他的话，他还是很乐意收下的。

第322章

植物生命

　　东伯雪鹰不可能再将宝物让出去。这可是两百多个八爪虚界生物守护的宝物，自己就算没有超凡斗气用不了，送回夏族也好啊，说不定在即将来临的战争中能够起到关键作用。

　　东伯雪鹰走到角落，深吸一口气，伸手抓向晶玉。出于谨慎，他并未用手掌直接触碰，而是用天地之力裹着晶玉。

　　忽然，晶玉中飞出一道流光，直接钻入了东伯雪鹰的眉心，这让他吓了一跳，想要闪躲都来不及。

　　东伯雪鹰身上的神级卷轴加持的力量，还有青甲守卫，都没能阻挡住这道流光。

　　血蔓花：连天藤的伴生植物，天生的神级植物生命。晶玉内珍藏着一粒血蔓花的种子，只需炼化晶玉，释放出种子，种子就能吸收天地力量开始生长。刚诞生时就媲美半神级超凡强者，一百年后成长到神级，一千年后达到神级中期，一万年后达到神级后期，十万年后达到神级巅峰，此刻的便是完美的成熟体。

　　如果用源石、神晶等蕴含能量之物喂养，可促进其生长。

　　培育它的详细方法……

　　操纵之法……

　　战斗时擅长……

　　大量讯息在东伯雪鹰的脑海中显现。

　　东伯雪鹰眼睛放光，无比激动，脑海中有无数念头浮现。

这血蔓花极其珍贵，只要自己培育得当，完全可以在战争爆发时让夏族多一份神级战力。而且，作为神级植物生命，血蔓花比一般的神灵更加难缠，它的生命力要强大得多。

"炼化！"东伯雪鹰立即释放出一缕灵魂力量侵入晶玉。晶玉表面浮现符纹，晶玉逐渐变得透明，显现出内部的一枚黑色种子。黑色种子逐渐苏醒，长出了绿色根茎，上面还有绿色叶子，这娇嫩的绿色叶子迅速汲取着周围的能量。

哧哧哧！

晶玉急剧缩小，很快就被这黑色种子上面的小小绿藤给吞噬了。

呼呼呼——

周围天地力量涌动，这绿藤上的一片片绿叶生长出来，摇曳生姿。绿藤也在不断地变大，而黑色种子渐渐干瘪，最终完全化为粉末。

眨眼的工夫，绿藤顶端的绿叶上就长出了一个美丽的红色花骨朵。

"乖，过来。"东伯雪鹰露出笑容，伸出右手，悬浮在半空的血蔓花瞬间飞到了他的掌心，而后乖巧地缠绕在他的手腕上，急剧缩小，变成藤蔓护腕。虽然化作了护腕，可它依旧在时时刻刻吞噬着天地力量。

"这是血蔓花?！"辰九走过来，震惊不已，"那红石山主人不愧是神界大能，这也太大手笔了。经历奇遇所得的宝物竟然是一个神级植物生命！我听说，植物生命一般得在种子阶段就炼化，而后控制，否则成长起来后是很难掌控的。"

"嗯。"东伯雪鹰点点头，"对，我是炼化了晶玉后才掌控了这血蔓花。"

"血蔓花啊！一朵血蔓花能换三五个达到神级巅峰的奴隶呢。"辰九感慨道。

"这么贵?！"东伯雪鹰吃了一惊，"它长成成熟体，也就神级巅峰而已。"

"不一样，这种炼化后的植物生命是绝对忠诚的，又能够化作植物护甲来保护主人，价值比达到神级巅峰的奴隶要大得多。那些奴隶是被迫的，看似乖巧，实则心存怨恨。说不定哪天，他们会拼着自爆身死的危险也要伤害自家主人呢，"辰九说道，"哪像植物生命这么让人放心啊？"

东伯雪鹰点点头。

"可惜啊，东伯兄，你如果没炼化，这晶玉和种子完全可以对外变卖。"辰九说道，"你以此为条件，让那些大势力送一份鬼六怨解药到夏族世界也未尝不可。可惜你已经炼化了，这血蔓花已经开始培育，很难再认主了。"

"啊。"东伯雪鹰哑然，"换解药？我怎么就没想到呢？"

"算了。"东伯雪鹰摇摇头，"既然已经炼化了，那就罢了，更何况它将来在巫神和大魔神挑起的战争中可能会有大作用。即便我因为巫毒最终死去，可我死前能命令血蔓花守护夏族，值了。"

"你看得开就好。东伯兄，你的实力一直在进步。在我们这一群人中，说不定只有你最终闯过连天藤的五大藤叶世界呢。"辰九说道。

"反正尽力一拼就好了。"东伯雪鹰道。

不过，东伯雪鹰的心态和之前不一样了。之前，东伯雪鹰是抱着拼死之念的，如果没解毒，他宁可死在途中。可现在他得到了血蔓花，如果真的事不可为，到了最后一刻，他会捏碎符牌直接离开红石山，因为他得把血蔓花带回夏族。

……

呼！呼！

核心长藤上。

东伯雪鹰和辰九化作两道流光，高速飞行。

"对了，东伯兄，你一直说巫神和大魔神即将挑起战争。你可知道，战争什么时候爆发？"辰九问道。

"不知道。"东伯雪鹰摇摇头，"不过，当初我们夏族毁掉的那一个大魔神分身的肉身差不多培育成功了，所以我猜测巫神和大魔神准备得应该很充分了，随时可能挑起战争。"

辰九微微一笑，道："我可以告诉你一个情报。"

"嗯？"东伯雪鹰看向他。

"战争应该会在二十年后爆发。"辰九道，"准确时间我不确定，但应该会在二十年后。"

"二十年后?!"东伯雪鹰一惊，连忙问道，"你为什么这么说？"

辰九回道："你应该知道，我收到一位界神的命令后才进入了你们夏族世界。

当初我和他定下誓约，其中有提到，我必须在进入夏族世界后的二十年内进入红石山。那位界神还嘱咐我，最好别拖延，一旦战争爆发，红石山可能会被巫神、大魔神封锁，到时我就没有机会再进去了。

"既然界神让我在二十年内必须进入红石山，我猜测战争二十年后才会爆发。

"而且，除了我带领的队伍，还有其他队伍受命来到了红石山，估计这些队伍背后的界神都查探到了一些情报。"

东伯雪鹰郑重地点点头。

夏族先辈神灵终究只是些神级存在，论消息灵通程度，远远无法和那些界神级存在相比。据辰九他们的描述，神级存在和界神级存在的差距极大，相当于凡人和超凡强者的差距。

"二十年。"东伯雪鹰念叨着，心中顿时产生了许多想法。

东伯雪鹰和辰九一路飞行，很快就沿着核心长藤飞到了连天藤的主干上，而后继续朝上方飞行。他们飞行了八天，终于飞到了第二藤叶世界。

一路上，东伯雪鹰和辰九一直在赶路，想要追上尤兰，没想到一直没发现他。

"这尤兰逃得挺快。"辰九冷冷地道。

"等到了第二藤叶世界，我不信他还逃得掉。"东伯雪鹰道。

第323章

大峡谷

“我们尽早联手，将他铲除。”辰九冷冷地道。

之前尤兰设下埋伏，让他们差点死在第一藤叶世界，他们绝对不会放过他。

“嗯，这次一定要除掉他！”东伯雪鹰眼神变得冷厉。

先前在第一藤叶世界这么危险的地方，尤兰硬是设下了一个杀局，可见其报复心是何等强烈。如果尤兰成了红尘圣主的护法弟子，活着离开了红石山，恐怕不会直接回黑暗深渊，很可能会狠狠报复夏族。

“恭喜你们，还活着。”连天藤主干上忽然浮现出了奚薇的身影。

“奚薇前辈。”

东伯雪鹰、辰九都恭敬行礼。

“这是第二藤叶世界。”奚薇俯瞰着那广阔的第二藤叶世界说道，“你们应该知道规矩。在第二藤叶世界内，那连绵的群山中有巡山兽，每个闯入的超凡强者必定会遭到一头巡山兽的攻击。如果在第二藤叶世界停留超过十天，会同时遭到两头巡山兽的攻击。如果停留超过一个月，会遭到五头巡山兽的攻击。若能从五头巡山兽的攻击中活下来，在第二藤叶世界中停留得再久都不会有危险。当然，你们超凡强者自相残杀的情况不算在内。”

“明白。”

东伯雪鹰、辰九点点头。

“第一藤叶世界和第二藤叶世界的考验是用来挖掘你们潜力的，你们好好把握机会，尽量提升实力吧！"奚薇说完，便消失了。

呼！呼！

东伯雪鹰、辰九俯冲而下，落在巨大的藤叶边缘。

"东伯兄，福叔已经捏碎符牌离开了红石山，我们没法再使用神级卷轴了。"辰九说道，"若是面对巡山兽，恐怕会有些麻烦，你确定我们还要一起行动吗？"

"当然要一起行动。如果再遇到尤兰，我们才有把握对付他。"东伯雪鹰道，"至于巡山兽，虽然我不能用神级卷轴对付它，但是我的星辰真意已经突破到三重境，引力领域对它有克制之效。"

辰九露出喜色，道："好，这星辰真意还真够厉害的，无论什么危险的情况，它都能发挥作用。"

东伯雪鹰点点头。

真意有些偏极端，有些则偏均衡。

虚界真意、极点穿透真意都是很极端的。像辰九的唯我真意就很极端，完全是提升自己的身体的强韧度。

而星辰真意就很均衡。首先，它的防御性很强，力量也很强。当然，论力量，在攻击时效果并没有那么好。在攻击方面，星辰真意只能算是正常的水准。不过，它还有领域类的引力领域，引力领域是非常有效的大范围领域，遇上自身质量越大的对手，引力领域的效果就越好。

有这一门真意在身，的确够全面了。特别是星辰真意和极点穿透真意结合成星辰陨灭击，这一秘技趋于完美，既有超强的力量，又有恐怖的毁灭性破坏奥妙。

第二藤叶世界，山脉连绵。

东伯雪鹰和辰九来到了一个巨大的峡谷入口。在这第二藤叶世界，就是要一直沿着这个峡谷前进，直至走到尽头。

"梅山主人带领的队伍速度最快，比我们早一天赶到这里。"辰九说道，"至于尤兰，应该比我们快不了多少，我们说不定还能追上他。"

"追！"东伯雪鹰喝道。

嗖！嗖！

二人立即沿着峡谷前进。

一个多时辰后，从远处的山洞中走出来了一道身影，正是裹着白布、赤着脚的尤兰。他看着大峡谷入口，眼眸中满是讥讽："两个蠢货，还想要追杀我，却不知道我在你们后面。任你们怎么追，都追不到我。"

尤兰这才慢悠悠地朝大峡谷走去。同时，他的时间减速领域释放开去，查探着周围。这大峡谷贯穿连绵的群山，直至尽头，长约九百万里。

东伯雪鹰和辰九速度极快，一路上，他们看到旁边的崖壁上有着各种图案。有时候，他们会停下来观看片刻，可还是在短短半个时辰内就赶了百万里路。

"咦？"

不远处的草地上，梅山主人、白袍少女、黑衣男子正在观看崖壁，参悟、琢磨崖壁上的一些剑术图案。

"东伯雪鹰、辰九，你们来得好快啊！"梅山主人转头看到了东伯雪鹰他们，一迈步，就走出了自己所在的草地，草地的时间流速非常快。第二藤叶世界里有许多时间流速很快的地方，超凡强者们借助时间流速，有充足的时间慢慢参悟。

超过十天，就会遭到两头巡山兽攻击。而如果在时间流速十倍的地方，十天时间，就相当于一百天。毕竟在第二藤叶世界逗留超过十天，是指在外部的正常时间。

梅山主人笑道："我比你们早一天来到第二藤叶世界，你们怎么这么快就追上来了？途中诸多崖壁上面有许多前辈留下的规则奥妙、拳法、枪法、剑术、刀法等，你们就没参悟？"

"不急。"辰九笑道，"我们先解决掉尤兰，再回头慢慢参悟。"

"梅山主人，你看到尤兰了吗？"东伯雪鹰问道。

梅山主人摇摇头："没看到。他应该还没到这里，否则我肯定能发现他。"

"啊？"东伯雪鹰和辰九面面相觑。

"他还在后面？！"东伯雪鹰连忙说道，"尤兰一定知道我们在追杀他，所以他抵达第二藤叶世界时没急着进入大峡谷，应该藏匿在大山中的某一处。看到我们进入大峡谷，他才会进。"

"现在该怎么办？"辰九道，"我们折回去，而后去灭了他？"

"不急。"东伯雪鹰摇摇头，"谁知道尤兰会在大山中藏多久？他终究会进入大峡谷的。我们只需慢慢修行，等他落网。"

辰九点点头，笑道："嗯，刚才看到几处有趣的地方，我们都没停下来修行。"

"走走走，我们回头去看看。"东伯雪鹰说道。

"谢了，我们先走了。"

东伯雪鹰、辰九立即和梅山主人告别，转身就走。

他们一边赶路，一边谈论着之前经过时看到的一处处崖壁雕刻，很快就选中了两人都感兴趣的一处地方，停了下来。

两人都抬头看着。崖壁上由无数线条构成的图案，形状是一个巨大的火山口，火山口中有无数球体飞出，都带着毁灭性气息。火山口幽深，仿佛看不到底。

东伯雪鹰和辰九当即找到崖壁前时间流速最快的区域，那里紧靠着一条小溪，时间流速估计是外界的九倍。

"小家伙，你尽管吞噬天地力量吧。"东伯雪鹰低头看了一眼手腕上的血蔓花护腕，它正在不停地吞噬天地力量。

东伯雪鹰、辰九都静下心来，继续抬头看着。同时，东伯雪鹰分出了一个虚界分身，监视着周围。

辰九也通过八龙真意查探着周围万里。如果尤兰来了，他们自然好进行袭击。

"这种能毁灭一切的感觉……"东伯雪鹰看着崖壁上的火山口图案，不禁细细体会起来，时而手指挥动着，验证心中所想。

进入大峡谷后，仅仅三万多里处。

尤兰双手环抱在胸前，正皱眉看着前方崖壁上的图案，那是剑术和刀术结合在一起的图案，应该是一位神界的前辈留下的。

"时空。"尤兰眯着眼看着，"剑为时间，刀为空间，竟然如此巧妙地将时空的威力发挥出来……虽然没有将时间和空间融为一体，化为完整的时空神心，可将两种规则奥妙如此精妙地结合也很了不起了。"

尤兰看出，这是一位掌握了时间神心和空间神心的神灵创出的秘技。

本尊神心，当然只有一个。不过，就像超凡强者可以参悟多种真意，神灵也能将多种真意提升到神心境。只是，最后凝聚成本尊神心的，只能选择其中一种。

比如东伯雪鹰将来若将极点穿透真意、星辰真意、虚界真意都提升到神心境，可凝聚成本尊神心后，只能选择其中之一。一旦凝聚成本尊神心，注定要以这条路为主。神心进化，也是沿着这条路。

"我掌握的两种二品真意，一种是时间类奥妙，另一种掺杂了空间类奥妙。如果我能体会一二，创出属于我的秘技，那该多好啊！"尤兰眼中有着渴望。

"我若是创出秘技，就有希望闯过连天藤了。"尤兰立即仔细观看，时而闭上眼睛，脑海中快速推演、完善。

……

另一处。

东伯雪鹰、辰九站在小溪旁，看着崖壁上喷发出一个个球体的火山口的图案。外界都已经过去一天多了，他们仍旧沉迷其中。

那些刚刚开始修行的超凡强者，一般是被禁止观看其他超凡强者创出的刀法、枪法的，就是为了避免走岔路。不过，他们掌握真意后，心中有真意，自然有自己的修行之路，一般来说不会出问题。

可终究有例外——

就算是神灵，乃至界神，都对自己修行的道路产生过疑惑，甚至怀疑，最终因本尊神心崩溃而死。

当然，那是极少数。所以，参悟前辈们留下的一些经验，最好选择和自己修行道路相近的。

"原来如此。神界高手在参悟规则奥妙之路上比我们这些超凡强者走得远。"东伯雪鹰越参悟，就发现越多让他惊叹的，心中对极点穿透真意有了更多的感悟，不禁挥舞着手指，手指犹如长枪一次次施展着。

在东伯雪鹰、辰九身后的另外一面崖壁上，忽然浮现出了两个庞然大物，个个仿佛都是由金石铸就的，约莫十米长，有四蹄，嘴中有獠牙，蹄爪强劲有力。

呼！呼！

它们猛然冲出，化作两股风，快得恐怖。

"小心！"

东伯雪鹰、辰九都时刻感应着周围万里，自然第一时间就感应到了，可感应得依旧很是仓促。

"好快，速度怕是有每秒两千里吧！"东伯雪鹰对这样快的速度感到惊讶。

因为这两头凶兽是从他背后的崖壁扑来的，距离极近。东伯雪鹰先是释放出了引力领域，澎湃的引力轰然作用在这两头凶兽上，令它们速度锐减，可依旧有每秒一千五六百里的速度。

东伯雪鹰凭空消失，直接进入了虚界。

"太快了！"辰九立即转身，显现出了八臂。

轰！其中一头凶兽毫不犹豫地和辰九正面撞击在一起。

原本袭向东伯雪鹰的另一头凶兽看了眼，目光似乎透过虚界看到了东伯雪鹰，不过，它只是略微改变方向，直接攻向辰九。因为进入虚界，它的实力会受影响，还不如先和同伴联手干掉辰九。

和第一头凶兽撞击后，辰九直接被撞飞，撞倒在身后的崖壁上。

轰隆的声响中，崖壁上有着无形屏障阻挡。

辰九被震伤，喷出一口鲜血。

"东伯兄，快帮帮忙！"辰九立即喊道。

"辰九有神器铠甲护体，身体又修行了唯我真意，竟然被撞得吐血？"在虚界中的东伯雪鹰震撼不已，他顾不得迟疑，连忙飞去拦截其中一头凶兽。

第二藤叶世界的一大危险——巡山兽！

如果在第二藤叶世界逗留不超过十天，那么只会遭到一头巡山兽的攻击，只要赢了，就算通过第二藤叶世界。只需要应对巡山兽，这听起来很简单。事实上，巡山兽的实力格外恐怖，也就有神器铠甲护体的辰九才敢正面硬扛。

东伯雪鹰收到情报，早就吓得躲进虚界了。以东伯雪鹰这小身板，一个照面，就算有星辰真意护体、青甲守卫保护，他依旧会毙命。

毕竟星辰真意再厉害，也比不上完全修炼身体的唯我真意。青甲守卫再厉害，也比不上神器铠甲，甚至差得很远。辰九都吐血了，东伯雪鹰还能有命在？

"辰九，你身体强，多扛扛。"东伯雪鹰传音喊道。他看得出，辰九还没出现身体部分崩溃的情况。

"你这家伙……"辰九背靠着崖壁，八臂环绕周围，盯着眼前的两头巡山兽，"来啊，来啊。"

"嗷！嗷！"

两头巡山兽发出咆哮声，再度瞬间冲了过去。

辰九这次不敢正面硬碰硬了，而是施展出了精妙的战斗技巧，尽量卸力，尽量撑久一点，同时传音道："东伯兄，我引开它们，攻击就靠你了。"

"好！"东伯雪鹰爽快地传音应道。

长枪陡然从虚界中刺出，带着星辰陨灭的毁灭性气息。

可那头巡山兽能够观察到虚界的一切。它猛然一甩，长长的尾巴和东伯雪鹰的长枪正面碰撞。

"这巡山兽真是有神山一般的力量啊！"东伯雪鹰看到那尾巴和自己的长枪碰撞后，星辰陨灭击竟然轻易就被卸掉了冲击力，"这还只是巡山兽的尾巴在抽打，如果正面冲撞，巡山兽尾巴的威力恐怕还会提升一个层次。"

"嗷——"

虽然抵挡住了攻击，可那头巡山兽还是感觉到了疼痛。它转头看向了虚界中的东伯雪鹰，同时发出一声声低吼。

另一头巡山兽停止攻击辰九。

两头巡山兽相视一眼，同时飞跃而起，皆跃入了虚界。在虚界中，它们的一举一动都受到阻碍，可它们毕竟本身实力太过强大，攻击力还是比较强的。

"它们竟然杀到虚界了。"东伯雪鹰立即释放引力领域，竭力阻碍它们。

"东伯兄，你能不能扛住？你若扛不住就回到真实世界，我帮你一起扛吧。"辰九传音道。

"我先试试。这才两头巡山兽，我应该可以对付。再过十天，要面对的可就是四头巡山兽了，后面还可能要面对十头巡山兽。等解决了十头巡山兽，我们才能长时间在这里修行。"东伯雪鹰手持长枪，警惕地看着这两头巡山兽。

两头巡山兽也在盯着东伯雪鹰。它们发现这两名超凡强者中，躲在虚界的东伯雪鹰对它们的威胁更大，所以才进来准备先除掉他。

"你还想解决掉十头巡山兽？你疯了吧，我可不会跟你一起发疯。"辰九传音喊道。

虚界内，两头巡山兽脚踏虚空，盯着东伯雪鹰。

东伯雪鹰手持一杆长枪，谨慎以待。他自问实力提升了不少，又是在虚界内，面对两头巡山兽，应该能撑一撑，这也是磨炼枪法的好机会。

呼！呼！

两头巡山兽化作两股风，展现出了恐怖的速度，直接扑向东伯雪鹰。

在虚界真意、引力领域的双重阻碍下，两头巡山兽的速度只有每秒一千三四百里了。虽然依旧比东伯雪鹰快，可没到让他反应都很吃力的地步。

嗡嗡嗡——

东伯雪鹰没和它们硬碰硬。当它们冲来时，他立即闪身。灵活性不强，这的确是巡山兽的一个弱点。辰九之前正是瞅准巡山兽这一弱点，才一次次勉强扛住的。

长枪旋转着一次次刺出，带着星辰陨灭的毁灭性气息，或刺在巡山兽的腹部，或刺在巡山兽的蹄爪上。

双方激烈地搏斗。

两头巡山兽彼此配合着一次次飞扑冲杀，它们的尾巴也一次次诡异地抽打。

东伯雪鹰则仗着枪法精妙努力支撑着。他的星辰陨灭击这门秘技在实战中逐渐汲取经验，越发完善。

战斗持续了大概一盏茶的时间。

其中一头巡山兽在飞窜时，身体忽然消散；另一头巡山兽和东伯雪鹰又搏斗了十几个回合，身体同样消散了。

"痛快！痛快！"东伯雪鹰从虚界中走出，回到真实世界。

"赢了？"辰九问道。

"嗯，不过我赢得很是吃力啊！"东伯雪鹰苦笑道，"幸好巡山兽不是真正的生命，只要连续受到攻击，身体就会自然消散。"

巡山兽是红石山主人设下的考验，是在法阵凝聚时才出现的，就像黑风神宫的法阵凝聚出的黑甲守卫。只不过，巡山兽更强大。

"怎么样，你还打算对付十头巡山兽吗？"辰九问道。

"在虚界内，对付两头巡山兽我比较吃力；对付三头巡山兽，我拼命的话应该能抵挡住；对付四头巡山兽，我肯定不行；对付十头巡山兽，我更没有赢的机会。"东伯雪鹰说道，"可在真实世界中，没有虚界的那种阻碍，巡山兽的实力更强，我应对两头巡山兽都很吃力。"

"有你的引力领域帮忙，对付两头巡山兽，我没有问题；对付三头巡山兽，我勉强可以。"辰九说道，"你我联手，应该能对付四头巡山兽；对付十头巡山兽，我们是肯定不行的。"

"嗯。"东伯雪鹰点点头。

"所以我们在大峡谷内不能逗留超过一个月。"辰九道，"我们已经在这待了一天多，去其他地方瞧瞧吧，大峡谷的许多崖壁上都有神界前辈留下的痕迹。"

尤兰也一样，他有时间减速真意，对付一头巡山兽没问题，靠着神级卷轴能够对付两头巡山兽，可对付五头巡山兽肯定不行，所以必须在一个月内通过大峡谷。

此刻，他也在一点点参悟、修行，慢慢前进。

在大峡谷的第八天。

"梅山主人，你的同伴呢？"

东伯雪鹰和辰九再次碰到了梅山主人。

盘膝坐在一块大石头上的梅山主人摇摇头，道："山轩和燕清都已经捏碎符牌离开了。面对三头巡山兽，我以为能庇护他们，可巡山兽速度太快，特别是尾巴的攻击诡秘莫测，我实在庇护不了他们，就让他们捏碎符牌离开了。"

"面对三头巡山兽，你还想庇护别人，佩服佩服。"辰九打趣道，"说起来，现在红石山内就只剩下我、东伯兄、你、剑皇，以及尤兰了。"

"嗯。"梅山主人点点头，"只有巫马海死在了第一藤叶世界内，我们几个都活到了现在。不过，第一藤叶世界和第二藤叶世界本就是为了挖掘超凡强者的潜力而设置的，还不算太危险。从第三藤叶世界开始，就越来越危险了。"

东伯雪鹰点点头。

如今还在红石山内的，的确越来越少了。现在就剩下五个，他和辰九还想干掉尤兰。一旦成功，那就只剩下四个了。到时，有几个能到第五藤叶世界？又有几个能通过连天藤，抵达更高一层的空间呢？也有可能，他们一个都不能做到。

"走！"

东伯雪鹰、辰九继续前进。他们看到对自己有帮助的崖壁雕刻就短暂地停留，看到对双方都有触动的才会停留较长时间。

在大峡谷的第十一天。

"这、这……"

东伯雪鹰、辰九都震惊地看着面前的崖壁。崖壁上方皆是一片白色，岩壁下方皆是一片黑，崖壁中央则是一道刀痕。

"太、太……"东伯雪鹰看到崖壁中央的巨大刀痕，他猜想着，在很久以前，一位拥有极强实力的存在随意从鞘中拔出刀，在崖壁上留下了这么一道刀痕。

"极点穿透真意？这一刀就蕴含了我能想象到的一切规则。一刀就蕴含了万事万物的一切威力，已然化作极点。

"星辰真意？一刀出，天地生。和天地一比，星辰简直渺小得很。

"虚界真意？虚界如何能和这天地相比？"

东伯雪鹰震撼了。

在他看来，这一刀给他的感觉可以媲美他观看开天辟地印记时的感觉。当然，那是观看开天辟地印记，感受更强烈，而眼前的只是一道刀痕。

旁边的辰九也完全痴迷了。

这样的刀法，简直不可思议。

他们毫不犹豫选择了周围时间流速最快的一片区域，足足有外界十五倍的时间流速。

辰九坐在草地上，东伯雪鹰站在一旁。东伯雪鹰忍不住拿出了星石火云枪，时而演练。他们如痴如狂地参悟着，眼前的刀痕比之前看到的诸多崖壁雕刻高明得多。

第二藤叶世界，群山之巅。

一名白发童颜的老者坐在那里，他的身体颇为消瘦，白发飘飘，脸上的皮肤堪比婴儿般红润，眼睛很亮，俯瞰着下方，自然看到了正在参悟的辰九和东伯雪鹰。

辰九盘膝坐着，嘴里无意识地念念叨叨；东伯雪鹰则手持长枪，一次次施展。

"两个小家伙看到这刀法，简直废寝忘食了。"老者摇摇头，"这刀法是慧明留下的吧，可惜传播信仰太多，反而受到信仰束缚。当初，这红石山是那般热闹，如今却空荡荡的，一个个都不见了。"

老者手中出现一个青色酒壶，他轻轻喝了一口，遥遥看着，似乎在发呆。

在崖壁上的刀痕前。

"一切奥妙皆可归于一刀，一刀就是天地，我这身体何尝不是完整的天地？我的八龙真意也完全可以归一……"辰九喃喃自语，脑海中在急速推演着。

东伯雪鹰站在那里，练着枪法。

旁边忽然出现了九个虚界分身，个个手持凝聚出的长枪，也练着枪法。

枪法或带着恐怖的摧毁性意境；或沉重得仿佛星辰大地；或飘忽诡异，产生了诸多幻影。

"一刀分天地，一为天，一为地。

"一刀分阴阳，有阴，则有阳。

"一刀分开真实和虚幻，有真实，有虚幻。"

东伯雪鹰自言自语，枪法越发虚幻，整个人都变得虚幻。

旁边的九个虚界分身都走向本尊。虚界分身和本尊触碰，虚界分身消失，本尊却越发虚幻，很快就消失了。

"真也是虚，虚也是真。"东伯雪鹰微微一笑，近乎透明的身体消失不见。

……

虚界内。

东伯雪鹰整个人完全分散开来。

以之前东伯雪鹰所在的位置为核心，此刻他能清晰地感应到周围十万里，因为他的身体完全粒子化了，并且和整个虚界融为一体。

他就是虚界，虚界就是他。

"我就是虚界，虚界就是我，这就是虚界之身，也是所谓的虚无之体。"东伯雪鹰依旧在思考。

他的星辰真意达到三重境的时候，按理说是能够修炼出星辰不灭体的。但是，星辰不灭体的原理是吸收天地间的力量或超凡斗气，按照星辰真意的规则奥妙强化身体的每一处。可他的身体时时刻刻受到巫毒折磨，体内没有超凡斗气，天地力量都用来弥补身体的损耗了。而且，巫毒渗透了每一个身体粒子，身体根本无法得到强化。

星辰不灭体的防御力强大，力量强大。或许比唯我之躯要弱些，但应该能媲美库蒙将军的魔体。可惜，东伯雪鹰没法修炼。

虚无之体不同，是整个身体分解，和虚界合一。巫毒是否渗透每一个身体粒子，并没什么影响。

"这才算得上不死之身啊！"东伯雪鹰感慨起来，"寻常的不死之身都靠的是生命力，生命力够强就能恢复，而虚无之体靠的是规则奥妙形成的不死之身。我的身体分散在周围十万里的虚界，别人得攻击整个虚界，才相当于攻击到我。"

随着虚界真意提升，东伯雪鹰能掌控的虚界范围会继续扩张，到时候要打败他就更难了。

"就算是面对神灵也不用怕，弱些的神灵都奈何不得我吧！"东伯雪鹰不禁赞叹道。

虚界真意的攻击力极弱，生存能力却极强。虚无之体已经渐渐展现它的厉害。可以说，拥有虚无之体后，东伯雪鹰的生存能力急剧增强。他整个人和周围十万里的虚界融为一体后，可以任凭敌人攻击。敌人要击败他非常难，更何况他还会反击。

甚至可以说，虚无之体和唯我之躯代表两个方向，一个是虚无，一个是真实。唯我之躯拥有超强的防御力、力量、速度、生命力等，近战能力自然超强，再配合八龙真意就堪比辰九，配合空间真意就堪比梅山主人。它面临困境，有很强的适应能力。之前面对那一大群八爪虚界生物时，辰九才吃了一次瘪，然而那些八爪虚界生物也只是困住他，弄不死他。

呼！原本分散的身体粒子瞬间合一。

白衣东伯雪鹰显现出来，他随即走出虚界。

"东伯兄。"辰九停止了参悟，疑惑地看向东伯雪鹰，"刚才似乎有什么特殊的波动。"

"哦？"东伯雪鹰一笑，"的确是有波动……小心，巡山兽！"

东伯雪鹰怀疑，巡山兽之所以偷袭他们，是有人在暗中操纵。不然怎么会这么巧，自己刚突破，就有巡山兽来袭？

是奚薇前辈在暗中操纵巡山兽，还是其他人？

"四头巡山兽?! 东伯兄，赶紧靠近我，我们联手。"辰九说着，立即显现出了八条手臂，手臂都变得七八米长，环绕左右，想要帮东伯雪鹰抵挡巡山兽，而东伯雪鹰可以在他身边攻击一些漏网的巡山兽，二人这样配合算是比较完美的。

可东伯雪鹰没有这样做，他转身看向远处的四头巡山兽。

那四头巡山兽低吼着化作一阵风，冲了过来，速度很快。

轰——

东伯雪鹰的引力领域直接笼罩在那四头巡山兽身上。

紧跟着，周围出现了一个个东伯雪鹰。一眼看去，足足有三十六个东伯雪鹰。

"这是……?! "辰九大吃一惊。

老贼当初就有三十六个分身，东伯雪鹰竟然也能施展出这么多的虚界分身。

虽然这些虚界分身都有半神级巅峰的战力，可面对巡山兽根本不可能阻挡。

"哼！"

这些虚界分身开始攻击那四头巡山兽。

那四头巡山兽依旧飞冲而来，速度快得惊人。

旁边一个虚界分身的长枪带着毁灭性气息直接刺在其中一头巡山兽的蹄爪上。

顿时，那头巡山兽一个踉跄，摔飞了。

这袭击太过突然，威力也大得很。

嘭！

又一杆长枪绊倒了一头正在飞奔的巡山兽。

哧！

又出现了一个虚界分身，一枪上挑，刺在一头巡山兽的腹部。

那头巡山兽被挑飞，在半空却很快稳定住了。

"嗷——"

四头巡山兽都有些慌了。

它们看向周围的一个个虚界分身，每个虚界分身竟然都爆发出了极强的战斗力。

三十六个虚界分身分散在周围，而且时刻变幻着。有的虚界分身消散了，有的地方却凝聚出了新的虚界分身。

东伯雪鹰不像老贼，老贼自身的攻击力太弱，而东伯雪鹰的攻击力还在辰九、梅山主人他们之上。东伯雪鹰的身体可以随意切换到各处，这种切换实际上比瞬移还要快。

周围各处都有他的真身。

虽然仅仅一人，他却轻易地将四头巡山兽玩弄于股掌之中。

"东伯雪鹰的虚界真意突破了。"辰九在一旁都无须出手了，他惊叹不已。

真实和虚幻交替，处处都可能发出攻击，这使得东伯雪鹰原本毁灭性就极强的星辰陨灭击威力暴增。东伯雪鹰近距离战斗时，别人很难躲开他的攻击。

那四头巡山兽一次次中招，没多久，就接连完全消散了。

"东伯兄，"辰九感叹道，"你如今的实力完全超越我们几个了。其实我们都知道，你创出了秘技，而且是两种规则奥妙混合的秘技，说明你的天赋远在我们之上。而且，你之前的星辰真意虽只达到二重境巅峰，但突破并不难。只是，我没想到，这一天这么快就来了。你的三门真意都突破了，彼此结合，配合秘技，我们几个都不是你的对手。"

东伯雪鹰摇摇头，道："我如今实力也就比你们强一些。在这大峡谷中，说不定有人很快就能凝聚出二品神心。"

"嗯。"辰九点点头，笑道，"得辛苦你了。到时候若遇到十头巡山兽，我可解决不了。"

"我来解决。不过，到时候估计会有三四头漏网的巡山兽，你得扛一会儿。"东伯雪鹰笑道。

"哈哈……你尽管放心，我别的不行，最擅长硬扛。"辰九大笑起来。

只要解决十头巡山兽，他们在这大峡谷内逗留就没有时间限制了。

东伯雪鹰乐得在此多逗留，因为可以让自己的三门真意尽量多提升一些，到时闯后面的连天藤的把握才会更大，将来在应对巫神和大魔神挑起的战争时才能更有胜算。

第327章
因和果

时间一天天过去。

东伯雪鹰、辰九虽然对崖壁刀痕充满兴趣，可不得不沿着大峡谷继续前进，去观看一处处新的崖壁痕迹。谁知道后面有没有更厉害的，更适合自己的？

转眼，已经是一个月的最后期限了。

呼！一道闪着金光的身影穿行在大峡谷中。

"啊！"那道身影陡然停下，正是身上裹着白布的尤兰。他转头看向了旁边的崖壁，崖壁上刻着的正是东伯雪鹰他们参悟过的刀痕。这道刀痕似乎包含整个世界的一切规则奥妙，震撼人心，几近有之前观看开天辟地印记之感。

"竟然还有如此神奇的崖壁痕迹！"尤兰懊恼，咬牙切齿地说道，"该死，我就是怕东伯雪鹰和辰九联手对付我，所以一直逗留在他们的后面，甚至不敢前进太多。没想到，这里竟然有如此不可思议的刀法。"

"早知道，我就早点抵达这里，待上一段时间也好啊，说不定能够突破，自创出秘技或凝聚出二品神心。我还有时间，就在这里逗留半个时辰吧。"尤兰进入旁边时间流速最快的草地，当即观看、琢磨起来。

这里有外界时间的十五倍流速，这里的半个时辰也就相当于外界的七个多时辰。可时间还是太短了，他刚沉浸在参悟中，就要被迫停止。因为再拖延下去，他就没足够的时间冲出大峡谷了。到时候，攻击他的就是五头巡山兽。

"该死的东伯雪鹰、辰九，坏我际遇。"尤兰非常愤怒。如此神秘玄妙的崖壁刀痕，自己竟然只能参悟这么一点点时间，真是可惜啊。

"上次让你们逃了，下次我一定不会放过你们。"尤兰越发痛恨东伯雪鹰和辰九，连带着对夏族也越发厌恶，"等我成为红尘圣主的护法弟子，从红石山出去后，定要摧毁整个夏族世界，让你们知道什么叫后悔！"

尤兰最后不甘心地看了眼崖壁刀痕，而后就化作一道流光迅速往前赶路了。

呼呼呼！

赶路的同时，他通过时间减速领域感应着周围，生怕碰到东伯雪鹰和辰九。

一对一，他还有获胜的信心。

一对二，那几乎是找死。

在一个宽阔的峡谷中。

东伯雪鹰、辰九正在琢磨崖壁上的图案中的一套剑法。其实，对于超凡强者、神灵而言，前辈留下的剑法、刀法、枪法等都没什么，他们观看的是其中蕴含的规则奥妙。毕竟和完整运转的天地自然相比，强者施展的招数所蕴含的规则奥妙更加清晰明了。

"这血蔓花……"东伯雪鹰瞥了一眼身旁的一株绿藤绿叶红花植物。

血蔓花如今已经有三米多高，除了主干绿藤外，还有大量的细藤，细藤上长满绿叶。一朵朵红花，摇曳生姿，美丽得很。

虽然在大峡谷才待了近一个月，可因为不同地方的时间流速不同，血蔓花吸收天地力量已经超过一年了。

"嗯？"东伯雪鹰忽然转头看向左方，大声喊道，"辰九，辰九。"

"怎么了？"辰九当即停下。

"我发现尤兰了。"东伯雪鹰嘴角微微上翘，"他正急速朝这里赶来，离我们还有近九万里。"

他的虚界能查探周围十万里。尤兰一进入虚界探察范围，就被他发现了。

"尤兰？他终于来了？哈哈哈……"辰九眼中有着寒意，"他来得好。"

"他的时间减速真意也能笼罩一片领域，"东伯雪鹰说道，"估计能笼罩周围近万里，一旦靠近，就很容易发现我们。所以，我得带你进入虚界。可是，因为你没有掌握虚界真意，无法在虚界内战斗，所以你只能听我摆布了。"

"哈哈……我的命都是你救的，你带我进入虚界吧。"辰九丝毫没有犹豫。

辰九在进入夏族世界之前就搜集过关于夏族的情报，其中就有东伯雪鹰的情报。正因为看到东伯雪鹰的成长经历，他当时才决定帮东伯雪鹰一把，带他进入红石山。而且，通过这段时间的接触，辰九更加认定东伯雪鹰是值得托付生命的。

"哈哈……好。"被辰九无条件信任，东伯雪鹰还是很开心的，他当即伸手抓住辰九的手腕，同时另一只手发出召唤，"血蔓，过来。"

血蔓花立即飞向东伯雪鹰的手腕，化作一个藤蔓护腕。

东伯雪鹰带着辰九直接进入了虚界。

虚界内。

辰九被东伯雪鹰拽进来后，好奇地看着这个和真实世界几乎一模一样的世界。这个世界有一种排斥力，如果没被东伯雪鹰拽着，他恐怕会立即被排斥出去。

"真神奇！"辰九赞叹道，"没有足够强的实力，我根本无法进入虚界，就算被你带进来了，我也无法在这里正常战斗。"

他最多在真实世界进行战斗，然后将攻击威力强行渗透虚界。

"现在你觉得很神秘。等你成了神灵乃至更强的存在，估计有一天你也能进入虚界，到时虚界对你而言就不足为奇了。"东伯雪鹰说道。

"就算我到时能进入虚界，也无法像你们这些掌握了虚界真意的，可以在虚界里自由自在地战斗，且实力不受任何影响，甚至发挥得更好。"辰九感慨道。

在二品真意中，虚界真意算是冷门的真意。若掌握了其他攻击类的二品真意，完全可以成为很厉害的杀手。

"听说达到虚界神心境后更了不得。"辰九道，"战斗时都无须自己出手了。"

"真也是虚，虚也是真。"东伯雪鹰缓缓说道，"我现在的虚界真意达到了三重境，算是达到了真也是虚的层次。然而，只有达到虚界神心境，我才算是达到虚也是真的层次。"

真也是虚，就是身体能够化作虚无之体。

虚也是真，能让一个虚界分身完全真实化，拥有和本尊一样的实力。到时候，本尊都无须战斗了，可以躲藏在虚界中，只让虚界分身进行战斗。虚界分身就算战死，也能瞬间再度凝聚。

"每一门二品真意，一旦达到神心境，就很厉害。"东伯雪鹰又道，"你掌握了唯我真意和八龙真意，其中任何一门达到神心境，你的实力都会发生质变。"

"可惜，要跨出这一步很难。"辰九轻轻摇头。

唯我真意如果能凝聚神心，他靠着极为强壮的身体就能轻易打败新晋神灵了。

"来了。"东伯雪鹰忽然说道。

"嗯。"辰九立即看过去。

东伯雪鹰能够感应周围十万里内的一切，也能看到真实世界那边。而辰九只能靠肉眼观察虚界。

……

尤兰正在大峡谷中飞行，看到旁边崖壁上的一处处痕迹，他心里痒痒的。可他不能再留下来参悟了，还得小心前进。

"嗯？"尤兰若有所觉，猛然转头。

旁边，从虚界中走出来两个身影，一个是有些病弱的白衣青年，另一个是散发着凶戾气息的青袍中年人。正是东伯雪鹰和辰九。两人并肩而立，目光都落在尤兰身上。他们并没有急着动手，因为他们有十足的把握除掉尤兰。

"你们怎么……？"尤兰看到东伯雪鹰和辰九同时出现，心猛然一颤。

他怕什么，偏偏就来什么啊。

"有因，就有果。你在夏族世界所做的一切，你之前设下的杀局，造就了今天的后果——你今天会殒灭在这大峡谷中！"东伯雪鹰冷漠道。

第328章

尤兰之死

东伯雪鹰声音平静，尤兰却感觉到了深入骨子里的寒意。

"怎么会这样？我没发现他们，他们怎么就突然出现在了我面前？"尤兰焦急地道。

怎么办？怎么做才能活命？他的脑海中掠过无数念头。

尤兰很快就想到了办法，当即挤出笑容，说道："两位何必对我赶尽杀绝呢？我们来到红石山，最重要的是成功通过连天藤。可连天藤很危险，你们是知道的。第一藤叶世界和第二藤叶世界虽然很危险，可更多的是奇遇，帮我们挖掘潜力。从第三藤叶世界开始，将会更加危险。两位也知道，以我们的实力，想要通过连天藤，希望渺茫。如今在红石山，我是唯一一个能够使用神级卷轴的吧。"

"嗯？"东伯雪鹰、辰九都心中一动，他们也意识到了这个问题。

"第三藤叶世界的考验可危险得很，我可以帮你们，用神级卷轴给你们加持。"尤兰笑着说道，"这样一来，你们通过第三藤叶世界的把握就大多了，不是吗？"

"和杀我相比，通过连天藤更重要吧？"尤兰看着眼前的两人。

尤兰感觉到有希望，继续说道："到后面，我想要暗算你们都做不到，而你们四个联手威逼我，我只能乖乖地给你们使用神级卷轴。这一点你们尽管放心。你们四个的神级卷轴应该有不少还没用掉吧，我可以帮你们使用，加持在你们身上。"

"杀我，没什么好处；不杀我，你们通过连天藤的希望更大啊。"尤兰强调道。

"东伯兄，"辰九看向身旁的东伯雪鹰，同时传音道，"要不我们先不杀他，看紧他。"

"怎么看紧？我们可是计划在大峡谷中修行一年。这一年的时间，你怎么看紧他？而且，若去了第三藤叶世界，一旦经历考验，我们根本无法再看紧他。"东伯雪鹰传音道。

"可他的确能够使用神级卷轴……"辰九传音回道。

旁边的尤兰默默地看着。虽然他听不到他们的谈话，可他看得出来，东伯雪鹰和辰九在讨论要不要饶他一命。

"你说得很有道理。"东伯雪鹰看向尤兰。

尤兰再次挤出笑容，努力表现出友好。

"可是……你还是得死！"东伯雪鹰随即声音变得冰冷，话音一落，他手中的火红色长枪瞬间划过长空，直接刺向尤兰。

"你——"尤兰没想到，他都表明自己是这几人中唯一一个能使用神级卷轴的了，东伯雪鹰还是要杀他。

他的手中当即出现一份神级卷轴，这是他最后一份神级卷轴了。

"去死吧！"尤兰眼中涌现疯狂。

只见一道黑色火焰凭空出现，笼罩向东伯雪鹰。

放出黑色火焰后，尤兰顾不得看效果，立即化作流光逃窜。

哗哗哗……

一个个东伯雪鹰出现在四面八方，有些直接出现在尤兰身侧。

"你以为你逃得掉？"所有的东伯雪鹰同时开口。

黑色火焰扫过了之前杀来的东伯雪鹰本尊，可东伯雪鹰本尊轻易化作虚无。

"这是……？"尤兰看到旁边足足有三十六个东伯雪鹰的虚界分身，心一沉，他想到了一个可怕的后果，于是更加拼命地逃窜。

轰——

周围产生恐怖的引力，引力作用在尤兰身上。

尤兰感觉无形的力量拖拽着他，让他的飞行速度不由得减缓。

他身边凭空出现了一个东伯雪鹰，一枪朝他刺来。

尤兰立即挥手阻挡，周围的时间流速都变慢了。

呼！随着靠近，那一枪却直接崩溃了。

原来这个东伯雪鹰只是虚界分身，是虚假的。东伯雪鹰虽然能够切换身体，但必须在周围百米内。所以，他的本尊实际上正在急速追杀尤兰。在引力的作用下，他的速度比尤兰快了一大截。虚界分身击出这一枪，吓得尤兰连忙阻挡，速度大减。趁着这空当，他的本尊追了上来。

呼！又出现一个虚界分身，又一枪刺来，气势恢宏。

"难道又是假的，故意拖慢我的速度？"尤兰一掌拍击过去，尽量不影响自己的逃跑速度。

轰——

长枪带着毁灭性气息旋转着，而且有着恐怖的引力旋涡。

尤兰这一掌竟然没能抵挡住，他陡然脸色大变："是真的！"

这一枪比当初他和东伯雪鹰在黑白神山外的那次交手更快、更雄浑、更诡异。别说他只是随意击出一掌，就算全力以赴出击，能不能抵挡住还难说。

噗！长枪旋转着从尤兰的左胸口刺入。

尤兰的身体被长枪刺穿之后，带着极端攻击毁灭性的奥妙摧毁了他左边的小半躯体，另外大半躯体凝聚，恢复完好。

"你的魔体分裂得挺快的。"东伯雪鹰的声音回荡在周围，"我看你还能分裂几次。"

只见尤兰周围环绕着一群东伯雪鹰，个个急速出枪。

尤兰分不清哪个是真，哪个是假。如今，东伯雪鹰的虚界分身也达到了半神级巅峰，并不是尤兰的规则奥妙能够灭杀的。

"东伯雪鹰，我能帮你的，我真的能帮你。"尤兰双手变大，仿佛两面巨大的盾牌，费力地抵挡来自四面八方的攻击。

呼！

真正的星石火云枪再次击中尤兰的身体。

尤兰的身体在被一枪毁灭近半后，残余的身体部分立即凝合。

"他这魔体真神奇，分合随心，大小随心。"东伯雪鹰暗道，"可惜，他最终还是得死。"

"没有我，你们都使用不了神级卷轴啊。"尤兰绝望了，连忙急切地喊道，"辰九，辰九，你快阻止东伯雪鹰啊。"

这一次，他是真的感觉到死亡的气息了，顿时惊恐不已。

他后悔了，真的后悔了。为什么在第一藤叶世界非要设下杀局啊？

他当时在核心长藤上看到东伯雪鹰和辰九面临生命危险，笑得很得意。可是东伯雪鹰和辰九最终都没死，特别是东伯雪鹰，实力还变得更强了。现在却轮到他面临生命危险了。

"为什么，为什么要招惹他？

"啊啊啊啊，怎么办？我还不想死，不能死。

"捏碎符牌？不，不，一旦捏碎符牌放弃任务，我会遭到黑暗深渊誓约惩罚，彻底魂飞魄散。可若不捏碎符牌，我照样会死在东伯雪鹰手里。"

尤兰心里焦急。

虽然有符牌，可辰九、梅山主人等都是立下了誓约的，界神既然花了大代价将他们送下来，自然不会给他们退路。任务不成功，他们就得死。至于他们的手下，受到的约束反而小点。可若辰九死了，任务失败，在外面的福叔也会死。

"别杀我！你要我做什么，都好说。"尤兰连忙哀求道。

噗！

最后一枪刺来。

已经虚弱到快无法维持身体完整的尤兰，被一枪刺穿了头颅。

哗——

尤兰整个身体瞬间遭到摧毁，尽皆消散。

当当当！

一双半透明的手套，还有储物手环，跌落在石质地面上，发出清脆的响声。

东伯雪鹰这才露出一丝笑容。

终于解决掉他了！

"东伯兄，"辰九走过来感慨道，"你除掉了尤兰这个祸患，真是痛快啊！"

"只要你不怪我就好。"东伯雪鹰说道。

"你说得很对，我不该存着侥幸心理，尤兰这个祸患不能留。"辰九道。

东伯雪鹰点点头。

之前他说服辰九只用了一句话——在历史上，有靠神级卷轴成为红尘圣主护法弟子的吗？

没有！连天藤的考验越往后越难，越得靠自己真正的实力。而且，留着尤兰，终究是一个祸患。

第329章

十八年

大峡谷内，一袭白衣的东伯雪鹰抬头看着崖壁刀痕。

"我真不知道这一生能不能达到这般境界。"东伯雪鹰喃喃低语，随即身体微微颤抖。他当即一翻手，拿出黑色葫芦喝了一口，苦涩的药瞬间沁入心田，疼痛减弱了不少，"之前我半个时辰要喝一次药，现在半个时辰要喝两次了。"

"外界只过了一年，在大峡谷内我却已经度过了十八年。"东伯雪鹰感慨道。

十八年来，他看遍了大峡谷内的每一处崖壁痕迹，细细体会、琢磨，最终还是来到这一处崖壁刀痕前。大半时间，他都在参悟这道刀痕，体会其中的规则奥妙。

"该走了。"东伯雪鹰默默道。

他很清楚自身的变化。在大峡谷里修行了十八年，眼界大开，功力无比深厚。毕竟这是神界的一位大能建造的大峡谷，主要是为了挖掘前来进行考验的超凡强者的潜力。

东伯雪鹰化作一道流光，迅速沿着大峡谷前进，飞行了一百二十万里后，就看到了一株足有千米高的血蔓花。

血蔓花有着巨大的绿藤，还有无数细藤，细藤笼罩周围数千米，上面有一朵朵红色的花。

"血蔓。"东伯雪鹰开口了。

"主人。"一道青涩的声音响起。巨大的血蔓花瞬间缩小，迅速朝着东伯雪鹰飞来，很快就缠绕在东伯雪鹰的手腕上，变成一个手环。

"主人，我、我感觉自己快要突破了。"一股波动传入东伯雪鹰脑海。

东伯雪鹰露出笑容，道："不急。你先别突破，等进入夏族世界后，你再突破到神级。"

"嗯。"血蔓花乖巧地应道。

刚开始培育时，它还很稚嫩，现在却能和东伯雪鹰交流了。东伯雪鹰在大峡谷内选了一处时间流速最快的地方让它成长，它所在之处的时间流速是外界的百倍，如今离突破到神级不远了。

不过，夏族世界毕竟是凡人世界。如果是这一世界的超凡强者跨入神灵层次，平常受世界意志的眷顾，万年后才会被赶走。在万年内，如果境界提升得够高，更有望炼化整个夏族世界，成为这个凡人世界的主人。

至于外来者，是根本不可能炼化夏族世界的世界意志的。世界意志不会乖乖地听话，任其慢慢炼化，反而从一开始就会反抗。所以外来者的实力必须低于神级。

唯有在夏族世界内成神，才能在夏族世界内待满万年。血蔓花并不是夏族世界的生命，自然会遭到排斥，一旦跨入神级，将无法进入夏族世界。

……

东伯雪鹰带着血蔓花继续前进，很快就找到了依旧沉浸在修行中的辰九。

"东伯兄，你来了。"辰九起身，看着面前的崖壁上的一幅幅人体雕刻，其中蕴含的正是唯我真意的奥妙，"我还真舍不得离开这里。"

"既然你这么舍不得，那就留在这里吧。其实，如果后面的藤叶世界你通过不了，也可以直接回到这里继续修行。"东伯雪鹰打趣道。

"别咒我，我一定会顺利通过连天藤的。"辰九连忙说道。

"哈哈……嗯，我们一起通过。"东伯雪鹰笑道，"走吧，我们该去第三藤叶世界了。剑皇和梅山主人还一直被困在第三藤叶世界吗？"

"在我的斗气分身消散时，他们还没通过第三藤叶世界。"辰九道。

除了巫马海，其他人留在外界的斗气分身此时才相继消散。

两人立即化作流光，迅速前进。离开大峡谷后，他们顺着连天藤主干继续往上飞行，又飞行了足足九天，来到了更高的第三藤叶世界。

第三藤叶世界很空旷，里面只有两座擂台，其中一座擂台上盘膝坐着三名唇红齿白的孩童。这三名孩童都穿着肚兜，各自身旁放着两个大锤。而另一座擂台上，有一名身穿铠甲的肥胖巨汉在呼呼大睡。

两座擂台前，金衣青年、梅山主人同时转头看向半空，只见和奚薇前辈简单交谈后的东伯雪鹰和辰九降落下来。

"你们俩总算来了。"金衣青年感慨道，"你们真是慢啊，在大峡谷待了整整一年。"

"你们还被困在这里呢！"辰九看着这两座擂台，"按照情报，前面两个藤叶世界里都有奇遇，能挖掘我们的潜力。从第三藤叶世界开始，才越来越难。怎么，第三藤叶世界就困住你们了？它就这么难闯？"

"你可以试试。"金衣青年懒得辩解。

东伯雪鹰仔细打量着眼前两座擂台。

第三藤叶世界的考验很简单——击败两座擂台上的对手，就可以进入第四藤叶世界。

擂台战何等简单，可这也是实打实的，更考验挑战者的实力。

"肥胖巨汉和那三名孩童都是法阵形成的，"梅山主人开口说道，"并非真正的生命，可他们的实力永远是恒定的。我借助空间真意让三名孩童无法形成围攻，才勉强击败他们。可是，那个肥胖巨汉极为强横，容不得我躲避，必须正面迎战，我的实力还是差了些。"

"我都试过了。"旁边的金衣青年摇摇头，"武皇还能赢下一场擂台战，可我一场都赢不了，愁得头发都白了。"

"你的头发不都是黑的吗？"辰九打趣道。

"你看。"金衣青年指着自己的头发。唰！他的黑发瞬间全部变成了白发，跟着又变回黑发，"唉，都是白的，只是我把它们变成了黑的而已。"

"两场擂台战都赢不了，你还有心情在这里开玩笑。"辰九笑道。

东伯雪鹰也有些佩服他们了。要知道，他们都被誓言约束了，一旦任务失败，必死无疑，所以他们都没有退路。两场擂台战都败了，金衣青年还在开玩笑，心态真好。

"这算什么？当年，在时空神殿指派的一次次任务中，我有很多次面临死亡，最后都没怎么样。"金衣青年笑道，"早就知道任务失败会死，为何要苦着脸死？开开心心死，岂不是更好？"

"好吧，好吧，你厉害。"辰九一跃而起，直接飞向肥胖巨汉所在的擂台，"我来会会他。"

说完，辰九显现出了八臂，气势如虹。八条手臂隐隐化作八条巨龙的头，直接碾压过去。

梅山主人立即捂脸。

"你自求多福吧。"金衣青年则道。

原本躺在那儿的肥胖巨汉猛然挥动手掌，他的手掌仿佛蒲扇般直接和袭击而来的八条手臂撞击在一起。

辰九神色大变，眼睛瞪得滚圆。他冲上去很快，倒飞下来更快，他被肥胖巨汉一掌给抽得倒飞下擂台，摔在藤叶上。广阔的藤叶微微震颤，表面却丝毫无损。

"我……"辰九说不出话来了。

"你竟然敢跟他硬拼?!"梅山主人摇摇头，"你简直是自取其辱。"

"不试试，怎么知道不行？"辰九反驳道。他嘴上这样说着，表情却很凝重。

梅山主人、金衣青年的实力他都很清楚，近战能力都和他差不多，可金衣青年一场都没赢。梅山主人是靠着空间真意令三名孩童无法形成围攻才勉强赢下一场。要知道，梅山主人可是掌握了唯我真意的。

看来他们有麻烦了。

这还只是第三藤叶世界啊！

东伯雪鹰在一旁认真观战。

情报不假，这里的考验是真难啊！

嘭嘭嘭！

辰九不甘心，再度尝试，却还是被肥胖巨汉给轰了下来。

肥胖巨汉的攻击看似简单，实则大巧不工。辰九接连尝试三次，最后都失败了。

"东伯兄，我们四个中，恐怕只有你能通过第三藤叶世界了。"辰九看向东伯雪鹰。

梅山主人、金衣青年听到这话，惊讶地看过来。

"辰九对东伯雪鹰就这么有信心？"

第330章

擂台战

"你可别把我捧得太高，我若摔下来可疼得很。"东伯雪鹰打趣道，只是他的眼眸中有一丝战意。不过，要战胜那肥胖巨汉，他的确没把握。

"哈哈……你别谦虚了，我还不知道你。"辰九说着，目光转向另一个擂台上的三名孩童，"败在那肥胖巨汉手上，我无话可说。可那个擂台上只有三个小孩子，我应该能打赢吧。"

"嗯。"

梅山主人、金衣青年都点点头。

东伯雪鹰也赞同。

辰九有八臂，在应对围攻方面，是他们中最擅长的。

"我再试试。"辰九立即一跃而上，落在那个擂台上。

原本盘膝坐着的三名孩童同时睁开了眼睛，看向辰九，眼神都颇为冷厉。

"好冷酷的小娃娃！"辰九瞬间显现出八条手臂，手臂粗壮有力，一股恐怖的气息散发开来。他的八条手臂上隐隐有八个龙首在咆哮，遥遥盯着三名孩童。这些孩童看似可爱，实则是由法阵规则奥妙凝聚而成的，可不好对付，毕竟连金衣青年都败在这三名孩童手下。

"上！"其中一名孩童大喝一声。

嗖嗖嗖！

三名孩童双手持着大锤，一瞬间就化作幻影，飞扑过去。

"好快！"东伯雪鹰大吃一惊。

他在下方观战，是为了等会儿自己打擂台战做准备。虽然他收到了对手的相关情报，可总归比不得自己亲眼观战，这一看就让他吓了一跳。单论速度，三名孩童绝对超过了他们四人。三名孩童如同风一般，身影都显得有些虚化。

擂台上的辰九却丝毫不慌，八个手掌变大，仿佛巨大的蒲扇，时而呈拳，时而呈爪，时而呈指，不断发出各种攻击，或刚猛，或阴柔，或迷幻诡诈……

轰轰轰——

那六个大锤彼此配合，轮流砸了过来，仿佛风轮，又仿佛无比精密的机械。

"厉害！"东伯雪鹰见状，不由得色变，"这三名孩童速度本就超快，加上六个大锤，一起围攻，更是快得让人无法反应。难怪被称作武皇的梅山主人都必须借助空间真意让他们无法形成围攻才勉强获胜。剑皇有波动世界真意在身，足以束缚住他们，他的剑术真意奥妙在近战时也极为厉害，可最终还是败了。"

东伯雪鹰看了这场擂台战后，就知道金衣青年败得不冤。

若在真实世界，自己任由他们围攻，恐怕也会败。

自己的枪法如今威力是大，可也无法同时击败三个厉害的对手。

"有八条手臂就是不一样。"东伯雪鹰露出一丝笑容。

对方有六个大锤，而辰九有八条手臂，防御得滴水不漏。虽然对方速度够快，可辰九的唯我真意和八龙真意结合，近战技巧比梅山主人、金衣青年更胜一筹。

"这辰九还真是厉害啊！我之前说得没错，我们这一群人中，恐怕只有他才敢正面和这三名孩童硬碰硬。"梅山主人慨叹道，"辰九能够将唯我真意修炼得生出八条手臂，且每条手臂都能发挥出很强的实力，实在难得。辰九值得钦佩啊！"

梅山主人也是修炼唯我真意的，却没修炼到多出一条胳膊，或多出个翅膀来。因为他的身体本就很完美，若在此基础上多出些肢体，可能会很不协调，甚至实力不增反降。辰九多生出了六条手臂，且每条手臂都能发挥出超强的实力，这是非常了不起的。

辰九猛然大喝一声，面目变得狰狞。他开始疯狂地反击，甚至偶尔宁可用身体承受一两次大锤的攻击，也要全力地攻击敌人。

嘭嘭嘭！

一名孩童猛地暴退，跟着身体完全消散了。

随着这名孩童战败，其他两名孩童很快一一战败，身体皆消散了。

呼！呼！

辰九站在擂台上，脸色有些发白，嘴里吐出一口鲜血。刚才他前前后后硬扛了对方十几锤，幸亏有神器铠甲以及自身强大的身躯，才没有倒下。

"怎么样？"辰九看向擂台下的人，颇为得意。

"别得意。"金衣青年嗤笑道，"你才赢下一场，有本事把那肥胖巨汉打败，我才佩服你。"

辰九顿时苦着脸。

"我再试一次。"辰九刚刚获胜，气势正盛，当即一咬牙，化作流光，冲上了肥胖巨汉所在的擂台。

嘭！肥胖巨汉又是一掌拍击过来。

辰九这次根本不敢硬碰硬，连忙闪躲。

嘭嘭嘭！

肥胖巨汉的手掌快如闪电，一次次向辰九拍击过来。

辰九躲得了一次却躲不了十次，很快被一掌狠狠击中，整个人倒飞下了擂台。

"唉，我这次输得更快。"辰九不甘地道。

"你刚获胜，立马又打一场，太过急切了。"梅山主人摇摇头，"和他交手，就不能急，得有耐心。而且，不能和他硬碰硬。我们就是和他硬碰硬，很快就败了。"

"我知道。"辰九气恼得很。

辰九他们这次进入红石山前都签下了誓约，现在却都被困在了这里。辰九仗着八臂打赢了那三名孩童，可面对肥胖巨汉却毫无反抗之力，似乎实力差距还挺大。

"我是两场擂台战都输了，辰九和武皇你们都打赢了那三名孩童。"金衣青年笑道，"看来我们还得好好参悟，如果实力没有大的提升，恐怕很难通过第三藤叶世界，更不用说去第四藤叶世界和第五藤叶世界了。"

梅山主人、辰九都点点头。

"东伯雪鹰，"梅山主人看向旁边沉思中的东伯雪鹰，"你无须想太多，先上去试试，败了后还可以再战。"

"东伯兄可没那么容易败。"辰九道。

"辰九，你对东伯雪鹰倒是信心十足啊！"金衣青年惊诧地道，"你虽然赢了那三名孩童，可却是靠着八臂。武皇之前赢那三名孩童时比你还吃力。即便是相对容易对付的三名孩童，东伯雪鹰想要赢都很难，更别说赢那个肥胖的家伙了。"

"你看看不就知道了？"辰九没好气地道。

"我上去试试。"东伯雪鹰开口了。他在旁边观战了一会儿，对两个擂台上的对手都有所了解，心中有了些想法。当然，成不成，还是得战过才知道。

呼！东伯雪鹰一跃而上，落在了三名孩童所在的擂台上。

之前的那三名孩童被辰九轰击得身体都消散了，可此刻擂台上又凝聚出了三名孩童，和之前的一模一样，个个可爱得很，都闭眼盘膝坐着，身旁放着两个大锤。

当东伯雪鹰落在擂台上时，这三名孩童都睁开了眼睛，看向东伯雪鹰。

"攻！"三名孩童拿起身旁的两个大锤，而后化作幻影，速度快得让人心惊。

东伯雪鹰平静地站在那里，任由三名孩童朝自己攻来。

他手中的火红色长枪猛然一挑，犹如一道旋转的弧线，携带着星辰陨灭的毁灭性气息，瞬间产生了恐怖的旋涡引力，吸引着三名孩童，然后一枪刺了过去。

第331章

黑铁炮军

六个大锤彼此巧妙配合，宛如正在运转的精密机械，铺天盖地地向东伯雪鹰笼罩而来。所谓双拳难敌四手，恐怕只有能长出八臂的辰九才能自如应对如此猛烈的攻击吧。

就算是东伯雪鹰，也无法用一杆长枪应对快得惊人的六个大锤。

轰！

东伯雪鹰不闪不躲，只是一枪刺出。

长枪刺出时，周围隐隐有星辰膨胀，化作耀眼的火焰，紧跟着急剧缩小，塌陷为微小的一点。虽然这场景有些模糊，但超凡强者还是能够清晰地看到。这一枪刺出时，速度极快，让旁观者都惊呆了。

太快了！

星辰陨灭击就让梅山主人、辰九、金衣青年感到无比惊艳了。如此一枪，速度极快，且刺出时是旋转的弧线轨迹，还带着超强的旋涡引力，更是惊人。

噗！离得最近的大锤竭力抵挡着。可在旋涡引力急剧变化以及长枪旋转轨迹的影响下，大锤最终没能抵挡住。长枪擦过大锤边缘，而后直接刺入了一名孩童的身体，那孩童的身体瞬间消散。

轰轰轰！

其他四个大锤已经袭来。

东伯雪鹰陡然进入了虚界。

"太快了，这枪法太快了！"金衣青年惊叹道，"不但快，而且带着一种强大气势。枪法轨迹玄妙莫测，那孩童想要抵挡都很难。法阵规则奥妙形成的孩童被击中之后，瞬间战败，身体消散。仅仅一招啊，这枪法的破坏力让人心惊。"

"这是堪称完美的一枪，不管是速度、力量，还是规则奥妙，都让人惊叹。"梅山主人也道，"没想到，东伯雪鹰的实力这么快就超过我们了。"

"他比我上次看到他解决掉尤兰时更厉害了。"辰九也赞叹道。

十八年的时间，东伯雪鹰可没有虚度。

剩下的两名孩童没有进入虚界，因为在虚界内，他们的实力会锐减，所以宁愿留在真实世界。

恐怖的长枪从虚界中袭出，刺入真实世界。长枪周围有虚影，那是星辰膨胀、塌陷、陨灭后的虚影。这恐怖的威势，让剩下的两名孩童更难抵挡。虽然他们全力防御，可东伯雪鹰一枪就震开了他们，破坏了他们的配合，第二枪击中一名，第三枪击中最后一名。

东伯雪鹰赢下了这场擂台战。而后，他从虚界中走出，走下擂台。

这时候，法阵的规则奥妙再度在擂台上凝聚出了三名孩童，三名孩童闭眼盘膝坐着，只要有挑战者，他们就会继续迎战。

"厉害！厉害！"金衣青年赞叹道，"东伯雪鹰，在黑白神山时，我曾见过你施展秘技，就猜测你的天赋超过我等，毕竟你没有厉害的强者指引，又没有在时空神殿这样的地方挖掘过潜力，自己修行不足两百年就自创出了秘技。可我没想到，距离黑白神山一战还没多久，你的实力又突破了，已经远超我等了。"

"确实厉害！"梅山主人也赞叹道。

他们俩一个是时空神殿的现轮回者，一个是已经摆脱了时空神殿的前轮回者，见过的天才很多，而东伯雪鹰绝对是他们见过的顶尖的天才。当然，传说有掌握了一品真意的绝世天才，可那样的存在他们俩都没见过。单单论见过的，东伯雪鹰就是最厉害的。

"我说得没错吧！东伯兄的实力极强，比解决掉尤兰时更强。"辰九得意道。

"在大峡谷中，我参悟并完善了枪法。"东伯雪鹰说道。

尽管如此，他心里并没有感到骄傲。星辰陨灭击是厉害，可也有很多的缺点。比如，它是纯粹攻击性的枪法。此外，经过了十八年的修行，东伯雪鹰掌握的三门真意根基更加坚固，还有了些许提升，可也已经到了暂时无法再完善的地步。还有，星辰陨灭击如今出枪速度很快，甚至在极点穿透真意之上，可是不够连贯。

极点穿透真意，可以一枪连着一枪，瞬间刺出上千枪。

星辰陨灭击，单论一枪，其速度超过极点穿透真意。可一枪刺出后得再度蓄势，无法连贯攻击。在耗尽攻击力的同时，自然削弱了枪法的连续性。

在这世界上，本就没有什么枪法是绝对完美的。又能攻击，又能防御，又阴柔，又刚猛……这是不符合逻辑的。所以，枪法、刀法等都自成一格，有的擅长这个，有的擅长那个。不过，东伯雪鹰能创出星辰陨灭击已经很了不得了，想要再创出高超一些的秘技可不是容易的事。

"以你的天赋，如果有前辈指引，再经历一些生死磨炼，你说不定有望掌握传说中的一品真意。"梅山主人感慨道，"你若是成功，那就算是一步登天了。"

东伯雪鹰笑了："掌握一品真意，那是何其难啊！"

当初时空神殿邀请他时，认定他有掌握一品真意的潜力。不过，这潜力是需要挖掘的，时空神殿就很擅长挖掘超凡强者的潜力。然而，时空神殿最终没有满足东伯雪鹰提出的条件。如果时空神殿愿意帮东伯雪鹰盯着夏族，战争爆发后，允许东伯雪鹰立即归来参战，东伯雪鹰上次就加入时空神殿了。

可惜，当初来邀请东伯雪鹰的只是器灵，它只能遵守主人定下的规则。更何况，器灵负责去亿万凡人世界、神界、黑暗深渊寻找天才，少一个或多一个天才，它并不在意。

"掌握一品真意太难了，单单有天赋还不够，还得经历诸多磨炼和挫折，最终才能蜕变。"金衣青年也感慨道。

"掌握一品真意的绝世超凡强者，单论价值，可媲美这座红石山。"辰九感慨道，"红石山的主人根本不会对绝世超凡强者进行考验，会主动收为弟子。而且，不是护法弟子，而是亲传弟子。"

"你们都快醒醒。"东伯雪鹰打趣道，"别想那么多了，脚踏实地，一步一步走吧。我们现在的任务，是击败这两座擂台上的对手。"

"嗯。"金衣青年、梅山主人、辰九都看向擂台。

"我再试试这最后一个擂台。"

东伯雪鹰一迈步，化作一道幻影，冲上了擂台。他并没有急着抢攻，而是手持长枪站在那里，看着远处呼呼大睡的肥胖巨汉。

半晌，肥胖巨汉才慢吞吞地爬起来。他穿着贴身的铠甲，身体仿佛一座小山。他看着眼前的东伯雪鹰，开口道："你小子是我遇到的超凡强者中实力算不错的，竟然能够轻易打赢三娃他们。"

"那家伙竟然说话了。"金衣青年惊诧，"之前他面对我们时，一直不吭声。哦，不，他最多说'滚'之类的。"

"这说明他根本瞧不起我们。"梅山主人苦笑着摇头。

辰九叹息一声："是啊，我们都被他碾压了，实力差距都很明显。"

"接招！"东伯雪鹰大喝一声，手中的长枪一挑，划过一道旋转的弧线，带着恐怖的威势袭了过去，长枪周围还显现出了星辰陨灭为极点的场景。

嘭！肥胖巨汉又是一掌拍击而出。

准确地说，他只是轻轻一推，却仿佛推出一座巍峨的大山，正面朝着东伯雪鹰冲撞过来。

东伯雪鹰的枪法快且玄妙，是很难抵挡的。可肥胖巨汉的手掌很大，仿佛巨大的蒲扇，又仿佛盾牌，硬是抵挡住了东伯雪鹰这一枪。

轰！长枪枪尖和巨大的手掌撞击在一起。

东伯雪鹰踉跄着连退十余步，每退一步都令地面震颤，而肥胖巨汉仅仅是身体震荡了下。

"好恐怖的力量！"东伯雪鹰又退了一步，身体凭空消失，进入了虚界。

"哼！"肥胖巨汉冷笑一声，巨大的手掌猛然一挥，就直接伸进了虚界。

轰——

虚界内响起轰鸣声。

东伯雪鹰又从虚界中走出，眉头微皱。刚才肥胖巨汉的手掌直接进入了虚界，实力根本没受到影响，这说明自己即便进入虚界也没用。

　　"你藏身于虚界，对我没用。"肥胖巨汉说道，"你达到了虚界真意的三重境，应该可以让身体轻松变换真实和虚幻，这可是近战时非常厉害的能力。来吧，让我看看你的实力。我自打从黑铁炮军退役后，很久没有和擅长藏身于虚界的超凡小家伙交过手了。你放心，我的躯体是借助这法阵凝聚而成的，实力又被压制了，不会超出圣主定下的界限，你还是有希望击败我的。"

　　"黑铁炮军?!"擂台下方的辰九面露惊讶，"他竟然曾经是血刃神廷黑铁炮军的成员?!"

第332章

终分离

"什么是黑铁炮军？"

旁边的梅山主人、金衣青年都好奇地问道。

"血刃神廷统治了广袤神界约三成的疆域。"从小在神界长大的辰九立即解释道，"为了统治麾下疆域，血刃神廷建立了一支支强大的军队，黑铁炮军就是其中一支名气很大的军队。这支军队中，实力最弱的成员都达到了神级巅峰。"

梅山主人、金衣青年听了，惊叹不已。

实力最弱的成员都达到了神级巅峰？血刃神廷不愧是能和时空神殿背后的时空岛媲美的庞大势力啊！

"他们加入黑铁炮军后，身体会被秘术改造。"辰九传音道，"那是血刃神廷不外传的秘术。经过秘术改造后，他们单凭强大的身体就能达到神级巅峰，个个都是这种肥胖高壮的体型。在神界，他们披着特殊的超重型铠甲，只露出一双眼睛。他们的破坏力比一般的神级巅峰强者还要大些，且每一个都极为凶残。在我们家乡那一带，曾经有一名黑铁炮军战士路过，那战士一怒之下，就将盘踞周围十三个星球的一个大门派给灭了。"

"擂台上那个肥胖巨汉的意识应该是一名黑铁炮军成员的意识。"辰九抬头看着，"他仅仅借助这躯体，实力被压制了，却依旧强大。我听说，黑铁炮军成员的战斗力都极强。"

……

擂台上。

东伯雪鹰看着眼前的肥胖巨汉，惊诧地说道："原来你是真正的生命。"

"当然，我就生活在红石山。"肥胖巨汉看着东伯雪鹰，咧嘴一笑，手指指向上方，"我就住在连天藤上面的一层空间里。"

"哦！"东伯雪鹰点点头。

红石山内，除了奚薇前辈，似乎还有不少真正的生命呢。

"我只是降临在这里，应付你们这些超凡强者而已。来来来，看看我在圣主定下的界限内，能不能击败你这个掌握了虚界分身变幻的小家伙。"

"前辈，那你可得小心了。"东伯雪鹰咧嘴一笑，顿时擂台上出现一个个东伯雪鹰，一眼看去，足足有三十六个东伯雪鹰，个个都手持一杆长枪，分散成三圈，围绕着肥胖巨汉，对他说道，"我可要攻击了。"

"来吧！"肥胖巨汉谨慎以待。

之前来打擂台的金衣青年、辰九、梅山主人都没让他感觉到压力。现在，东伯雪鹰让他感觉到了一丝压力。

呼！东伯雪鹰本尊瞬间消失不见，融入了某个虚界分身。

轰！长枪猛然一挑，仿佛长龙，旋转着呼啸刺来，周围还有星辰膨胀、塌陷、陨灭的绚烂场景，枪尖就是塌陷的那一个极点，带着宛如旋涡的引力。

东伯雪鹰近距离突然出枪，肥胖巨汉即便有所准备，依旧感到速度快得惊人，连忙挥手拍击过去。

嘭！肥胖巨汉出手也快得很，虽然是仓促应对，但依旧挡下来了。

"前辈，虚界分身的攻击可没这么简单。"一道声音在擂台周围回荡。

另一个虚界分身也出枪了，此刻他已然切换为本尊。

轰——

东伯雪鹰从肥胖巨汉的四面八方接连出枪，他借助虚界分身变幻无踪的特点，出手又快又突兀，且每一枪都狠辣。

"他这样毫无征兆地从各个方向袭来，若换作我，我也抵挡不住。"梅山主人见状，惊叹不已。

"东伯雪鹰的实力的确超过了我们。"金衣青年感到惊惧。

"虚界真意本身的攻击力不行，可如果配合其他真意，就能发挥出让人心惊的攻击力。难怪掌握此等真意者被称为最恐怖的刺客。"辰九也赞叹道。

当然，掌握一品真意的绝世超凡强者如果进行刺杀会更厉害，可掌握一品真意的存在太少了。

掌握二品真意者，在凡人世界历史上都极少。

可在神界、黑暗深渊中，掌握二品真意的强者还是有很多的，掌握一品真意的强者却依旧只是传说。这也是高高在上的神界大能发现掌握一品真意者后，会立即主动收为亲传弟子的缘故。

下面观战的辰九三人惊叹不已。

上面的肥胖巨汉全力以赴地防御着。他的一双手掌仿佛蒲扇，出掌极快，笼罩四面八方，一次次挡下东伯雪鹰长枪的攻击。

可是，久攻必破。肥胖巨汉每一次都要竭力才能挡下长枪的攻击，次数多了，终究会中招。

刺啦！一枪擦着肥胖巨汉的手掌边缘刺出，沿着其内臂位置擦过，而后刺在那看似普通的铠甲上。

这只是法阵能量凝聚而成的普通铠甲，噗的一声就被刺穿了。而后，长枪就刺入了肥胖巨汉的腹部。

"嗯？"东伯雪鹰眉头一皱。他这带着恐怖毁灭性奥妙的一枪刺入肥胖巨汉腹部后受到了阻碍，仅仅刺入一寸就停下了。显然，肥胖巨汉的身体极为强韧。

肥胖巨汉猛然双手朝身前一挥。

东伯雪鹰连忙拔出长枪暴退，同时移动到另一个虚界分身所在的位置。

肥胖巨汉的手掌呼啸着拍击过东伯雪鹰原本的位置，这才停下。他低头看了看胸铠上的口子，皱了皱眉，直接将上身的铠甲拽掉，甩到远处，发出沉重的声响。

"这能量凝聚而成的铠甲一点用都没有。"肥胖巨汉嘀咕道，"若有黑铁炮军甲在身……"

此时，他腹部的伤口迅速愈合。

"小子，你有点本事啊！"肥胖巨汉看向东伯雪鹰的目光中隐隐闪烁凶光。

他的体表开始浮现出黑色符纹，白皙的皮肤表面出现了非常玄妙的黑色符纹，整个人的气息变得凶戾。

"开始最后爆发了。"

辰九三人屏息看着。

东伯雪鹰咧嘴一笑："到最后了吗？"

辰九和他分享过有关红石山的情报，他知道这肥胖巨汉到了最后时刻会爆发，这是最后的反扑，当然威胁更大。

"接招！"东伯雪鹰连续出枪。他想通过实战来验证自己的感悟，磨炼自己的枪法。一时间，数个东伯雪鹰出现在肥胖巨汉的四面八方，一次次出枪。

"哈哈哈……"肥胖巨汉赤裸的上半身满是黑色符纹，面目无比狰狞。他疯狂地朝四面八方拍击，手掌拍击的速度比之前快得多。一瞬间，周围几乎都被他的掌法威势笼罩了。

东伯雪鹰虽然能瞬间移动到各处，可一时间竟然被压制住了。

嘭！东伯雪鹰刚融入一个虚界分身，肥胖巨汉的一掌刚好拍击在那个虚界分身上。对方的攻击速度实在是太快了，战斗到这种程度，本能反应超过了意识反应的速度。

东伯雪鹰被拍击得倒飞开去。

"中招了？"肥胖巨汉露出喜色。

东伯雪鹰在半空的身体消散。

"虚无之体？"肥胖巨汉皱眉。

"前辈，接下我的全力一招吧。"东伯雪鹰的声音回荡在半空。

只见肥胖巨汉周围突然出现了三十六个白衣东伯雪鹰，他们同时出枪攻击，周围都显现出星辰膨胀、塌陷、陨灭为极点的场景。

"这小子！"肥胖巨汉脸色大变。

这三十六个东伯雪鹰中，显然有三十五个是虚假的。那星辰膨胀、塌陷、陨灭为极点的场景是东伯雪鹰刻意操纵规则奥妙形成的。毕竟这秘技是东伯雪鹰创造出来的，他自然能模拟出一模一样的场景。若是其他人模拟，只会有场景，却无规则奥妙气息。

三十六个东伯雪鹰，肥胖巨汉根本看不出哪个是假的。他立即高速移动，尽量不被围攻，同时竭力抵挡着从四面八方袭来的每一道枪影。

在无数枪影的笼罩下，三十六个虚界分身围攻，其中有三十五个有半神级巅峰的实力。当然，这对于肥胖巨汉而言不只有迷惑之效，还很致命。因为那唯一的东伯雪鹰本尊实力很强。

噗！

一杆长枪再度刺入肥胖巨汉的身体。

噗——

随着三十六道枪影的一次次围攻，接连有长枪刺入肥胖巨汉的身体，连续刺入九次。

肥胖巨汉露出无奈的笑容，紧跟着，身体完全消散了。

赢了！

这一场擂台战，东伯雪鹰也赢了。

"我通过第三藤叶世界了！"东伯雪鹰露出兴奋之色，飞下擂台。

"干得好！我就知道，东伯兄你会赢。"辰九走过来，赞赏地拍了拍东伯雪鹰的肩膀。

这时，擂台上重新凝聚出了肥胖巨汉。肥胖巨汉看向擂台下方，大声喊话："小子，你能赢我，不是因为你的虚界分身够多、够迷惑，而是因为你的枪法够快。如果你的枪法没有这么快，我只用一双手就能抵挡住你的三十六个虚界分身。你那枪法是秘技吧，叫什么名字？"

"星辰陨灭击。"东伯雪鹰转头说道。

"这名字不错！你真够厉害的，虚界真意才达到三重境，就创出了这么厉害的秘技。"肥胖巨汉苦笑着摇摇头，"现在的小家伙可真厉害啊！"

东伯雪鹰淡淡一笑。

"东伯雪鹰，恭喜。"梅山主人走了过来。

"恭喜。"金衣青年也说道。

他们俩心情都很复杂。

"你们三位只要实力再有所突破，也能赢。"东伯雪鹰道。

"好了，别废话了，赶紧出发吧。"辰九说道，"你别太得意，上面还有第四藤叶世界和第五藤叶世界呢。"

"嗯。"东伯雪鹰难得地没有反驳。

虽然他和辰九只是一同进入红石山闯荡的伙伴，可经历一次次危险，两人性情相投，彼此建立了深厚的感情。其实，在最开始辰九主动说要带他进入红石山时，他就对辰九颇有好感。接触下来，他能感觉到，辰九面冷心热，是个值得交的朋友。

"三位，我就先继续前进了。"东伯雪鹰说道。

看着眼前的辰九、梅山主人、金衣青年，东伯雪鹰的心情也很复杂。他们由于各种原因，或主动，或被迫，进入了红石山，现在却只能停留在第三藤叶世界。

"路上小心。"辰九叮嘱道。

"嗯。"东伯雪鹰点点头，"我先走一步。我相信，在上面能和你们重逢。"

"那是一定的。"金衣青年笑道。

呼！东伯雪鹰转头就朝远处的连天藤主干飞去，而后顺着主干，朝上方的第四藤叶世界飞去。

辰九、梅山主人、金衣青年抬头看着，心里很不是滋味。

如今，他们三个都被困在这儿，只有东伯雪鹰一人继续前进。

第333章 第四藤叶世界

　　东伯雪鹰顺着连天藤主干不断朝上方飞行，下方的第三藤叶世界以缓慢的速度变小。

　　擂台旁的辰九、梅山主人、金衣青年的身影也越来越小，肉眼难以看清。

　　"保重！"东伯雪鹰默默道，随即抬头看向上方。上方极为遥远处有一片巨大的藤叶，那就是第四藤叶世界。如今，只有他自己一个人去闯荡了。

　　"真没想到，此次进入红石山，我却走在了最前面。"东伯雪鹰摇头一笑。

　　他不断飞行。

　　一天，两天，三天……

　　离第四藤叶世界越来越近，东伯雪鹰心中隐隐感觉到了压力。

　　论危险性，第四藤叶世界远远大于前面三个藤叶世界。

　　"我没有退路了，必须通过第四藤叶世界。"东伯雪鹰一边飞行，一边拿着黑色葫芦仰头喝了一口，随即收起，苦涩的药弥漫全身。他早就习惯了这种苦涩的味道，甚至喜欢上了。

　　……

　　沿着连天藤主干飞行了九天多的时间，东伯雪鹰终于来到了第四藤叶世界。

　　奚薇的身影再次从主干中浮现出来。

　　"年轻的超凡强者，恭喜你，来到第四藤叶世界。"奚薇看向东伯雪鹰，"在这次进入红石山的超凡强者中，你的天赋是最高的，潜力是最大的。我原本还担心你实力提升得太慢，很难通过第三藤叶世界。现在看来，是我多虑了，你的实力提升速度比我预料的还快些。"

"等我通过五个藤叶世界，那才值得恭喜。"东伯雪鹰说道。

"你能如此清醒，这很好。"奚薇点点头，"依圣主的安排，第一藤叶世界和第二藤叶世界虽然有危险，可更多的是为了挖掘你们的潜力。第三藤叶世界的难度大增，直接淘汰掉绝大多数超凡强者。不过，擂台战也是有规定的，守擂者一般会留手，很少出现一击毙命的情况。"

东伯雪鹰点点头。

梅山主人他们三个都还活着，说明擂台战虽然难，但死亡的可能性很小。

"不过，最后两个藤叶世界可不一样，考验的是你的生死搏斗能力及其他诸多方面。"奚薇说道，"而且，你随时可能会死。"

"我明白。"

"你看那边。"奚薇指向下方巨大的藤叶，那藤叶上别无他物，只有一座恢宏的建筑，主色调是黑金色，"那就是在神界较为常见的赤色站台。"

"在神界，很多为了得到资源的修行者不惜赌上自己的性命，进入赤色站台，进行战斗。"奚薇说道，"除了神级强者，甚至有界神级存在去那里进行战斗。一进入赤色站台，只有一方能够活着出来，另一方会死在里面。"

"因为是赌命，在神界，赤色站台给予获胜者的奖励极高，这吸引了很多的神级强者乃至界神级存在参战。两名界神级存在进行战斗，必死一个。这种残酷的战斗，吸引无数修行者去观看。"奚薇感慨道，"赤色站台在神界是非常盛行的。"

东伯雪鹰点点头。

他和辰九聊过许多，知道神界等级森严、残酷，神灵也会沦落为奴隶，被贩卖，去战斗赌命根本不奇怪。只是，连界神级存在都去赌命，那就太罕见了。

"这是仿造出来的一座普通的赤色站台。"奚薇指着那座恢宏的建筑说道，"你这次进去后，将会遇到你的对手。一个时间沙后，会有另一批对手加入。再过一个时间沙，会有第三批对手加入。要么这三批对手死，要么你死。这规则你明白了吗？"

"明白。"

东伯雪鹰只是一个人出战，对手则被分成了三批，所以他得在一个时间沙内干掉一批对手，这样才能轻松应对第二批对手。若三批对手联手，自己必死无疑。

"去吧，祝你好运！"

言毕，奚薇的身影便没入了连天藤的主干内。

东伯雪鹰俯瞰着那座建筑，当即俯冲下去，降落在巨大的藤叶上。他缓步走向建筑，一条通道开启，这条幽深的通道通往里面的战斗之地。

咕嘟！东伯雪鹰拿起黑色葫芦，仰头喝了一口药，让自己恢复到最好的状态。

"冲！"他手中出现了一杆火红色长枪，他当即步入那幽深的通道，毫不犹豫地往前冲，很快就穿过了通道，来到了赤色站台上。

赤色站台呈正方形，长、宽各为万里，四处弥漫着煞气。这座赤色站台上似乎陨灭过很多强者，浓浓的煞气让人心惊。

哗！

赤色站台周围忽然出现了一道无形的空间屏障，隔绝了一切。

东伯雪鹰看了眼空间屏障，他明白，这是为了防止赤色站台上的战斗余波波及周围观战的人，当然还有一个原因——让参战的逃离不了。

参战双方只有一方能活着离开。一旦进入赤色站台，就没有后悔的余地。

东伯雪鹰听辰九说过，在神界，一些神级强者为了得到宝物甘愿去拼死一战，可交手一两招后就后悔了，甚至大声求饶，可是根本没用。

哧哧哧——

半空出现了沙漏，沙漏内是闪烁着光芒的时间沙。

随着时间沙缓缓朝下方流动。

"嗷——"

赤色站台上出现了九道身影，身影凝实，是有着银白色毛的四蹄异兽。这些四蹄异兽都有金色独角，双眸也是金色的，正狠狠地盯着东伯雪鹰。

时间沙流动，代表战斗已经开始。一旦时间沙流光，第二批对手就会出现。

"不好！"东伯雪鹰眉头一皱。虽然他事先得到了很多情报，可是并没能认出这九头独角金瞳异兽，不知道它们的来历。知己知彼，才更有把握获胜啊！可第四藤叶世界就是这样，参战者只知道在赤色站台上必须连续迎战三批对手，至于对手是谁，是不可知的。

"顾不了这么多了。"

"嗷——"

随着吼声响起，九头独角金瞳异兽瞬间化作九道金光，朝东伯雪鹰围攻而来。

东伯雪鹰手持火红色长枪，一迈步，就消失不见了。

虚界内。

东伯雪鹰看到九头独角金瞳异兽转过头看向自己，目光似乎穿过了虚界，只是它们都犹豫了。

"很好！看来，它们进入虚界后实力会受到影响。"东伯雪鹰在虚界中瞬间靠近一头独角金瞳异兽，长枪直接刺出，使出了一记绝招。快得不可思议的星辰陨灭击施展了出去，枪杆旋转着，枪尖带着旋涡引力以及恐怖的穿透破坏力。

那独角金瞳异兽速度极快，欲闪躲开来，同时挥动爪子欲抵挡。

噗！东伯雪鹰这一枪可没那么容易抵挡，仅仅和爪子碰撞了下，便旋转着刺入了这头独角金瞳异兽的腹部。

第334章

赤色战台

枪尖刺穿独角金瞳异兽的毛皮，刺入肌肉，刺入内部的器官，带着极致破坏性的规则奥妙荡漾开去。

独角金瞳异兽还张着血盆大口，在遭受攻击的情况下妄图反扑。可紧跟着，它的身体就直接崩溃，仿佛沙砾一般消散了。

"嗷——"

其他八头独角金瞳异兽受到触动，可它们不但不恐惧，反而一跃，进入虚界。

虚界内。

八头独角金瞳异兽化作金光，袭向东伯雪鹰，可它们的速度显然慢了很多。

"哼！"东伯雪鹰手持长枪站在那里，丝毫不躲，一股狂猛的引力波及四面八方，排斥着那八头独角金瞳异兽。

那八头独角金瞳异兽的速度又慢了少许。主要是它们的体形不够大，重量不够大，仅仅达到三重境的星辰真意的引力领域效果还没有那么好。

呼！东伯雪鹰脚一移动，瞬间出枪。

"嗷——"

独角金瞳异兽们同时发起攻击。

东伯雪鹰依旧没有丝毫犹豫，恐怖的一枪刺出，速度丝毫不减，带着星辰陨灭为极点的场景，刺入了一头独角金瞳异兽体内。

那头独角金瞳异兽的身体开始崩溃。虽然它的身体很强大，却也抵挡不住东伯雪鹰这极致破坏性的秘技绝招的攻击。

东伯雪鹰刺出一枪，还来不及抵挡，其他七头独角金瞳异兽已经使出了绝招，利爪化作金光挥舞而来，同时张开血盆大口啃咬。

在之前那种情况下，一般超凡强者都会先保命，不会不惜一切代价先击灭一头独角金瞳异兽。因为这样做的话，自己就没时间防御了。

七头独角金瞳异兽瞬间围攻而来，东伯雪鹰的身影消散。

百米外，出现了东伯雪鹰的身影，他毫不犹豫地一枪刺向离得最近的一头独角金瞳异兽。突然出现的东伯雪鹰，突兀的绝招，让那头独角金瞳异兽措手不及。那长枪直接贯穿了它的头，恐怖的规则奥妙波及其全身，令其身体瞬间崩溃。

唰！唰！唰！

东伯雪鹰的身影不断变幻，周围出现了一个个东伯雪鹰，却很快如梦幻泡影般消散了。

噗！长枪直接从另一头独角金瞳异兽的背部刺入。

那头独角金瞳异兽竭力转过身来反抗，却还是晚了。

"嗷——"剩下的独角金瞳异兽咆哮起来，毫不犹豫就钻出了虚界，并且完全分散开来，朝四面八方逃窜。

"逃？打不过就逃？"东伯雪鹰面色一变。

他知道，自己必须抓紧时间除掉这第一批对手。虽然第一批对手实力看似弱，可每一个都比库蒙将军他们要强些，估计有尤兰的五六成实力。

经历了十八年的修行，东伯雪鹰的枪法完全成熟了。特别是秘技的实力大大提升了，如今他的星辰陨灭击出枪速度比极点穿透真意还要快。若他再次和尤兰交手，尤兰恐怕防都防不住。

这些独角金瞳异兽联合起来还是很有威胁的。

"早知道我应该示敌以弱，现在一下子把它们吓住，它们开始分散逃了。"东伯雪鹰有些懊恼，心中闪过诸多念头，战斗却丝毫不停。他立即进入真实世界，释放引力领域，竭力吸引这些独角金瞳异兽朝他靠近，并且展开速度配合虚界分身变幻，一眨眼就追上离得最近的一头独角金瞳异兽。

他瞬间干翻了这头独角金瞳异兽，立即再追击另外一头独角金瞳异兽，可距离明显变得更远了。

"这么一头头追击下去，越往后距离会越远。"东伯雪鹰心念一动，四面八方出现了足足三十六个东伯雪鹰，个个手持长枪，高速追击，甚至周围还出现了浓浓的白色雾气，遮蔽了这些独角金瞳异兽的视线，让它们无法联系同伴。

"嗷——"

独角金瞳异兽们似乎被一个个东伯雪鹰给吓住了，都竭力闪躲着。

它们难以分辨出哪一个是真的，哪一个是假的。

而让东伯雪鹰头疼的是，幻域根本没用，这些独角金瞳异兽还是能借助自身的规则奥妙领域感应彼此。而且，它们只是法阵凝聚出的生物，并非真正的生命，他的虚界真意根本无法将它们的精神拽入虚幻中。

东伯雪鹰借助一个个虚界分身故意迷惑独角金瞳异兽，其本尊则以虚无之态悄然在虚界当中前进……他的身体和虚界完全融为一体，所以这些独角金瞳异兽根本无法发觉。

可它们也很聪慧，它们分散在赤色站台的各个角落，彼此间保持着最远的距离，好让东伯雪鹰四处奔波。

呼！东伯雪鹰一枪击中最后一头独角金瞳异兽。

那头独角金瞳异兽的头被长枪刺穿，四肢挣扎了下，紧跟着身体完全消散了。

"幸亏我的身体化作了虚无，和虚界合一，这样很难被这些独角金瞳异兽发现。"东伯雪鹰松了口气，"我总算在一个时间沙内解决了这些独角金瞳异兽。"

不愧是刺客手段。东伯雪鹰在虚界中悄然潜行时，是很难被发现的。如今，他能够和虚界合一，就连梅山主人都无法发现他。当然，这种潜匿手段依旧不够厉害，梅山主人如果掌握了空间神心，还是能够察觉到。东伯雪鹰如果达到虚界神心境，那就是另外一番天地了。

境界就是如此，没有最高，只有更高深。

东伯雪鹰抬头看了看半空的沙漏，沙漏内的时间沙快要流光了。

他已经想尽办法，甚至借助潜伏虚界的手段才勉强在一个时间沙内解决掉这些独角金瞳异兽。这还只是最容易解决的第一批对手，后面还有更厉害的两批对手。

"来了。"

半空，那一盏沙漏里的时间沙终于流光了，而后沙漏直接倒转，内部重新积聚的时间沙继续往下流。

赤色站台上凝聚出六道身影，是六名仿佛由水流凝聚的人形存在，很快身体就凝实了。他们都穿着深蓝色铠甲，脸上戴着面具，手里拿的兵器各异。同时，他们身上散发出澎湃的水之波动，那波动气息浩浩荡荡，遍布整个赤色站台。

东伯雪鹰脸色微变。

这六人的气息似乎比尤兰他们还要强些。

唰！这六人瞬间化作六道水流，速度还在东伯雪鹰之上，急速向他围攻过来。

哗！东伯雪鹰立即身影一动，便进入了虚界。

而那六道水流也瞬间钻入虚界，飞行速度丝毫不减。

东伯雪鹰心一沉："不好，虚界对他们没有阻碍，对他们的实力也没有影响，麻烦了。"

除此以外，更让东伯雪鹰感觉有压力的是，虽然情报记载了赤色站台上的很多对手，可眼前的六人并不在内。对于他们的战斗方式，东伯雪鹰并不清楚，只能从他们的飞行手段隐隐猜出可能是水之奥妙一类的规则奥妙。

东伯雪鹰手持长枪，也不逃避，正面应对袭来的六人。

"第二批对手就这么厉害了，第三批对手定会更难缠，我必须在一个时间沙内解决掉他们。我得示敌以弱，让他们靠近我，这样才能更快地解决掉他们。不过，他们的手段我也不清楚，我得小心，可别栽在这些人手里。"

双方距离数十里，仍是水流形态的六人陡然出招。水流中延伸出了一条长长的手臂，挥舞着一件巨大的兵器，直接向东伯雪鹰袭击过来。

第335章
微子真意

虚界内。

东伯雪鹰挥舞长枪，吃力地抵挡着对方的兵器，甚至有时被迫施展虚界分身，靠瞬间变换位置来躲避对方的杀招。

"这超凡强者的实力并不算强，只是他的虚界手段比较诡异，能够让身体变换位置。大家近距离联手围攻，攻击遍布周围百米，他就算借助虚界分身出现，我们照样能击败他。"这些虽然只是法阵凝聚出来的生命，却也有智慧。他们迅速冲上来，攻势更加凌厉。

东伯雪鹰明显抵挡得更加吃力，他一次次让身影变换位置，竭力闪躲。甚至周围出现大量的虚界分身，他靠着这些虚界分身迷惑对方。

每一次双方的兵器碰撞，东伯雪鹰都有些吃力。

噗——

交手数十次，东伯雪鹰才侥幸通过一个虚界分身变换位置，出其不意地一枪就刺中一名对手的身体。

那名对手露出惊怒之色，跟着身体崩溃。在星辰陨灭击下，其身体扛不住。

"小心，他的枪法虽然力量只是和我们相当，可规则奥妙的破坏力极大。一旦中招，我们就会毙命。"

"对，都小心一点。这超凡强者的实力并不算强，只是借助虚界真意手段可以变换位置，所以才这么难缠。只要我们找到机会，瞬间击中他的本尊，到时就是他战败身死之时。”

"嗯。"

"抓住机会，一举灭了他。"

这五人彼此交流，都想要灭了东伯雪鹰。

他们的攻势凌厉，偶尔肆意扫荡，想要击中东伯雪鹰刚好变换了位置的虚界分身。

噗！又有一人中招，身体崩溃了。

"我们要配合好。他每次都是在震荡开我们的兵器后，立即让虚界分身变换了位置，这样就有足够的空间转移。所以，我们必须配合好。"

剩下的四人心中对胜利依旧充满渴望。

可不知道为什么，东伯雪鹰似乎运气很好，总是能够险之又险地抵挡住他们的攻击。

噗！又有一人中招。

东伯雪鹰先后解决掉了三名对手。虽然他故意放慢了速度，可他们这一层次的强者交手速度还是很快的。在极短的时间内，东伯雪鹰就解决了三名对手。

接连有三个同伴死去，剩下的三人终于警觉起来。因为他们发现，他们三人就算联手，对东伯雪鹰的威胁也没那么大了。对方明明只是一个实力没那么强的超凡强者，怎么在短短时间内就接连灭了他们的三个同伴呢？

"这超凡强者隐藏了实力，我们快逃！"

"快分散开来逃，和下面一批同伴一起联手对付这个超凡强者。"

这三人并非真正的生命，自有一套行事准则。有把握就上，没把握就尽量保存战斗力，和其他同伴联手，再一起行动。

"想逃？没门！"东伯雪鹰眼中寒光一闪，在对方逃窜的一刹那，速度飙升，直接冲向离得最近的一名对手。在引力领域和虚界的阻碍下，东伯雪鹰瞬间追上了，长枪旋转着刺出，星辰陨灭的场景显现。只是这一次，他出枪的速度比之前快多了。

那人持着一柄长戟竭力抵挡却没挡住，就被长枪贯穿了身体，当场殒命。

"这才是星辰陨灭击的速度，刚才只是陪你们玩玩而已。"东伯雪鹰冷冷道，而后立即扑向其他两名对手。可这时候，另外两人已经逃出了虚界，分开逃窜了。

"你们逃得掉吗？"东伯雪鹰立即让身体分散开来，和整个虚界合一，随即以虚化状态迅速前进，悄无声息地逼近其中一人。

那人仓皇逃窜，却根本不知道东伯雪鹰所在的位置。虽然他机智地远离了之前交战的位置，可赤色站台就这么大，他必须朝其他方向飞行。没多久，他就和东伯雪鹰碰到了。

噗！又是很突兀的致命一枪。

……

最后企图逃走的两个也被东伯雪鹰轻轻松松地解决掉了。

东伯雪鹰走出虚界，抬头看到半空沙漏内的时间沙还有小半缓缓流着，不由得露出一丝笑容："示敌以弱，果真轻松多了。"

之前对付实力弱一些的九头独角金瞳异兽，他在一个时间沙内勉强才干掉对方。

这次他对付的是比独角金瞳异兽更强的六个对手，靠示敌以弱先干掉了四个，最后分开逃跑的两个也被他解决掉了，而且剩下的时间很充足。

示敌以弱很简单，只要将秘技星辰陨灭击的速度放慢些，比极点穿透真意还要慢，他对对手的威胁自然就大大降低了。

"还有最后一批对手。"东伯雪鹰站在赤色站台上，默默等待。

终于，半空的沙漏内的时间沙皆流光了，再次开始新一轮计时。

赤色站台上，又凝聚出了三道身影，都很瘦小，呈人形，约莫一米五，手臂颇长，有一双利爪。他们的皮肤泛着深青色，腰间仅仅缠绕着破布。

东伯雪鹰的心顿时一沉，面色变了。

"狩猎者！"

这是他进入赤色站台后第一次知道对手的身份信息。前面那两批对手的身份信息他的情报中都没有，可这次出现的三名狩猎者的身份信息却被记载在情报内。

"怎么会是狩猎者？为什么不是嘶吼战将？为什么不是雷霆使者？"东伯雪鹰的脑海中掠过无数念头，"怎么办？怎么应对？"

狩猎者是东伯雪鹰最怕遇到的对手，因为对方擅长的正好能够克制他。狩猎者同样是法阵凝聚出来的，不过战斗技巧更高，甚至掌握了二品神心——微子神心。

作为二品真意，微子真意倒是能克制东伯雪鹰，可如果仅仅达到三重境巅峰，对东伯雪鹰也没多大威胁。毕竟东伯雪鹰掌握了三门二品真意，而且有秘技在身。可若微子真意突破到神心境，那就不一样了。

在微子神心的攻击下，铠甲、神兵守卫、斗气等的防御都是完全无效的。虽然东伯雪鹰如今掌握了虚无之体，防御能力大大提升了，可攻击、身法、防御等方面比较起来，他的防御依旧是最弱的。因为攻击方面他有秘技，身法等方面他是可以轻易变换位置的，唯有身体是相对较弱的。

"来吧！"东伯雪鹰知道对方很难对付，可他已经没有退路了。

进入赤色站台，要么他死，要么他的对手死。

"幸好我掌握了虚无之体，还能搏一搏，否则恐怕一个照面我就没命了。"东伯雪鹰心中暗道。其实，如果没有虚界手段，他连第三藤叶世界的那个肥胖巨汉都对付不了。能走到这里，以他的实力，显然还是有资格一战的。

"三个啊。"东伯雪鹰快速思考着。

一对一，他都很吃力。

一对三，他怎么办啊？

三名狩猎者彼此相视一眼，随即身影变得模糊。三道虚影急速靠近东伯雪鹰。

第336章

老祖

东伯雪鹰没有进入虚界，因为他很清楚，掌握完整微子神心的狩猎者能够轻易地穿行在真实世界和虚界中，虚界对他们没有任何束缚之效。而且，在速度方面，狩猎者达到了每秒一千六百里，完全在他之上。

轰！周围空间隐隐有无形的引力不断地排斥着这三名狩猎者。

三名狩猎者的身影都虚化了，仿佛鬼魅，朝东伯雪鹰冲来时动静很小。忽然，其中一名狩猎者挥动利爪，似乎只是非常轻柔地一挥，周围空间中并没有产生任何波动。

"不愧是微子神心，真是细致入微啊！"

东伯雪鹰手持火红色长枪，当那三名狩猎者逼近时，他陡然高速移动，主动迎向其中一名，一枪刺了过去。

他的星辰陨灭击可是纯粹攻击性的。对攻？他可不怕！

噗！那名遭到攻击的狩猎者立即挥动利爪抵挡。

初次接招，狩猎者受到了旋涡引力的影响，利爪的动作简简单单地微调。在那旋涡引力变为排斥力时，利爪再度变化，一切都是那么轻柔细致。

而东伯雪鹰击出的这一枪，除了枪法本身比较诡异外，更主要的是速度超快。

东伯雪鹰的身法、移动速度或许不及狩猎者，可枪法速度快过对方挥爪的速度。

当！一对利爪合拢，抵挡住了这一枪。

狩猎者战斗起来有着难言的美感，一举一动都算达到了极致。就算他们的动作放慢数倍，都很难找出什么破绽。而且，他们能够精妙地利用天地间的力量，这种操控力让人心惊。

这就是微子真意，还是达到神心境的。

长枪和利爪碰撞。

利爪中蕴含的极为内敛的力量迅速渗透，一切防御在这种渗透面前都是无效的。

长枪蕴含的极致破坏性的规则奥妙也在传递。这可是星辰真意和极点穿透真意结合后创出的秘技，破坏性在极点穿透真意之上。经过十八年的完善后，能和极点穿透神心媲美。单论破坏性，自然超过狩猎者。

双方的规则奥妙在碰撞。

狩猎者的利爪中蕴含的力量瞬间被正面摧毁。

"嗯？"那名狩猎者身体微微一震，便减弱了冲击力。

这时候，另外两名狩猎者已然逼近。

"现！"东伯雪鹰心念一动，顿时周围出现了三十六个东伯雪鹰，本尊紧跟着消失了。

"虚界分身？"

三名狩猎者同时释放波动。

微子真意波动，完全笼罩赤色站台。

整个空间都在微子真意的渗透、攻击下，虽然仅仅是简单的规则奥妙波动，却不是东伯雪鹰的那些虚界分身能抵挡的。只见一个个虚界分身开始崩溃、消散……东伯雪鹰自从达到三重境后，他的虚界分身一般很难被大范围攻击击溃。

可狩猎者做到了！一来是因为达到了二品神心境，二来则是因为微子真意自身的特殊性。

唯有一个东伯雪鹰没有消散，那就是本尊。本尊手持长枪猛地刺向那名攻击而来的狩猎者。

那名狩猎者在突然遭到袭击后，连忙竭力转身全力防御，其利爪抵挡住了东伯雪鹰这一枪。

另外两名狩猎者立即出手。

东伯雪鹰的本尊当即消散，和整个虚界融为一体。

之前三名狩猎者彼此之间有些距离，东伯雪鹰还能抓紧时间出手。可现在他们站在一起，以微子神心出手，速度极快。东伯雪鹰一击失败，如果不逃走，恐怕会被轻易灭掉。

"和虚界融为一体？"

三名狩猎者都惊讶地看向虚界。完整的微子神心境界让他们轻易就看透了整个虚界，甚至看到了和虚界融为一体的东伯雪鹰。

达到三重境的隐匿手段，避不开空间神心的探查，也避不开微子神心的探查。若东伯雪鹰掌握的是星辰神心，倒是能够隐藏，毕竟空间神心和微子神心都是擅长探查的。

"他竟和赤色站台范围内的每一处虚界都完全融合了？！"三名狩猎者彼此相视一眼，"攻击他，等于要攻击周围万里内的虚界？"

实际上，东伯雪鹰可以和周围十万里内的虚界融为一体。可惜赤色站台就这么大，他如今仅仅能和周围万里内的虚界融为一体。

"攻！"

仅仅刹那，三名狩猎者便不再犹豫，朝东伯雪鹰发起攻击。

轰轰轰——

他们直接攻击一处处虚界。

"真疼啊！"

东伯雪鹰的身体虚化，和赤色站台范围内的虚界融为一体，还笼罩了那三名狩猎者，自然感觉到了他们的一次次攻击在强行渗透、破坏周围万里内的虚界。

有周围万里内的虚界庇护他，而且他的身体是完全分散的，防御已经是最好的了。可他的身体在遭到一轮攻击后，生命力消耗了万分之一。

要知道，狩猎者的攻击速度是非常快的。若是任他们攻击，要不了多久，东伯雪鹰怕是会没命。

嗖！

东伯雪鹰突然出现在其中一名狩猎者身旁，一枪刺出。

当！这一枪又被挡下了。

在遭到三名狩猎者围攻之前，东伯雪鹰立即消失，再度和虚界融为一体。

赤色站台的上空，奚薇和一名白发童颜老者俯瞰着赤色站台。以他们的实力，自然能够将这一切都看得清清楚楚。

"这个小家伙真不错，就算到了生死关头，都极为冷静。"白发童颜老者笑着说道，"他现在生命力在不断损耗，却并不慌乱，而大多数修行者在生死关头都会失控，甚至歇斯底里地战斗。在生命潜力爆发下，有时候侥幸，可能会赢，可好运是可一可二不可三的，只有真正的实力才是倚仗啊！他宁可损耗生命力，也在寻找机会，而后出手。"

他看得很准。东伯雪鹰的确是这样的性子，他其实不喜欢在生死间逼迫自己。上次，他遭到上百个八爪虚界生物的围攻，最终星辰真意侥幸突破，促使秘技威力大增，渡过了一劫，可他内心深处并不喜欢这样的突破。

他观看过开天辟地印记，又有参悟后的积累，加上本身达到瓶颈，而且只是小瓶颈，并非突破神心这种大瓶颈，所以在生死压力下比较容易突破。可再怎么样，他都不喜欢自己被逼到这种境地。他更喜欢正常的修行，厚积薄发，水到渠成，自然地突破。

奚薇点点头："老祖说得对。"

高傲如她，在这老者面前都得恭恭敬敬的。

"老祖，你认为这个年轻的超凡强者能赢吗？"奚薇问道，"他现在的生命力已经损耗超过三成，要不了多久，就将损耗一半的生命力。"

狩猎者们的攻击是非常猛烈且极快的。

"奚薇，你感觉到了吗？"白发童颜老者俯瞰着，"这小家伙依旧无比冷静，寻找着一切机会。真是好苗子啊！我看得出来，他还很年轻，修行才两百年左右就有如此实力以及定性，真是了不起啊！你觉得他能不能赢，我觉得……"

话还没说完，只见下方赤色站台上的东伯雪鹰再一次发起了攻击。

遭到袭击的狩猎者前一刻还在全力攻击虚界，此时只得竭力抵挡。可东伯雪鹰的枪法太快，这一次他再也抵挡不住了。

东伯雪鹰一枪刺入那狩猎者瘦小的躯体。

在遭到恐怖的破坏性规则奥妙攻击的情况下，那狩猎者的躯体崩溃了。

东伯雪鹰顿时露出激动之色，他的脸色有着病态的苍白，毕竟生命力已经损耗大半了。

这一次，他总算成功了。他觉得，自己枪法够快，再配合虚界分身突然发起袭击，应该是能成功的。

自己一次次追求枪法速度更快，一次次寻找更好的出枪时机。趁狩猎者攻击虚界的一刹那，他突然发起袭击，一次次失败后，终于成功了。

"他成功了一次，"白发童颜老者露出笑容，"接下来就简单多了。"

两名狩猎者围攻，对东伯雪鹰的威胁性大大降低。

东伯雪鹰接连攻击数次才退后，融入虚界。又损耗了一成生命力，他又解决了一名狩猎者。最后只剩下一名狩猎者了。

东伯雪鹰无须逃了，一对一，开始搏斗起来。

"老祖，你说他最后能通过第五藤叶世界吗？"奚薇问道。

"未来的事，没人能说得清。"白发童颜老者淡淡道，声音中有一丝惆怅。

奚薇默默地点点头："是啊，在圣主死之前，谁能想到圣主这样的大能也会死？过去已定，可未来终究有无数可能。"

噗！东伯雪鹰的长枪刺入最后一名狩猎者的肋下。

那名狩猎者瞪大暗黄色的眼睛，不甘地盯着东伯雪鹰，而后身体崩溃。

"赢了！哈哈哈……我赢了！最终还是我赢了。我就知道，我一定会赢，一定会！"东伯雪鹰站在赤色站台上，持着长枪，激动地大喊。

刚才生命力不断损耗，接近死亡，他的压力很大，只是一直努力保持着冷静，他相信自己的战斗策略是对的。

这也是他有较大把握赢的唯一方式。他能做的就是寻找更好的出枪时机，更快地出枪。

最终他成功了，通过了第四藤叶世界。

奚薇和白发童颜老者俯瞰着正激动地吼叫的东伯雪鹰，不由得露出笑容。

　　"终究还是个小家伙，年轻啊！"白发童颜老者笑道，随即转身，一迈步便已破空离去。

第337章
第五藤叶世界

东伯雪鹰抬头看着周围，深吸一口气。此刻，赤色站台上弥漫开来的煞气让他的心情无比愉悦。

战斗过后，他心情一放松，无尽的疲倦涌上心头。他跪下来抚摸着赤色站台，感受着冰冷的触感，低语道："我赢了！赤色站台上的对手很强，可那又怎么样？我还是赢了。第四藤叶世界我已经通过了，就剩下最后的第五藤叶世界了。靖秋，等我，我会尽快回去的。"

他随即起身，摸了摸手中的星石火云枪，正是这杆长枪陪他一直闯到现在。

"我们继续闯，一直闯过去。"东伯雪鹰笑了笑，便朝赤色站台外走去。周围的空间屏障已经消失了，他沿着入口处的通道很快就走出了赤色站台。

嗖！东伯雪鹰立即一飞冲天，沿着连天藤的主干继续朝上方飞去。

周围是黑暗的星空，远处有无数星星。

一片寂静。

东伯雪鹰看着这寂廖的场景，一边飞行一边笑着。巫毒带来的疼痛越发强烈，他拿出黑色葫芦喝了一口药。

……

一路飞行，又是漫长的八天。

东伯雪鹰飞到了这个空间的顶部，他抬头往上看，便看到了无形的空间膜壁，显然在上方的就是另外一个空间了。

连天藤的主干往上延伸，钻进了空间膜壁，一直延伸到更高一层的空间。

"只要通过第五藤叶世界，我就能顺着连天藤进入更高一层的空间，而后成为红尘圣主的护法弟子，得到许多我想要的，甚至得到连高高在上的界神们也眼馋的宝物。"东伯雪鹰很期待那一天，"如今，就只剩下这最后一个阻碍了。"

东伯雪鹰的目光落在旁边一片巨大的藤叶上。

这便是第五片藤叶。

这片藤叶上空荡荡的，什么都没有。

"夏族的超凡强者，"旁边的连天藤的主干上浮现出奚薇的身影。她看着东伯雪鹰，眼眸中有一丝期待，"恭喜你来到第五藤叶世界。第五藤叶世界是所有藤叶世界中最容易闯的，可也是最难闯的，因人而异。"

东伯雪鹰点点头。

"你只要降落在第五片藤叶上，身体触碰到第五片藤叶，你就会听不见，而且看不见，甚至感知不到任何外物……你如今要做的就是这样在第五藤叶世界生活三年。

"活下来，你就胜了，你就能成为红尘圣主的护法弟子；活不下来，你的灵魂会崩溃，自然身死。"奚薇看着他，"你明白了吗？"

"明白。"东伯雪鹰点点头。

他有夏族给的情报，还有辰九给的情报，自然很清楚第五藤叶世界的情况。这是所有藤叶世界中唯一一个不需要战斗的，看似最容易闯，实则是最难闯的。当初在神界，就有不少天赋极高的超凡强者止步于此，灵魂崩溃而死。

"去吧！"奚薇眼中有着期待。自从她的主人死后，就已经很久没有护法弟子诞生了。

东伯雪鹰先拿出黑色葫芦喝了一口药，随即毫不犹豫地俯冲而下，冲向第五藤叶世界。

奚薇俯瞰着，轻声低语："他们几个中，论天赋、潜力，这东伯雪鹰是最高、最大的。可和另外三个相比，东伯雪鹰太年轻，经历的磨炼相对较少，不知道他能不能闯过第五藤叶世界。希望这个天才超凡强者别栽在这里。"

她有心帮忙，却没权利这么做。

规矩是圣主定下的，她必须遵规矩行事。当初，圣主考虑到超凡强者们一般达到了半神级极限，起码修行两千年，到了进无可进的地步，才会来闯红石山，所以给第五藤叶世界设下的考验很难。

"前面四个还好，这第五个考验的可是内心啊。"奚薇有些担心，"东伯雪鹰的心性确实坚韧，可也只是相对于绝大多数平庸的超凡强者而言。而和梅山主人、剑皇、辰九这等超凡强者相比，东伯雪鹰恐怕就没什么优势了。"

内心的修行是需要时间的。比如那些活了上千万年的神灵，一个个内心无比强大。因为内心脆弱的根本活不了这么久，经历漫长的时间后修行者会越来越苍老，越来越疲倦，觉得越来越无趣，甚至对自己的修行之路产生怀疑，最终因本尊神心崩溃而死。活得越久的，内心不管是正义也好，邪恶也好，都是有各自的坚持的。

而东伯雪鹰才活了两百多年。

……

呼！东伯雪鹰俯冲而下，靠近巨大的藤叶时才减速，而后缓慢地降落。

在双脚触碰藤叶的一刹那——

一片漆黑！一片寂静！

"我眼睛看不见了，耳朵听不见了，一切规则奥妙都无法感知到了。"东伯雪鹰觉得无比枯寂，一切外物都感觉不到，只能听到自己的心跳声。当然，他还能感知到的就只有那逐渐增强的巫毒之痛。就好像，天地间只剩下自己。

东伯雪鹰盘膝坐下，默默地坐着。

他适应着这种枯寂。

渐渐地……

时间似乎变得很慢，幸亏他能通过心跳频率和巫毒之痛的加剧判断时间，否则难以判断过去了多长时间。

东伯雪鹰的内心的确很强大，他从八岁开始就独自疯魔般练枪，从小就习惯了孤独。自二十二岁那年起，他在黑风渊谷底的黑风神宫大殿内孤独地生活了六年。后来，他被鬼六怨巫毒足足折磨了百年。之前，他几乎每天都拖延到最后一刻才服药。

每一天都要和自己斗争，每一次都要硬扛到极限，在这种折磨下，东伯雪鹰的意志变得极强。

……

东伯雪鹰在第五藤叶世界中盘膝坐着，承受着巫毒带来的疼痛。每次只有达到疼痛的极限，他才会喝药。

一年时间下来，他变得很平静。

在暗中观察的奚薇惊叹不已："这个年轻的超凡强者才修行了两百多年，就能有如此定性。就算被鬼六怨巫毒折磨，他照样能锻炼内心意志。可这是在绝对枯寂的环境中生活一年，他竟然就这么扛下来了。"

呼！一道身影沿着连天藤的主干飞了上来，正是梅山主人。

梅山主人飞到高处，看到了在第五藤叶世界盘膝坐着的东伯雪鹰，不禁惊叹道："东伯雪鹰比我早上来一年，在第五藤叶世界的'死关'中坚持了一年。看其表情，他依旧平静得很，真是了不起。"

一般而言，随着内心波动，表情也会变化。而东伯雪鹰面部表情平静，显然第五藤叶世界的"死关"对他的影响很小。

"恭喜你！"奚薇平静地看着梅山主人，"你已经来到第五藤叶世界。"

第338章
刹那世界

奚薇内心是偏向东伯雪鹰的。虽然梅山主人也来到了第五藤叶世界，而且因为修行时间够长，通过"死关"的可能性比较大，可奚薇更看重东伯雪鹰，毕竟他的天赋更高、潜力更大。至于梅山主人，如果圣主还活着，他只能当个寻常的护法弟子，而东伯雪鹰却有被圣主大大栽培的资质。

她和梅山主人简单地说了规则，梅山主人便俯冲飞向第五藤叶世界，随即盘膝坐着。

时间一天天过去。

东伯雪鹰渐渐变得烦躁。虽然他根据巫毒发作的次数以及心跳频率判断出才过了两年多，可在孤寂的环境下，他觉得比承受巫毒折磨的一百年还难挨。之前他虽然饱受巫毒折磨，好歹能看到阳光，感受到微风，看到夜空，吃到热腾腾的包子，和靖秋一起行走各方，可现在……

"快了，已经过了两年半，离三年之期已经很近了。"东伯雪鹰默默想着，却无法再保持平静，时而眉头皱起，时而面目狰狞。

"第五藤叶世界的考验，又叫'死关'。"

"特别是三年期满的一刹那尤为重要，只要撑过来了，就代表活了；没撑过，就会死。"

东伯雪鹰暗暗想着。

奚薇遥遥看着，她也在计算着时间："三年之期即将圆满，最后一刹那，切勿功亏一篑。"

巨大的第五片藤叶上。

东伯雪鹰时而狰狞，时而愤怒，显然即将失控。可他强行控制自己，没让自己肆意地攻击周围。

嗡！忽然一股波动降临。

东伯雪鹰变得无比平静。

"来了。"奚薇盯着那股波动。

那股波动笼罩了东伯雪鹰。

东伯雪鹰瞬间明白过来："到最后关头了？我一定要撑过去。"

他被拖曳着进入一个虚幻的世界，这个虚幻世界被称作刹那世界。在刹那世界内度过很长时间，而在外界仅仅过去一刹那。在刹那世界内，记忆会被蒙蔽，原本的身份、实力等都会被遗忘。没有了记忆，就仿佛开始了新的生活。在刹那世界里，从新生到老死，如果没有挣脱出去，那么灵魂也会消散。

……

刹那世界里有高高在上的皇帝，有平民百姓，有无数的城池。

东伯雪鹰成了穷山村内的一个孤儿，平常以上山砍柴、打猎为生。

"啊，救命，救命。"大山内，一个女子在哭喊。

穿着兽皮的东伯雪鹰听到哭喊声立即赶了过去，同时喊道："小白，跟上来。"他的身后，一条雪白的猎犬在飞奔。

一人一狗灵活地穿行在大山中，很快就看到一个女子瘫坐在杂草丛中，她的腿摔断了，身上的衣服也划破了。

"救我，救我。"女子看到东伯雪鹰，连忙大喊。

"好！"东伯雪鹰当即跑过去帮忙。

"啊，你的腿断了。"

"嗯，我动不了了，你背我吧！你放心，我一定会报答你的。"

"嗯嗯。"纯朴的东伯雪鹰虽然有些害羞，可还是背起了这女子。

"你叫什么名字啊？"

"我叫雪鹰。"

"你姓雪？这姓氏很少见啊！"

"嗯，我是孤儿，村里人都叫我雪鹰。"

"哦……对了，你知道怎么出去吗？我是从山崖上掉下来的。"

"啊？从山崖上掉下来的？那山崖可是很高呢，你竟然能活下来？"

"因为我有护身符，你不懂啦！总之，我活下来了。怎么出山，去城里啊？"

"这就麻烦了，这座山大得很呢，又没有大路，需要翻过一座座小山，山里还有野兽……"

"你直接告诉我怎么出山，别说这么多。"

"我没出过山，不知道。"

"你没出去过？你长这么大都没出去过？"

"嗯。"

"可我要回家。"

"哦……那我问问村长。放心，我会帮你的。对了，你叫什么名字？"

"你就叫我……仙女吧。"

"仙女？"

……

雪鹰照顾着这女子，等她的腿好了后，带着从村长那里要的地图，而后带着她一起往外走。

"雪鹰啊，从大山里出去可难得很啊，你还是别出去了，回头找个女人，就在村里成家生娃吧！虽然你是我们村里最厉害的猎人，可你若执意出去，也很可能会死在路上哩。"

"谢谢村长关心，可我还是想出去看看。"

雪鹰带着这个叫仙女的姑娘就往外走。

这姑娘颇懂剑术，不过和雪鹰的刀法相比还差得远。雪鹰一路带着她，经历了诸多危险。他斩灭了山林间的许多野兽，中过毒，受过伤，不过都撑过来了。这些日子里，两人相依相偎，渐渐生出了情愫，雪鹰知道了仙女真正的名字叫徐灵。

经历了三个多月辛苦的跋涉，他们终于从大山里走了出去，来到了一座雄伟的城池，进入了一座豪奢的府邸——徐府。

那是徐灵的家。

"小妹。"

"灵儿妹妹。"

徐家的人无比欢喜，可很快他们就震怒了。

"什么？一个山野穷小子而已，你要嫁给他？你疯了吧！"

"我就要嫁。"

"你的婚姻大事，我和你母亲早就定下了。来人，把那穷小子抓起来。"

雪鹰持着砍柴刀奋力反抗，可一个照面就被侍卫击败，被抓起来，关进了地牢，任凭徐灵怎么哭喊乞求都没用。

"他是我的救命恩人，他辛辛苦苦地将我从大山里带出来。父亲、母亲，你们不能这样。"

"正因为是你的救命恩人，我才没杀他。你若不乖乖听话，他就得死。"徐灵父亲冷冷地道。

时间一天天过去。

雪鹰仍旧被关在地牢里。

"把这毒药分批下在饭里让他吃下去，等大半年后，他自然会病弱而死。"

"是，族长。"

……

"你一定得嫁，你不嫁，那个穷小子就得死！你若嫁了，第二天我就放那小子离开，还给他一大笔钱。"

"我……好，我嫁。"

……

"三小姐今天要出嫁了。"

"哇，好热闹啊！"

地牢里，雪鹰听到了外面守卫的谈话声，决定不再坐以待毙。守卫送饭时，他乘机打晕了守卫，抢了钥匙，跑出了地牢。

外面热闹得很。

徐灵的闺房内，她穿着大红衣袍忧伤地坐在床边。

"灵儿。"衣着破烂的雪鹰冲了过去。

"你怎么会在这里？"旁边的侍女们惊呼起来。

"雪鹰大哥。"徐灵看到雪鹰，眼睛顿时红了。

很快，周围骚动起来。

"新郎来接亲了。"

"这是怎么回事？"

"快，给我拿下这穷小子。"

院落内，打斗的声音响了起来。

这山野小子拼起命来颇为难缠，似乎实力一下子提升了很多。

"怎么还没把他拿下？都给我上！"徐灵父亲下令，顿时更多好手一拥而上，其中就有两位擅长使用长枪的。

呼啦！

当长枪刺来时，雪鹰竭力躲开，长枪从他的胸前划过。看着枪尖呼啸而过，他的眼皮动了动，他忽然觉得这长枪很熟悉。和手中的刀相比，这长枪似乎更适合他。

他一伸手，猛地抓住长枪，一发力，枪杆猛然震动，震开了对方的手。

呼啦！长枪在手，雪鹰竟然很自然地施展出了非常精妙的枪法。只见长枪犹如游龙，肆意游走。

一时间，周围的护卫皆被打倒。

"你们怎么这么没用！"徐灵父亲急了。

轰隆隆——

天地开始震颤。

只见长枪一挥，前方的一面墙壁崩塌，周围上千米皆遭到冲击波扫荡。

所有人都惊愕地看着雪鹰。

一身红嫁衣的徐灵也难以置信地看着雪鹰。

雪鹰渐渐凌空而立，他抚摸着手中的长枪，又看了看远处的徐灵，徐灵的容貌竟和余靖秋一模一样。这个虚幻世界其实是根据他内心的许多影像自然投影的，所以才让被拽入这个虚幻世界的他难以觉醒。

"刹那世界，一切终究只是虚幻。"东伯雪鹰看着长枪，"多亏了最熟悉的长枪啊，总算让我觉醒过来。"

轰轰轰——

整个虚幻世界开始崩塌，东伯雪鹰的意识回归。

……

东伯雪鹰睁开眼睛，他看到了巨大的藤叶，看到了粗壮的连天藤主干，还看到了远处浩瀚的黑暗星空。

一切是那么熟悉。

虽然很熟悉，可似乎一切景色都发生了变化。

"世界没变，我变了。"东伯雪鹰微笑着站了起来，"而我，将改变世界。"

"靖秋，我成功了。连天藤上的五个藤叶世界，我都闯过来了。"东伯雪鹰抬头看着上方，心中激情澎湃。他知道，一切将发生大变化。

第339章

拜师

东伯雪鹰回头看了眼在藤叶上的另一道身影。

梅山主人此刻仍盘膝坐在那里，神情平静。

东伯雪鹰暗暗赞叹。他知道，梅山主人经历的比他多得多。梅山主人曾无数次在时空神殿内经历生死，而后义无反顾地脱离了时空神殿，在夏族世界这么多年，就为了进入红石山做准备。这样的人，内心何等强大！

"就只有梅山主人来了？"东伯雪鹰暗道，"不知道辰九他们现在怎么样了。辰九兄背负着家族的使命，研究出了八臂手段，也算天赋了得，希望他能如愿。"

东伯雪鹰闯过了第五藤叶世界，即将成为红尘圣主的护法弟子，不由得牵挂起了辰九，毕竟辰九之前和他同生共死过。

他的脑海中掠过诸多念头，随即朝上方飞去。

他想再多也无用，辰九他们还是得靠自己。这个世界就是这么残酷。

呼！东伯雪鹰飞到连天藤主干上，沿着主干往上飞，上方就是空间膜壁了。

"东伯雪鹰。"一道好听的声音响起，奚薇的身影从庞大的连天藤主干上浮现出来。

"奚薇前辈。"东伯雪鹰连忙停下，恭敬行礼。

"恭喜你，通过圣主定下的考验，成为护法弟子。"奚薇笑着说道，"成为护法弟子，你将得到很多奖励，你之前一直担心的鬼六怨巫毒也能很快解除。"

东伯雪鹰点点头。

他并不惊讶。更高一层空间世界里有界神们都渴望得到的宝物，给自己解毒，这根本就不算什么。

"奚薇前辈，辰九和剑皇现在情况如何？"东伯雪鹰问道。

奚薇回道："和你一同进入红石山的辰九和剑皇依旧未能通过第三藤叶世界。也就那个梅山主人，他的空间真意突破了，达到了空间神心境，所以才来到了第五藤叶世界。"

"空间神心境?！"东伯雪鹰暗暗吃惊。

据说达到二品神心境者，只要愿意，就可以立即开辟神海，而后成神。

"这没什么好奇怪的。"奚薇淡淡笑道，"当初在神界，圣主对外收徒，无数星域的超凡强者乃至神灵赶来，历经重重考验，都想要成为圣主的护法弟子。所以，护法弟子能成神是最基本的。梅山主人、剑皇、辰九都修行很久了，如果连二品神心都凝聚不出来，哪有资格成为圣主的护法弟子？"

"在神界时，红石山的考验难度更大，就是因为来闯荡的超凡强者太多了。"奚薇又道，"现在红石山降落到了凡人世界，这样的难度已经算小了。"

东伯雪鹰暗暗嘀咕："在神界，红石山的考验难度更大？真是实力强得任性啊！不过，那位圣主已死，红石山又降落到了凡人世界，已经没资格任性了。"

"走吧，我送你上去。"奚薇微微一笑。

她对东伯雪鹰和对其他三人的态度完全不同。在她看来，梅山主人他们就算能成为护法弟子，也是属于最底层的护法弟子。而东伯雪鹰的天赋高多了，如果被培养得好，经历得多，甚至有可能掌握传说中的一品真意。

奚薇赞叹道："竟然有这样的天才被送进来！如果是时空神殿传送进来的，代价定大得离谱，恐怕连界神们都无法承担。幸好他只是夏族世界的超凡强者。"

红石山坠入了凡人世界，有这样的超凡强者进来算难得了。按照奚薇的想法，完全可以对东伯雪鹰免除考验。可惜圣主定下的规矩，红石山器灵必须遵守，不得违背。

呼！奚薇和东伯雪鹰并肩朝上方飞去。

当触碰到空间膜壁时，空间膜壁自然分开。

哗——

穿过空间膜壁，东伯雪鹰看到周围都是岩石、泥土。

连天藤穿过这些岩石、泥土，不断往上生长。

东伯雪鹰和奚薇继续前进。在奚薇的带领下，东伯雪鹰此刻的飞行速度轻易就突破了每秒万里。这还是在奚薇照顾着东伯雪鹰，让东伯雪鹰可以细致观察一切的情况下，否则以奚薇的实力，恐怕可以直接挪移空间，直达目的地。

呼！他们终于突破了大地层。

连天藤也突破了大地层，继续朝上方生长。

东伯雪鹰环顾周围，大地苍茫无边，隐隐有无数生物，远处有让他心颤的强大气息。

"整个大地的长度超过十亿里，这里生活着无数生命，"奚薇解释道，"有人类，还有虫兽等，神级的生命都数以亿计。"

东伯雪鹰听了，震惊不已。

"可神级的生命再多又能如何？受到整个物质界的排斥，根本无法离开红石山。"奚薇说道，"在红石山，护法弟子的地位比寻常的神级强者高得多，并没有生活在这片大地上，而是在空中。跟我来。"

"空中？"东伯雪鹰跟随着奚薇继续沿着连天藤往上飞。

他们又飞了上亿里便遇到了浓厚的云层，穿过云层再往上飞，飞了许久又遇到云层。足足穿过六道云层，来到了一片白雾茫茫的空间，便看到了连天藤的顶部。

"看！"奚薇指向不远处。

东伯雪鹰看到一座悬浮的美丽的岛屿，岛屿上有山脉，有仿佛白练的瀑布，建筑也美轮美奂。

"那就是红尘岛。上自圣主的亲传弟子，下至护法弟子，都在这里修行。"奚薇说道，"跟我来吧。"

呼！呼！

二者并肩飞行，很快就飞到了红尘岛上空，岛内景色绝美，却空无一人，冷冷清清的。

"自从降临凡人世界后，就很少有外人进入红石山，红尘岛也就冷冷清清的。圣主仙逝，无人能指点修行，那些弟子就都去下界了，下界有难以计数的人类、虫兽，连神灵都很多，还算热闹。"

东伯雪鹰点点头。

随即，他们一同降落在一座雅致的楼阁前。

从楼阁内走出来一名衣着颇为华美的男子，男子的笑容有着奇异的魅力。

"这位就是红石前辈。"奚薇介绍道。

"什么前辈？就一个器灵而已。"红石笑道，"如今红尘岛中别无他人，所以由我这个器灵在这里主持一切事务。"

东伯雪鹰当即恭敬行礼："东伯雪鹰拜见红石前辈。"

红石看着东伯雪鹰，微笑着点点头："下界周围十亿里内都没诞生能入我眼的超凡强者。没想到，区区一个凡人世界中竟能诞生如此超凡强者，难得，难得啊。"

"那些界神从神界、黑暗深渊送来的超凡强者，都不如东伯雪鹰。"奚薇也说道，"像东伯雪鹰这等天赋高的超凡强者，岂是那般好找的？"

东伯雪鹰经历过时空神殿的两次邀请，知道自己天赋了得，可得到奚薇和红石两位前辈当面夸奖，有些惶恐，不敢吭声，就站在那里，不过心里还是很高兴的。

"你中了鬼六怨巫毒？"红石看了看东伯雪鹰，笑道，"小事而已，不用急，先随我去拜师圣主，待拜师完毕，你才真正算是护法弟子。"

第340章
万劫混元经

红石转头，步入精致的楼阁内。

东伯雪鹰、奚薇跟着进入。他们沿着楼阁侧门走进去，顺着走廊，进入后面的一个屋子。红石推开门，屋子里空荡荡的，只有一个蒲团，墙壁上挂着一幅画，画上有一名红袍红发老者，红色胡须翘起，眼神幽深难测，整个人散发浩瀚的气息。

"这就是圣主。"红石说道，"过去，护法弟子都会跪拜圣主。不过圣主早已仙逝，你就跪拜下这画像吧。"

"是！"东伯雪鹰当即跪下叩拜。

虽说圣主已死，可东伯雪鹰内心还是很钦佩他。东伯雪鹰观看过开天辟地印记，那就是圣主施展开天辟地时的场景，简直太了不起了。

待东伯雪鹰跪拜完毕后，红石微微点点头，道："圣主自号'红尘'，游历无数世界，遇到看不惯的，经常出手。圣主不忍许多超凡强者才能被埋没，所以大开红石山，收了无数弟子。到了圣主这等境界，他早就已经是高高在上的存在了，收一些天赋极高或者掌握一品真意的绝世超凡强者为徒也就罢了，一般的超凡强者根本不值得他费心思。可是，他还是愿意给这些超凡强者机会。"

东伯雪鹰听了，有些惊讶。

圣主是个好人啊！

"在神界、黑暗深渊，受圣主恩惠者极多。可正因为圣主不管对方背景有多大，遇到看不惯的就出手，最终和一位神界大能起了冲突，中了暗算，不幸身死。"红石摇摇头，"成为大能的，能够睥睨整个神界。圣主若稍微隐忍点，和其他大能少起冲突，或许不会有如此结局。"

"哼，为什么要隐忍？"旁边的奚薇皱眉喝道，"圣主一生受不得气，身死也是因为中了暗算，否则就算不敌，保命是没问题的。"

"过刚易折。"红石再次摇摇头，"就算贵为大能，也并非无敌。"

"你现在说这些有什么用？圣主的脾气，难道你不知道？多少人劝过，对有些人圣主还会应付两句，对有些人圣主可是直接翻脸了。"奚薇冷笑道，"其实我更喜欢圣主这样的性子。圣主被害身亡，只能说他大意了，他没想到对方竟然打算要他的命。"

东伯雪鹰乖乖地听着。

"好了好了，我们没必要再争这些。"红石笑道，"而且，东伯雪鹰还在这里听着呢。"

奚薇这才打住话头。

她内心是很崇拜圣主的，不想听到别人说圣主的不是。

"东伯雪鹰，"红石看向东伯雪鹰，"作为圣主门下的护法弟子，可在红尘岛修行，还可获得一套神器，任选一门界神级秘术、一件清单内记载的宝物。"

"这是清单。"红石一挥手，一张青色的纸飘了过来，上面记载着数件宝物。

东伯雪鹰拿起来看了看，清单上记载了许多宝物，比如神晶，比如界神级秘术传承，比如赤火蚁巢……

"红石前辈，"东伯雪鹰连忙问道，"神界和黑暗深渊中的界神派超凡强者进入红石山，究竟为的是什么啊？"

"界神级秘术。"奚薇抢先回道。

"界神级秘术？对界神而言，很珍贵吗？"东伯雪鹰追问。

奚薇点点头："当然。神级秘术，是界神创造出来的；而界神级秘术，是大能创造出来的，这是能让界神增强实力的秘术。"

"难怪，"东伯雪鹰恍然大悟，"难怪我们夏族一直以来都没有神级秘术，只有大地神殿、魔神会、血刃酒馆才有神级秘术。"

"界神想要学到界神级秘术都很难。若能拜在大能门下，或许能学到两三种；若是没能拜在大能门下，想学就难了。"奚薇说道，"界神级秘术有很多种，就算是学过一两种的界神，也想要再多学一种界神级秘术，所以就派超凡强者们进入了红石山。"

东伯雪鹰皱眉道："红石山允许界神级秘术外泄？"

"护法弟子，可得一套神器，可任选一门界神级秘术。这任选的界神级秘术是必须自己学，不能外泄的。"奚薇指向东伯雪鹰手中的纸，"清单内的宝物任选一件，包括任选一份界神级秘术的传承，可以将这份传承送给他人。"

旁边的红石感慨道："其他神界大能大多会断绝界神级秘术外泄的可能。而圣主之所以这样做，一来，是让门下的护法弟子能够从界神那里换取足够多的宝物；二来，是让那些界神也有望学到界神级秘术。所以，圣主在神界的名声非常好，受到了无数神灵崇拜。"

……

东伯雪鹰、奚薇、红石走出了楼阁，去了红尘岛的其他地方。

"红石前辈，"东伯雪鹰看着周围的美景，忍不住问道，"我如何才能解毒？难道我先选择清单中的十万神晶，而后用其购买解药？"

"你如果这样选，也可以。"红石笑了，"不过，我建议你不要这样选。你不是能任选一门界神级秘术吗？你可以选择我们红石山十八门界神级秘术中保命能力排第一的万劫混元经。万劫混元经是圣主的一位老友所创，你只要入门了，你体内的鬼六怨巫毒就能轻易解除。"

东伯雪鹰疑惑："选万劫混元经？红石山有十八门界神级秘术，其他的比万劫混元经好怎么办？其他的我都还不了解呢。"

夏族面临大威胁，而界神级秘术能让东伯雪鹰提升实力，却只可以任选一门。他本来不打算选秘术，更倾向于选择一些能够帮夏族抵挡巫神和大魔神的宝物，像丁九战船之类的，战斗力强，还很便宜。

但是，既然能选择一门价值远远超过一件宝物的界神级秘术，他当然得好好挑选，选最适合自己的。

"哈哈……其他的界神级秘术……"红石笑了起来，"你就别想了。"

旁边的奚薇也笑道："东伯雪鹰，界神级秘术入门是非常难的。神级秘术入门相对简单，普通的超凡强者就可以。可界神级秘术即便只是入门，它对境界要求也是很苛刻的，一般都是成神后才有希望掌握。当然，你的境界不亚于一些新晋的神灵。可那十八门界神级秘术都很难入门，以你如今的境界，唯有万劫混元经你能入门，这还是你练成了虚无之体的缘故。"

东伯雪鹰点点头。

"万劫混元经真的很厉害？保命能力排第一？"东伯雪鹰问道。

"极为厉害。"奚薇连忙说道，"只要入门，即便是原始的鬼六怨巫毒进入你体内，你都能轻易排除。你站在那里，任凭新晋神灵攻击，都不会受一点伤。"

"啊，这么厉害！"东伯雪鹰大惊。

"嗯，否则怎么会是界神们都眼馋的秘术呢？"奚薇说道，"你决定了吗？要不要选万劫混元经？"

第341章

解毒

奚薇和红石都看着东伯雪鹰。

东伯雪鹰思索了下。

应对巫神和大魔神，保命很重要。毕竟自己只是一个小小的超凡强者，而对方一个是物质界的领主，另一个是黑暗深渊中的大魔神，这两个一起联手谋划，一旦行动，自己不知道什么时候就会被暗算。自己首先得保命，然后变得足够厉害，才能和对方斗下去。更何况，红石山的十八门界神级秘术中仅有这一门自己能入门。

"就它了。"东伯雪鹰说道。

"小子，你的选择没错。"红石笑道，"在这世界上，无论你的实力有多强，首先得活下来，其次才有希望变得更强。就拿我的主人来说，他贵为神界的大能，一次被暗算，便直接殒命了。如果他多费点心思在保命上，或许不是这个结果。"

"走，从这边走。"红石和奚薇带着东伯雪鹰继续前行。

他们三个穿行在红尘岛上，一边飞行，一边悠闲地观赏各处景色。

"那座峡谷……"东伯雪鹰一眼就看到了远处峡谷的入口，自己之前观看过的开天辟地印记就在那里。

"那里留下了许多印记，"红石说道，"包括开天辟地印记在内的各种印记，还有许多界神留下的印记。我们红石山的弟子可以一次次去观看这些印记，你也可以去观看。"

东伯雪鹰点点头。

他之前观看过一次开天辟地印记，还嫌观看的时间短呢。

……

飞行了上万里，红石一挥手，原本前方是一座森林，可突然出现了一座湖泊，湖泊中央有一座雕像。

呼呼呼！

东伯雪鹰、红石、奚薇降落在湖面上，踏着湖面，朝雕像走了过去。

"看到那座雕像了吗？"红石指着那座雕像。

东伯雪鹰点点头。

雕像和常人一般高，负手而立，脚踏在湖面上，通体黑色，是一名长发飘飘的男子，脸上有着无尽神采。

"这是万劫混元经修炼到大成的一尊'万劫混元身'。"红石介绍道。

"万劫混元身？"东伯雪鹰感到疑惑，"是尸体？"

旁边的奚薇忍不住笑了："你这小子真够大胆的！这可是万劫混元经的创造者凝聚神力从而形成的一尊法身，后来送给了我家圣主。这万劫混元身可以源源不断地传授让身体变得完美的修行法门。"

"这位大能是谁？"东伯雪鹰不由得问道。

"不能说，不能说。"红石摇摇头。

奚薇也摇摇头："东伯雪鹰，你记住，任何一个大能的名字都不能说。你一旦说出来，不管你是在物质界，还是在神界，抑或是在黑暗深渊，大能们能立即感应到。大能们如果心情不好，就算隔着无数空间，他们只需一个念头就能让你瞬间殒命。"

东伯雪鹰连忙点点头。

"好了，你去接受传承吧，站在雕像的正前方，靠近它。"红石说道。

东伯雪鹰当即上前，靠近雕像，彼此对视。

当双方距离只有两米左右时——

一股波动从雕像的眼睛中射出，瞬间进入东伯雪鹰的眼睛。

在这一刹那，东伯雪鹰感觉到脑袋轰鸣，大量讯息涌入脑海。

"我，东伯雪鹰，在血刃神帝陛下的见证下起誓……"东伯雪鹰不禁说出了誓约，周围半空隐隐有巨大的誓约文字显现。这雕像内自带誓约法阵，每一个接受传承的必须立下誓约，而誓约的见证者就是血刃神帝。

血刃神帝，是血刃神廷的最高统治者。

东伯雪鹰隐隐感觉到一股神秘的波动传递过来，扫了下便退去。他心中明白，刚才应该是血刃神帝朝这里查探了下。

的确，这等存在的名字是不能随便提的，否则对方即便在偏远的地方都能立即知晓。

誓约定下后，大量讯息不断汇聚于东伯雪鹰的脑海内，渐渐形成整体，最终显现出一座黑色雕像，正是万劫混元身。

黑色雕像屹立在东伯雪鹰的识海虚空，仿佛一切的中心，永恒不灭，周围隐隐有无数符纹。

"原来如此。"东伯雪鹰点点头。

万劫混元经太过强大，而自己只是区区超凡强者，根本无法完全接收。所以，它形成了雕像，自己仅仅接收到开篇的讯息以及第一层的修炼内容。

万劫混元经共分九层，修炼出的身体在神界被尊称为法身，名叫万劫混元身，有身体犹如混元、万劫不灭之意。一旦大成，一个呼吸的时间，恐怕就能毁掉夏族世界。即便大能出手，想要毁掉这一尊法身都很难。

轰！一袭白衣的东伯雪鹰站在湖面上，身影陡然消散。

"开始修炼了？这小子还真是按捺不住。"红石笑道，他和奚薇站在那里耐心等着。

……

虚无之体。

东伯雪鹰的整个身体化作无数粒子，和虚界融为一体。

"万劫混元！"东伯雪鹰想起了极为复杂的神印，神印呈立体状，是盘膝而坐的人形神印。

随着观想、参悟，东伯雪鹰的身体完全分散开来，和虚界融为一体的粒子受到影响，渐渐发生变化。

在凡人乃至许多超凡强者眼中，粒子是身体的基本构成单位。鬼六怨巫毒能渗透每一个粒子，就是因为粒子依旧可以分解。

粒子是由微子构成的，所以粒子真意只是一门三品真意，微子真意是一门二品真意。

万劫混元经这门界神级秘术入门很难，幸好东伯雪鹰练成了虚无之体，其身体可以完全分散开来，而后和虚界融合，借助虚界以及对万劫混元经的观想，可分别影响每一个粒子。通过观想，渗透粒子的更深层次，从而影响微子的构成。

轰轰轰——

随着对微子层面的改变，东伯雪鹰身体里的每一个粒子都在震颤，表面逐渐有毒素被排挤出，正是鬼六怨巫毒。显然，粒子内部崭新的微子结构不容许巫毒继续盘踞。

这样强大的身体，就是原始的鬼六怨巫毒也渗透不了。

"这感觉真是……太爽了！"东伯雪鹰感觉到自己正进行着脱胎换骨的变化，身体里的每一个粒子内部的结构变化让其皮肤、肌肉、筋骨、脏腑器官都在急剧蜕变，皮肤的坚韧程度飙升，恐怕连辰九、梅山主人他们用神器狂攻都破不了。

这是全方面的提升，不知道比尤兰的魔体强了多少倍，完全不是一个层次的。

第342章
夏族的胜算

这是最深层次的蜕变，每个粒子内部的新结构导致身体各处发生急剧的变化。东伯雪鹰现在的头发比许多珍贵的超凡材料还要坚韧，甚至骨骼比许多神灵的神体都要强韧得多。毕竟就算成了神，得到珍贵的万劫混元经并且修炼入门，身体也就变成东伯雪鹰如今这样。由此可以想象，东伯雪鹰如今的身体何等强大。

不知道过去了多久，东伯雪鹰终于睁开眼睛。

"这……"东伯雪鹰愣愣地看着远处，只见红尘岛万里外有一座高山，一只小蜈蚣在高山上的石阶路爬行，细足上的绒毛都清晰可见。

他的耳朵更是听到了无数的声音，各种声音的频率或高或低。这些声音以波的形态撞击在山壁上，而后声波反弹，或撞击在树上，朝其他方向发散。声波的传递是混乱的，每一个阻碍物都会令它出现各种细微的变化。

无数声波或高或低，有些声波是东伯雪鹰过去听不见的，比如植物的呼吸声，可如今这些他都能听见。并且，根据无数声波的碰撞，他甚至能清晰地感知到每株小草的位置，能感知到上千里外的一颗碎石子的具体位置。

"靠耳朵听，周围千里内的一切声音我都能听到？"东伯雪鹰不敢相信，他当即闭上眼睛。

一切都无比清晰，这是一个声波的世界。

无数声波让这个世界有了别样的精彩，无数物品他都能清晰地感知到。

一下子听到无数声波，会累吗？并不会。就像普通人眼睛一扫就能看到人群，耳朵听到声音，脑袋能轻易过滤一切，根本不会有丝毫疲劳。

"这就是神的感觉。"奚薇开口说道，"成神后，神力凝聚成神体，你会发现自身的变化。如今你的万劫混元身虽然只是第一层，却比寻常的神体强很多。"

"真是神奇！"东伯雪鹰睁开眼睛，"我原本以为得掌握波动真意之类的规则奥妙才能清晰地感受到声波，可没想到我仅仅靠耳朵听就能做到。"

"随着修行，你的生命层次会不断变得强大，"旁边的红石说道，"你自然会拥有许多匪夷所思的手段，比如控制时间。在超凡境界时，你想要控制时间很难；可成神后，你拥有神之领域，对时间的感知会越发敏锐，甚至能逐渐影响时间。"

红石随即笑道："只要你变得强大，一切都有可能。"

"嗯。"东伯雪鹰点点头。

站在湖面上，虽然依旧一袭白衣，可东伯雪鹰感觉到了自己脱胎换骨的变化。他伸出右手，缓缓张开，而后猛然一握。

嘭！他掌心的空气瞬间被压缩，发出低沉的轰鸣声。单单握拳这一动作，恐怕就能轻易摧毁尤兰他们。

"太强了！这身体太强了！"东伯雪鹰虽然心中早有准备，可万劫混元经初步入门后，他依旧被震撼了。

"万劫混元身可是被称作法身，界神们都渴望得到这样的秘术。"旁边的红石微微一笑，继续道，"虽仅仅是最浅显的第一层，可已然不凡。"

"我怎么感觉不到我的太古血脉了？"东伯雪鹰问道。

"太古血脉？"旁边的奚薇无语，"小子，你以为血脉是什么？"

"血脉？"东伯雪鹰一愣。

"血脉潜伏，一旦激发，也是让身体重新构成，使你拥有强大的力量、极快的速度等，甚至能引导雷电，或者对空间产生影响。"奚薇嗤笑道，"而构成你身体的每一个粒子都变了，已经发生了翻天覆地的变化。你们夏族世界的太古生命，甚至是黑暗深渊的恶魔，身体比得上你现在身体的百分之一吗？"

"你现在就拥有你们夏族世界有史以来最强大的血脉！"红石哈哈笑道，"你的血脉远超太古血脉甚至上位恶魔的血脉。"

东伯雪鹰错愕。

他们说的一点都没错。如今他的身体超越了超凡阶段的自己，甚至超越了自己听说过的顶尖强者。毕竟红石山有十八门界神级秘术，自己虽然掌握了三门二品真意，可只能入门其中的一门秘术，可见入门条件有多苛刻。

"我之前还想着星辰真意达到三重境后，就能练成所谓的星辰不灭体，还引导力量欲强化身体，现在却一点用都没有了。"东伯雪鹰笑道。

"你这等于是在钢铁上抹泥巴。星辰不灭体这名字可真夸张啊！一个处于超凡阶段、连秘术都算不上的强化身体之法，也敢称不灭体？"红石摇摇头，眼中满是不屑。

"很正常。超凡强者中，不是也有很多称皇称帝的吗？"奚薇说道。

东伯雪鹰在旁边微笑着听着，他的心情非常好。

之前他没想到自己能成为红尘圣主的护法弟子，实力能一下子飙升这么多。如今他就算穿着神器铠甲站在那里，任凭别人攻击，又有几个能伤到他？他很清楚，万劫混元身的力量、速度、视力、听力等只是附带的，最厉害的还是生存能力、防御能力，万劫混元经不愧是十八门界神级秘术中保命能力排第一的。他自己都想不出，现在怎么才能击败自己。当然还是自己眼界太低，自己的对手可是巫神和大魔神，还是谨慎点为好。

"两位前辈，"东伯雪鹰连忙说道，"护法弟子可得一套神器、任选一门秘术以及任选清单中的一件宝物。"

"秘术我选好了，神器就放在一旁，该选择清单中的宝物了，我有些苦恼。"东伯雪鹰看向眼前的两位，"两位前辈可知，我们夏族如今面临巫神和大魔神的威胁？对方很可能随时会发动战争，覆灭我们夏族，永远占领整个夏族世界，这样一来，会禁止任何外来者进入红石山，从而独占红石山。"

"我们知道此事。"红石点点头。

"那巫神和大魔神来头不小，一个是物质界领主，一个是二重天的大魔神。"旁边的奚薇说道，"不过，这对我们没影响。如果巫神和大魔神最终占领红石山，一样得派超凡强者进来经历考验。"

东伯雪鹰苦笑一声，道："对红石山没影响，可对我们夏族而言是灭顶之灾。"

"两位前辈，我到底该怎么选择清单上的宝物，才能最大限度地抵挡住巫神和大魔神？"东伯雪鹰问道。

他的眼界不够高。夏族先辈中，最厉害的也就达到神级巅峰。夏族早先时候定下的防御策略，用时空神殿使者的话说，九成九必败。要知道，未来不可判定，时空神殿使者还是留了一丝余地的，所以才说九成九必败。如果按照之前夏族的实力判断，实际上是十成十必败。而东伯雪鹰现如今成了红尘圣主的护法弟子，增加了夏族的胜算。不过，前提是东伯雪鹰得利用好资源。

夏族没有眼界高的人，可奚薇和红石的眼界够高啊！他们俩可都是跟着神界大能的，论眼界，恐怕比巫神和大魔神都要高。

"这小子真聪明，"红石笑着点点头，"还知道问我们。"

第343章
巫神的最大依靠

"小子，"奚薇看着东伯雪鹰摇头道，"我和你说实话吧，你们夏族原本一点胜算都没有，不过现在嘛，应该有希望固守薪火世界。这还得靠你帮忙，如果没有你，夏族连薪火世界都将守不住。"

"对，巫神和大魔神其实并不在意你们夏族，对方真正忌惮的是大地神殿，"红石也说道，"否则哪里需要准备这么久？"

东伯雪鹰听了，脸色微变："奚薇前辈、红石前辈，我如今实力大增，难道也抵挡不住？"

"你知道巫神和大魔神最大的倚仗是什么吗？"奚薇问道。

"神之分身？"

"嗯，这只能算是重要倚仗，并非最大的倚仗。"奚薇说道，"大地神殿能够弄出神之分身，血刃酒馆愿意的话，也能在你们夏族世界弄出一尊神之分身，可为何这两大势力都不敢占领夏族世界，独占红石山，而巫神和大魔神却敢这么干？"

东伯雪鹰皱眉。

"你要知道，神之分身一旦苏醒，在凡人世界最多逗留三千年。"奚薇说道，"三千年后，神之分身自然会死去。到时，没了神之分身，就无法再镇守整个夏族世界了。难道每三千年就弄出一尊神之分身，那代价太大了。"

东伯雪鹰点点头。

是啊，占领夏族世界一时容易，要永远占领可就难了。

"两位前辈，巫神和大魔神最大的倚仗到底是什么？"东伯雪鹰急切地问道。

"如果我猜得没错，巫神和大魔神最大的倚仗只有一种可能。"奚薇说道，"巫神是物质界领主，可以完全炼化一个凡人世界。那个凡人世界相当于巫神的后花园，巫神可以随时进出，去神界或从神界回到家乡都丝毫不受阻碍。"

"而有些物质界领主经常会干一件事，"奚薇又道，"找到一个邻近的凡人世界，建造一条稳定的空间通道，而后源源不断地派手下过去，占领那个凡人世界。物质界领主一般是界主级存在，从神界携带资源进入自己家乡是很轻松的。而后，这些资源可以通过稳定的空间通道传送过去，用来攻打这个凡人世界。"

东伯雪鹰顿时明白了，不由得脸色大变。

"攻打一个个凡人世界，虽然巫神和大魔神的本尊无法进入其他的凡人世界，可手下能进去，完全占领后，就可以传播信仰，唯一的难题是建造一条稳定的空间通道。因为凡人世界之间距离遥远，而且空间位置并不固定，想要建造一条稳定的空间通道很难。

"红石山坠落到夏族世界已有上百万年，那个巫神估计很早就开始谋划了。在上百万年间，巫神应该早已占领了一个凡人世界，而且是距离你们夏族世界比较近的凡人世界。而后，以那个凡人世界为跳板，再建造一条稳定的空间通道，连接你们夏族世界和那个凡人世界。如此一来，巫神便可以将准备好的大量资源、战争堡垒等源源不断地通过固定的空间通道传送进夏族世界，从而轻易建造一个稳定的根基。而后，以这个根基为中心扩散，迅速占领夏族世界。

"巫神的资源无须再通过时空神殿运送，因为巫神是物质界领主，自己可以带资源从神界进入物质界，再通过一条条空间通道，通过其占领的凡人世界，传递进夏族世界。

"巫神忍耐这么久，就是为了这一天。巫神在魔兽一族传播信仰，是为了让魔兽一族为其提供建造固定空间通道所需的一些简略器物。待固定空间通道建造成功，巫神送来的资源可立即令空间通道完全稳固。没了时空神殿的压榨，巫神可以将所有资源送进来。物质界领主不怕冒险，其分身在神界冒险，死了一个，可以再修炼出一个，所以，物质界领主一般都很富有。

"巫神还可以尽情地将无数战争兵器送进来。在一些珍贵器物的辅助之下，神之分身也能发挥出更恐怖的实力。只要巫神和大魔神愿意，甚至可以将整个夏族世界打造得仿佛一座大型堡垒，谁都无法再掺和进来。我只想到这一种可能，能永久占领夏族世界。"

东伯雪鹰听得心底发寒。

这让他简直不敢想象。

有一天，一条空间通道连接了夏族世界和另外的凡人世界，源源不断的资源被送进来，百艘乃至上千艘神界战船杀进来，还有更恐怖的战争兵器也被送进来。

"巫神和大魔神为什么唯一忌惮的就是大地神殿，你明白了吧？"奚薇笑道，"你们夏族世界的信仰归属于大地神殿。巫神和大魔神要占领夏族世界，等于动了大地神殿的地盘，大地神殿岂会坐视不理？在大地神殿中，应该有一具长期都处于沉睡中的肉身可以供界神的分身降临夏族世界，若真的降临，一定是极厉害的界神，甚至可能是三重天界神。如此厉害的神之分身，完全有希望在第一时间内摧毁那稳定的空间通道，所以巫神和大魔神需要做好充分的准备，而后一举碾压一切。以防万一，巫神、大魔神很可能会和大地神殿达成协议。"

东伯雪鹰忍不住问道："大地神殿会帮巫神和大魔神？"

"这不太可能。"奚薇摇摇头，"大地神殿毕竟在你们夏族世界传播信仰，不敢明着背叛信仰大地神殿的人。不过，大地神殿到时候只旁观不出手，这也是很有可能的。"

"那我们夏族怎么办？"东伯雪鹰追问道。

"巫神和大魔神怎么也想不到，关键时刻，夏族竟然出了你这样的超凡强者。"奚薇摇摇头，"巫神和大魔神如果计划失败，主要原因就是之前放过了你。"

东伯雪鹰无奈一笑。

为了对付自己，巫神和大魔神已经付出了很大的代价，甚至让自己中了鬼六怨巫毒。

在建好稳固的空间通道前，巫神和大魔神也没有什么对付自己的好办法，毕竟送下来一些强大之物，都会被时空神殿狠狠剥削一番。

"你们夏族可以固守薪火世界。"奚薇道，"放弃夏族世界，躲在薪火世界，这样一来，希望更大。你可以选择清单上的十万神晶，用十万神晶购买许多宝物，从而让薪火世界更稳固。加上你的实力，就算面对巫神和大魔神不惜一切的狂攻，也是有很大希望守住薪火世界的。

"守住薪火世界后，你且安然修行，等你成为神灵后，你可以将巫神和大魔神一举消灭。

"就算巫神和大魔神将夏族世界经营得难以摧毁，你只要在万年内炼化了夏族世界的世界之心，成为领主，到时对方必败无疑。"

东伯雪鹰皱眉。

放弃整个夏族世界？等自己的实力变得强大再反攻？如果实在没办法了，自己确实只能走这一条路了。历史上，夏族曾不止一次被逼退到薪火世界。

"守住薪火世界，也没绝对的把握吧？"东伯雪鹰问道。

"嗯，战争一开始，输赢没有绝对，毕竟你的对手可以用的资源远多于你。"奚薇道，"你们夏族唯一的优势就是你这个人而已。"

东伯雪鹰点点头。

"可整个夏族世界无数的凡人怎么办？就任由他们被屠戮？前辈有办法让我守护住无辜的凡人，将巫神和大魔神击退吗？"东伯雪鹰问道。

"固守薪火世界都需要你拼命了，要将巫神和大魔神击退就更难了。"奚薇说道，"所以，你得更强大，拥有更多的资源。"

"有办法？"东伯雪鹰眼睛一亮。

"嗯！你成为圣主的内门弟子。"奚薇道。

第344章

问心路和登云塔

"内门弟子？"东伯雪鹰心中一动。

奚薇看着他，嘴角微微上翘："圣主收的弟子，分为护法弟子、内门弟子以及亲传弟子。亲传弟子地位最高，其次是内门弟子，最后才是护法弟子。不过，圣主活了漫长岁月，只收了三位亲传弟子。他收亲传弟子的条件很苛刻，要么是掌握了一品真意的超凡强者，要么是修行万年、掌握一品神心者，符合二者之一即可。"

东伯雪鹰暗暗嘀咕："掌握一品真意？这未免太难了吧！在万年内，掌握一品神心相对要容易一些，毕竟可以先凝聚出二品神心，而后再突破到一品。那些掌握一品真意的超凡强者大多能在三千年内凝聚出一品神心。"

"圣主所收的三位亲传弟子，一位是掌握一品真意的超凡强者，一位是在万年内掌握一品神心者，还有一位是圣主极为喜爱的，被破例收为了亲传弟子。"奚薇道，"圣主已死，自然无法再破例收徒。所以，要成为圣主的亲传弟子也很简单，只要你掌握一品真意，或者在万年内掌握一品神心即可。"

东伯雪鹰无奈地道："若我能掌握一品真意，恐怕夏族的灾祸早就解除了。"

奚薇一怔，随即明白过来，东伯雪鹰最关心的还是夏族的安危。

"对，你若是能够掌握一品真意，你自身的实力将更强，完全能在第一时间内击溃巫神和大魔神的军队，毁掉那条稳固的空间通道。"奚薇点点头，"你甚至只要将掌握一品真意的消息泄露出去，定会有神界大能来主动收你为徒。到时候，巫神和大魔神根本不足为虑。不过，你若掌握了一品真意，最好别泄露此事。因为你不管拜谁为师，一旦你掌握一品真意的事情泄露，就会被敌方视作眼中钉，会被全力铲除。"

"那些暴露了的掌握了一品真意的绝世超凡强者，有不少在成长初期就被除掉了。"奚薇无奈地说道，"所以，掌握了一品真意的超凡强者一般都很谨慎，大多是成为界神之后才逐渐公开消息。"

东伯雪鹰点点头。

他也很想掌握一品真意，可从得到的资料来看，要突破何其难？这种事强求不得，只能顺其自然。他在修行时尽全力就好，其他的想太多反而会影响自身心境。

"我不敢奢求成为圣主的亲传弟子。"东伯雪鹰苦笑道，"那我怎么才能成为圣主的内门弟子呢？"

"跟我来。"红石开口说道。

……

这是一条漫长的石阶路，一级级石阶，一直通往远处一座高山的山巅。

"看！"红石、奚薇、东伯雪鹰都来到石阶路的旁边。红石伸手指向远处，"那就是问心路，能考验你的内心，比连天藤第五藤叶世界的考验要难得多。成神后的红石山弟子会来走问心路。问心路分成三段，超凡强者只需走过第一段，就算达到了内门弟子的门槛之一。"

东伯雪鹰看着问心路，若有所思："看来，神界大能对于修行者的内心还是很重视的啊。"

……

很快，红石、奚薇又带着东伯雪鹰来到了一座九层塔楼前。

"这是登云塔。"红石指着眼前这座九层塔楼说道，"超凡强者进去，要进行超凡级别的战斗；神级强者进去，要进行神级的战斗。你只要通过六层，就达到了内门弟子的另一门槛。"

"问心路和登云塔皆要通过。通过问心路第一段以及登云塔第六层，你自然就成了内门弟子。"红石看着东伯雪鹰，"这是圣主定下的条件，谁也无法更改。"

"我明白了。"东伯雪鹰点点头。

"很难的，你的境界还差得远。"红石摇摇头，"等你去尝试过后就知道了。你还需要苦修，争取在战争爆发前成为圣主的内门弟子吧。"

"嗯。"东伯雪鹰恭敬应道。

自己现在已经成了圣主的护法弟子，让夏族有了和巫神、大魔神拼一拼的希望，不过自己还得变得更强大。

红石伸手指向虚空，虚空中凝聚出了密密麻麻的文字。

东伯雪鹰抬头一看，不由得露出喜色。

"如果在战争爆发后，你依旧只是护法弟子，那就按照这一方案行事吧。"红石说道，"先换取十万神晶，而后用十万神晶换取诸多宝物。"

"啊？"东伯雪鹰眉头一皱，"十万神晶中，有三万神晶用来购买大量神尸？"

"嗯，这是为了培育你的血蔓花。"红石道，"血蔓花是植物生命，其生命力极强，是非常适合用来战斗的武器，让它去吸收天地之力太慢了，吸收神晶又太奢侈，还是吸收神尸最好。神级生物尸体蕴含的能量极强，比神晶要便宜得多，用三万神晶就能购买很多神尸，足够血蔓花生长到神级后期。不过，据我预估，十年后，血蔓花才达到神级中期；三十年后，血蔓花才达到神级后期。当然，血蔓花就算只达到神级中期，也和一般的神灵不一样，它体形庞大，有无数藤蔓环绕，遍布方圆万里，摧毁它比击灭神级后期强者都难。"

东伯雪鹰点点头。植物生命的最大特点就是生命力超强。

"你得赶紧将血蔓花送到夏族世界。"红石说道，"它毕竟不是夏族世界的土著生命，只有在夏族世界内成神，才不会被夏族世界排斥。"

"送过去后，血蔓花若突破成神，动静会很大，恐怕各方就会知晓有神灵诞生了吧？"东伯雪鹰皱眉。

"知晓才好。"奚薇笑着说道，"如果巫神和大魔神改变主意，想要延迟万年发动战争，那你小子就有足够的时间修行了。到时，你在红石山内修行，说不定能炼化夏族世界的世界之心。"

东伯雪鹰皱眉，道："可你们之前说，巫神和大魔神底气十足，恐怕不会因为才诞生的神灵就推迟战争吧。"

"不推迟的话，巫神和大魔神也会想办法弄清楚你的底细，更会急切地打探你是生是死。"奚薇说道，"而你只要一直待在红石山，巫神和大魔神想要查到就非常难，除非通过时空神殿来查探。而时空神殿的势力也无法渗透红石山，只能通过血蔓花来调查，这对时空神殿而言很麻烦，所以，情报的要价会很高。巫神和大魔神如果购买这份情报，会损失大量神晶。如果不购买，将一直不知道你的底细，这对你更有利。"

东伯雪鹰不由得微微点点头。

"我一直不回夏族世界，"东伯雪鹰忍不住问道，"那我怎么和夏族联系？"

"红石山相当于一个独立的世界，和夏族世界是非常近的，所以你通过传信宝物即可传信。"红石说道，"传信宝物不贵，只要一百神晶即可。我会在上面加持一些红石山的材料，这样可以隔绝一切规则探查。除非神界大能亲自出手，否则时空神殿也无法渗透这传信宝物。"

东伯雪鹰当即想到了一件物品——黑风老祖遗留的一个布袋，可隔绝一切规则的探查。

"你可以传信，随时和夏族联系，但你和你的斗气分身都不要回去。时空神殿就算让时光倒流，查探过去，也查探不出你在红石山。时空神殿要确认你的生死，必须通过血蔓花，而血蔓花已经跨入神级，对一个神级植物生命进行控制、查探是非常难的。到时，时空神殿会对巫神和大魔神开出惊人的价格。"红石微笑道。

东伯雪鹰仔细思考一番，也认为这样做是对的。当天，他就安排好了一切。

"主人。"血蔓花化作一名身上都是绿叶和红花的红皮肤女娃娃。

"血蔓，此去一切小心。你先去我家乡仪水城的雪石城堡，找到靖秋。"东伯雪鹰吩咐道。

"是！"血蔓花乖巧地应道。

"好了，去吧！小家伙，你去了夏族世界后要好好生长。"红石说着，一挥手。

旁边的奚薇眼神复杂。她很羡慕血蔓花，毕竟她很久没离开过红石山了。

呼！

血蔓花陡然出了红石山，去了夏族世界。

夏族世界，安阳行省青河郡仪水城境内的雪石城堡，余靖秋常居于此。她心中认定，丈夫一旦回来，肯定会先回雪石城堡。

"四年多了。"余靖秋扶着栏杆，看着积雪的雪石山，心情很沉重。

据情报，就算闯连天藤，三年多的时间也够了。可如今四年多过去，东伯雪鹰还没回来，她心中愈加焦急不安。她不敢想，也不愿接受那个可怕的结果。

"他一定会回来的，一定会。"余靖秋默默地道。

第345章
夫妻传信

余靖秋走出住所，行走在雪石城堡内。

东伯家族的孩子们都恭敬得很，隔得老远就向余靖秋行礼。

那些仆人、护卫根本不敢靠近。在雪石城堡内，余靖秋的地位很高，因为她是东伯雪鹰的妻子，也是雪石城堡内最厉害的超凡强者。

"这些孩子……"余靖秋看向孩子们，嘴角不由得泛起一丝笑容，"雪鹰，你说过的，我们也会有孩子的。"

她很快就走出了雪石城堡，走到山顶。

"嗯？"余靖秋有所察觉地看向远处半空，不由得心生期待。只见天空裂开，出现一道缝隙，从缝隙中飞出来一名可爱的女娃娃。

"她是……？"余靖秋有些疑惑。

"这是雪石城堡，不得擅闯！"半空，白雾凝聚成一只猿猴，阻挡在女娃娃的面前。

白雾猿猴谨慎以待，毕竟眼前这女娃娃似乎不一般。

"哈哈。"女娃娃顿时大喜，"我要找的就是雪石城堡啊！我太聪明了，一下子就找到了。对了，余靖秋法师在哪里？我要见她！"

"你是谁？"白雾猿猴皱眉。这能轻易撕裂空间穿梭过来的女娃娃应该有半神级的实力，它哪敢轻易放她过去？

"东伯雪鹰是我的主人，我是奉主人的命令来的。"女娃娃说道。

白雾猿猴大惊。

"你是奉雪鹰的命令来的？"旁边半空凝聚出一道身影，正是余靖秋。余靖秋本尊则依旧在远处的山顶上，只是借助镇守雪石城堡的大阵在这里凝聚出一个能量之体。

女娃娃一看，顿时露出喜色，当即跪在半空："血蔓拜见主母！"

"你有何凭证？"余靖秋没有立即相信。

"主母请看。"血蔓一挥手，手中出现了一杆火红色长枪。

余靖秋立即伸手抓过，抚摸着长枪，道："星石火云枪？雪鹰的兵器怎么会在你这里？难道他出事了？"

对一个高手而言，兵器何等重要！不过，如今东伯雪鹰解除了巫毒，丹田气海中早就生出了半神级斗气，也能使用神器，自然在红尘岛上选择了更好的兵器。这星石火云枪就暂且被他当作信物让血蔓送了回来。

"主母，你炼化它就知道了。"血蔓扔过去一个红色戒指。

红色戒指很快飞到远处山顶的余靖秋本尊处。她伸出纤细的手指，轻易炼化并戴上了。

余靖秋用精神力一感知，红色戒指内部立即出现了画面。

"靖秋。"白衣东伯雪鹰正笑着和她说话。

"雪鹰，你、你……这是你留下的影像，还是你本人在和我对话？"余靖秋有些忐忑，她担心东伯雪鹰已死，只留下一段影像。

"当然是我本人在和你对话。"东伯雪鹰道。

听到这回答，余靖秋的眼泪流了下来。

"别哭。"东伯雪鹰连忙说道。

"嗯嗯嗯。"余靖秋点点头，"你现在怎么样了？"

"我成功了！"东伯雪鹰露出笑容，"我闯过了连天藤，成了红尘圣主的护法弟子，体内的巫毒已经解除了。我可是我们这批人当中第一个成为护法弟子的。若不出意外，梅山主人应该也能成为护法弟子。"

余靖秋此刻满心欢喜。

之前她一直很担心，陈宫主他们也担心得很。虽然大家都不说，可内心深处都隐隐觉得东伯雪鹰此去会凶多吉少，因为时间已经过去很久了。

"你让血蔓将储物宝物给你。"东伯雪鹰道。

"好！"余靖秋立即应道。

血蔓早就飞到了山顶，恭敬地递上了一个翡翠色手环。

余靖秋炼化手环后，感知到里面有大量的宝物。

"靖秋，有些事情很重要。接下来，你认真听我细说……"东伯雪鹰开始交代事情，让余靖秋去办。余靖秋是超凡法师，他只要说一遍，她就会记得清清楚楚。

"嗯，我知道。

"十五年？

"好，明白。

"这些宝物价值八千神晶？

"血蔓花这么厉害？购买那么多神尸给血蔓花？

"好。"

余靖秋开心地一一应着。丈夫还活着，这对她而言是最大的惊喜，而且他成功解毒了，他们俩以后可以长久地在一起了。

正事说了足足半个时辰。

"雪鹰，我发现你变啰唆了。"余靖秋笑着打趣道。

"事关整个夏族，我不得不仔细交代啊！"东伯雪鹰笑道。

"放心吧，我一定将这些事情办得妥妥的，办完后我会一一向你汇报。"

"我相信你，你可是夏族世界千年来最厉害的超凡法师。"东伯雪鹰赞叹道。

他说得没错，余靖秋虽然比他、袁青晚一些成为超凡强者，可她依旧很年轻。法师本就更重视积累，从法师角度而言，余靖秋的修行速度已经很快了。

"这么久没见，你通过传信之物联系我，却噼里啪啦说了一大堆正事，没其他的要和我说吗？"余靖秋问道。

"呃……"东伯雪鹰思考了一下，随即羞涩一笑，"我已经解毒了，等我出去后，我们就生个孩子，不，生一堆孩子。"

余靖秋的脸顿时变得通红："什么？生一堆孩子？"

"你放心，我们的孩子继承的一定是夏族有史以来最厉害的血脉。"东伯雪鹰自信满满地道。自己可是万劫混元身入门了，血脉超越太古血脉、恶魔血脉等。

……

当天，余靖秋就出发前往薪火世界了。

在薪火宫，她见到了陈宫主。

"靖秋，你怎么来了？"陈宫主有些惊讶，"有事？"

"雪鹰让我告诉你，巫神和大魔神应该会在十五年后发动战争。"

陈宫主顿时大惊："雪鹰回来了?!"

"他还在红石山，是让其他生命回雪石城堡给我带话的。"余靖秋道。

"他现在是生是死？"陈宫主问道。

"我也不知道。"余靖秋道。

这也是东伯雪鹰教她说的。他仍活着且成了红尘圣主护法弟子的事情，夏族世界除了余靖秋知道外，不能再泄露给其他人。

"雪鹰在里面得到了一些消息，他说巫神是物质界领主……"余靖秋说的一番话，让陈宫主面色都变了，"雪鹰还得了些宝物，把宝物也送了出来，其中有些是对修行有帮助的。陈宫主，你来分配吧，让我们夏族顶尖的几个半神级强者使用，对他们的修行大有裨益，说不定能诞生一位神灵。"

"嗯。"陈宫主点点头，当即接过一件储物宝物，里面有好些宝物。

东伯雪鹰这次换了一些灵果、灵液，以及奇珍，都是用来辅助修行的。

他想要让夏族再诞生一两个神灵。

他把其中一小部分宝物给了靖秋，其他的则交给陈宫主分配。

……

很快，陈宫主就安排起来。

整个夏族早就暗中开始迁移，现在得知了更多消息，知道战争将比预料的还要残酷，而且知道了战争爆发的大概时间，所以迁移行动就进行得更快了，没有人再存有侥幸心理。

那些超凡家族继续迁移称号级强者以及各方面的人才。毕竟薪火世界就那么大，整个夏族大迁移，让夏族世界内部有些混乱，而且许多消息灵通的都拼命想要携家带口朝薪火世界钻。

红尘岛。

一座修行洞天自成空间，除了护法弟子，其他人不得入内。

其中一座静室呈八边形，顶部呈锥形，上面有无数金色神纹，还镶嵌着十八枚碧玉心、九颗淡金色的龙髓珠，最中间的是赤红色的血玉。

碧玉心是神界一些通体覆盖寒冰的特殊星球深处才能凝聚出的珍宝；龙髓珠更是神级巅峰的神龙才有的；最珍贵的血玉则是黑暗深渊传说中的血海深渊极深处才有的，它是从整块玉石上切割下来的一小块，价值五十多万神晶。

单单这座静室的造价就超过三百万神晶，足以让一些界神级强者囊中空空。

当然，东伯雪鹰对这些只有使用权。

"真舒服！"

东伯雪鹰盘膝坐在静室内，感觉十分舒坦，能量不断渗进体内，这种感觉不亚于吃灵果奇珍。而且，周围的天地之力隐隐呈雾态，可轻易吸纳，效果不亚于吸收源石的效果。显然，成为护法弟子后，他根本不用再在乎源石了。

"难怪晁青副观主进入修行洞天修行后，能够开辟体内神海，"东伯雪鹰环顾左右，赞叹道，"主要是这修行条件超乎想象啊！"

"时间加速十倍！"东伯雪鹰大声说道。

嗡——

静室内的时间流速立即加快。

外界过去一天，静室内却已经过去十天。

"时间加速百倍！"东伯雪鹰说完，仔细感受着。在连天藤第二藤叶世界内的大峡谷中时，他就已经感受过百倍的时间流速了。

"时间加速千倍！"东伯雪鹰再次开口说道。静室内的时间流速再度暴增。

东伯雪鹰脸色微变。他感觉到周围空间隐隐扭曲，天地间的规则也在变化。

"时间加速万倍！"东伯雪鹰用了护法弟子拥有的操纵时间流速的最大特权。

轰——

静室内的时间仿佛静止了。

一切天地规则似乎都混乱了，强大的时间力量完全破坏了天地规则的平衡。

"难怪啊。"东伯雪鹰摇摇头，"之前奚薇前辈他们和我说的果然不假，时间加速没有想象中的那么好。时间加速万倍，连天地规则都遭到破坏了。"

奚薇曾说："时间加速能更快提升实力？笑话！神界大能都能轻易让时间加速万倍乃至千万倍。像时空岛，在时间加速方面就更强了。在时间加速的环境下，如果能够不断提升实力，完全可以大规模培养手下。

"就像在高速移动的战船内，你观看外面的景色时会觉得模糊。

"在时间高速流逝的空间内，天地规则其实极为稳定，可你却会觉得扭曲、模糊。

"从古到今，在时间流速加快的环境下，我就没有听说能够靠参悟天地而突破瓶颈的。"

东伯雪鹰当时恍然大悟。

难怪辰九在第二藤叶世界修行了那么久都没有突破瓶颈，梅山主人他们在第二藤叶世界也没能突破瓶颈，就连自己掌握的三门二品真意提升的幅度都很小，只是巩固了境界，完善了秘技。

……

此刻，静室内的时间加速万倍后，东伯雪鹰的感受非常强烈。天地规则遭到了破坏，他根本无法感受到。显然时间流速太夸张的环境只能用来战斗、生活，用来修行是不行的。

"难怪第二藤叶世界里的时间流速最多加快百倍。"东伯雪鹰点了点头，"在时间加速百倍的情况下，天地规则的扭曲还不算太厉害，至少研究秘术、琢磨秘技是不受影响的。不过，如果想要突破瓶颈，感悟天地规则奥妙，还是得在正常的时间流速下，在完美的天地规则下进行。"

"不过，这已经很好了。"东伯雪鹰露出笑容，"我的枪法秘技才创出'星辰陨灭击'这一招，这哪里算一门完整的枪法？我可以继续研究其他秘技。"

在时间加速百倍的情况下，研究秘技。

在寻常的时间流速下，提升真意。

东伯雪鹰随即闭上眼睛，开始静心修行。至于夏族世界因为他的传话发生了什么，他根本不知道。毕竟他无法分心，他现在心思都用在提升自己的实力上，渴望成为内门弟子。

"真的不一样啊！"

东伯雪鹰解除了体内的巫毒，灵魂都变得空灵。

修成万劫混元身入门，身体变得强大，对灵魂也有滋养之效。

在静室内修行，效果更是奇佳。

这三方面结合，让东伯雪鹰修行起来无比顺畅。

他琢磨真意奥妙，开始推演，过去的许多疑惑迎刃而解。过去，他一直在施展枪法，无法全身心地推演真意奥妙。此刻，他尽情地推演，偶尔起身，拿出一杆黑色长枪开始演练、验证。

这通体黝黑的长枪是神阶下品神器。

没办法，半神级超凡强者虽然能用神器，可一般只能催动神阶下品神器。除非是血炼神兵，刚好能和自己的灵魂产生共鸣，自己才有望施展神阶极品神器。

比如，奥兰大长老能催动巫神剑，余靖秋能和雪前辈产生共鸣。

巫神剑和雪前辈可都是完善到神阶极品的神器啊！

东伯雪鹰可没有那么幸运，能找到正好和自己灵魂产生共鸣的神器，所以只能选择这一杆材料极佳的神阶下品长枪。

这杆长枪名为玄乌枪，据说枪杆是用一种叫玄乌的生物的骨头炼制而成的，韧性极好。

红尘岛上，东伯雪鹰正往前行。

当初，红尘圣主死后，在红石山修行的弟子大都去下界了。

"问心路。"

东伯雪鹰停下脚步，抬头看着前方，前方有一条漫长的石阶路，一级级石阶，一直延伸向远处的高山之巅。

"要成为内门弟子，就得走过问心路第一段，登上登云塔第六层。"东伯雪鹰当即踏上石阶。

他的右脚踏上第一级石阶时就感觉身体一沉，虚弱感立即弥漫全身，甚至弥漫整个灵魂。

他觉得好累，似乎很难迈出第二步。

"有点意思。"

可东伯雪鹰的内心何其强大，百年来，饱受巫毒折磨的他都能谈笑风生，这虚弱感他还是能够轻易抵挡住的。

他再次一迈步，一步步往上而行……

他越走，就越疲倦。不单单是身体，而且灵魂也感到疲倦。

无尽的疲倦感涌来，他似乎随时都会失去意识，而后倒下。他从来没想过，自己都修成万劫混元身入门了，竟然还能疲倦成这样。

他不知，这问心路是针对内心的。任身体再强大，都无丝毫用处。

"走，继续，现在还早得很。"东伯雪鹰努力保持清醒。

他继续一步步往上而行……

石阶路上，东伯雪鹰每迈一步，身体就开始摇晃，整个人似乎很吃力。他每迈一步都要蓄势，努力保持清醒，而后竭力迈出下一步。

嘭！

无尽的疲倦感将东伯雪鹰的意识完全淹没，他强大的内心再也抵抗不住。

整个人当即身体一晃，直接从石阶路上摔了下去，摔落中的东伯雪鹰闭着眼睛在呼呼大睡，显然疲倦让他陷入了深层次的睡眠。

扑通一声，他摔落在地面上，压倒了一片花花草草。

"呜！"经过这一摔，东伯雪鹰才醒过来，他眨巴着眼睛看向上方，"我刚才竟然睡着了。"

第347章
两位界神

自从进入红石山冒险以后，四年多的时间，他没怎么睡过好觉。其实，到了他如今这般境界，睡觉只是一种习惯、享受，并非必需了。

刚才他从问心路上摔落后，陷入了深层次的睡眠。虽然仅仅一会儿，可他摔在地上醒来后却觉得很舒坦。

"问心路第一段，我才走了一半？再试试。"东伯雪鹰当即一迈步，留下一道幻影，便已经来到了问心路的起始处。而后，他再度踏上石阶，一级级往上走。

虽然疲倦感席卷灵魂，且越来越强烈，但东伯雪鹰仍在寻求一种超然的定性。

当初在巫毒折磨下，他都能将疼痛的影响尽量削弱，维持心境空灵。而问心路上的疲倦感无尽，且会随着不断往上走而越来越强烈，远超当时巫毒对他的影响。

"清醒。

"保持清醒。

"一切都是虚妄。"

东伯雪鹰努力让自己的灵魂越发空灵，摒弃一切影响，任凭风沙漫天，却屹立不动。

……

在远处半空，有四道身影并肩而立，看着东伯雪鹰一次次从问心路上摔下去。

这四人分别是奚薇、红石、一名裹着厚厚衣袍的青年，以及一名身穿猩红披风的少年。

厚袍青年遥遥看着，而后露出笑容："这个小家伙还挺厉害的嘛，一次次行走问心路，始终不放弃。这是他第六次尝试了吧？比第一次竟然多走了二十级石阶。在这么短的时间内，他竟然进步了，说不定有希望成为内门弟子，成为我们的小师弟呢。老七，你说对吧？"

"嗯。"猩红披风少年点点头，"他刚修成万劫混元身入门，身体会滋养灵魂，要不了十年，他的灵魂会比现在至少强两倍。他多多磨炼内心，再提升一点点，通过问心路第一段没问题。"

"你说，他将来有没有可能带我们离开红石山？"厚袍青年说道。

"带我们离开红石山何其难啊！"猩红披风少年摇摇头，"物质界的规则无比强大，连神界大能都无法强行降临物质界，只有物质界领主能够自由进出。可物质界领主从神界回归物质界，也只能带一些死物或者超凡强者。神级强者，乃至更强的，是无法被带进物质界的，除非物质界领主拥有洞天宝物。洞天宝物能携带生灵，且能隔绝物质界的探查。我们当初在红石山内，之后红石山被强行扔进了物质界。可要得到洞天宝物太难了，当年师尊也就红石山这一件洞天宝物。二师兄，我们想出去，不能急，得有耐心。"

"我明白。"厚袍青年轻轻点点头。

厚袍青年随即咧嘴一笑，看向旁边的红石："红石前辈，你不能把认主的要求放低一点吗？"

"必须是亲传弟子，必须是界神。"红石道，"若没有能悟出一品真意的极高天赋，根本不可能给主人报仇。如果成不了界神，也炼化不了红石山。"

"要么是掌握一品真意的超凡强者，要么在一万年内掌握一品神心……"厚袍青年摇摇头，"师尊活了那么久，符合这两个条件的才两个啊。东伯雪鹰即便成了界神，如果不是亲传弟子，你让他去哪里找洞天宝物？当初，我们一群师兄弟中，也就慧明大师兄有洞天宝物。"

在红尘圣主的一众弟子中，慧明的地位很高。他是三大亲传弟子之首，是所有弟子崇拜的对象。在神界时，他身上绽放的光芒比他师尊红尘圣主还耀眼。他虽然不是大能，却近似大能。

"也不知道慧明大师兄如今有没有成为大能。"猩红披风少年说道。

"听老祖说，还没有。"奚薇道。

"唉，我们红石山一脉也就慧明大师兄有望成为大能，可惜啊。"猩红披风少年叹息道。

旁边的厚袍青年也叹息道："慧明大师兄当初肆意传播信仰，据说数亿个凡人世界都是他的信仰源头。信仰让他的实力变得强大，可也是重重束缚，让他挣脱不得。他要成为大能很难啊！我们坠入物质界后才过百万年，慧明大师兄哪有那么快突破？"

"别说这个了，继续看东伯雪鹰这小家伙走问心路吧。"猩红披风少年又看向远处，"他今天走了十次问心路，好像要放弃了。"

"不是放弃，你看，他是转而去登云塔了。"厚袍青年道。

除了奚薇之外，他们俩是红石山内仅剩的两个界神了。

……

"内心需常常拂拭，否则便会不进则退。"

东伯雪鹰还是很喜欢问心路的。若无问心路，他只能修炼枪法，让心与长枪合一，一次次磨砺意志，可效果终究不如行走问心路。问心路直接考验内心，每天行走十次效果极佳。

东伯雪鹰很快来到了巍峨古朴的九层塔楼前。

这就是登云塔，必须通过六层，才能达到内门弟子的门槛之一。

塔门大开着。

东伯雪鹰步入其中，塔内是一个圆形的空旷空间，一名白胡子老者盘膝坐着，还背着两柄剑。

当东伯雪鹰步入圆形空间时，白胡子老者睁开了眼睛，笑眯眯地看着东伯雪鹰，眼中满是兴奋："总算来人了，我好久没有战斗过了，都快憋死了。虽然我在这第一层的身体比较弱，能用的力量也比较弱，但是你小子想要赢我可没那么容易。"

"让我瞧瞧你有多厉害。"东伯雪鹰右手一伸，一杆黑色长枪显现。

东伯雪鹰内心战意沸腾。

这么多年来，他第一次没有受到巫毒的折磨，而且万劫混元身让他的全身充满力量，让他很渴望一战。此外，他一进来就发现这登云塔内部的空间中没有任何封锁，瞬移、极点穿透等都是可以施展的，他能尽情地施展一切规则奥妙。

"你先来，尽管出招。"白胡子老者站在那里，大声说道。

"好！"东伯雪鹰也不推辞，瞬间施展极点穿透，整个人穿透空间，急速冲向白胡子老者。

"定！"白胡子老者却没有动，只是口吐一字，顿时让周围空间完全定住了，把穿透空间的东伯雪鹰排挤了出来。

"空间神心？"东伯雪鹰面色微变，可手部动作不变，直接一枪刺出。

万劫混元身的恐怖力量，让随意的极点穿透一枪都有着让人心颤的威力。

白胡子老者眉头一皱，背上的两柄长剑瞬间出鞘。他双手分别持着一剑，两道耀眼的剑光击在东伯雪鹰的长枪上。

东伯雪鹰感觉到虚不受力。

那两柄利剑交错着，且都是从旁边碰撞东伯雪鹰的长枪。

几乎一个照面，枪杆就被引导到一旁，长剑顺着枪杆刺向东伯雪鹰。

太快了！

东伯雪鹰即便施展瞬移、极点穿透，都来不及躲避。

他立即让虚界分身变换位置，转移到百米外。

白胡子老者的两柄长剑剑光一闪，一时间，一道道仿佛线一般的剑光交错着，在东伯雪鹰周围百米内纵横。无论东伯雪鹰的虚界分身如何变换位置，都难逃剑光的攻击。而且，剑光和空间结合，诡秘莫测，时而出现在这，时而出现在那，难以预料。

东伯雪鹰唯一厉害的一招秘技——星辰陨灭击，是攻击性的绝招，他可没什么厉害的防御招数，只能硬扛。

砰砰砰！东伯雪鹰的身体瞬间遭到一道道剑光的袭击。有些剑光穿透了空间，穿透了他身上的神器铠甲，刺入他的身体。

不过，即便那锋利的剑光刺入他的体内，他的筋骨、脏腑的任何一处受到攻击后都只是微微一震，因为他身体的每一个粒子都无比坚韧，能轻易卸去冲击力。

威力接近星辰陨灭击的恐怖剑光，就这么被东伯雪鹰的身体轻易硬扛住了。

东伯雪鹰有些愣神。

"我这身体未免太强了吧。"

东伯雪鹰总算明白，为什么万劫混元身的力量、速度等方面只是附带，最厉害的是保命能力了。

"你的身体再强，你也赢不了我，你依旧通不过这第一层。"白胡子老者双手持剑，站在不远处。

东伯雪鹰看着眼前的白胡子老者。他必须得承认，自己也就秘技星辰陨灭击算厉害，其他招数都太简单，就算结合起来，也会被白胡子老者的战斗技巧给完全压制住。白胡子老者至少掌握了两门二品神心，且结合得非常好。

"这才第一层啊，对手的境界就比我高？"东伯雪鹰暗道。

登云塔第一层空间内，东伯雪鹰意识到眼前的白胡子老者境界在他之上。

"不过，战斗时，不单单看双方的境界。前辈，你小心啊，别怪晚辈欺负你体弱。"东伯雪鹰笑着说道。在初步交手后，他就决定了新的战斗方向。

"尽管来。"白胡子老者双手持剑，嘴角翘起。

轰！东伯雪鹰瞬间冲过去，一瞬间就达到了每秒两千里的速度，这是他修炼万劫混元身后才有的恐怖速度。同时，他手中的长枪闪电般刺出。

噗噗噗！

无数枪影几乎笼罩了一大片区域。

白胡子老者刚刚双剑联合，破解枪法，欲发起攻击，就再次遭到了攻击。

"好快！"白胡子老者脸色一变。

这枪法太快了，每一枪的威力都能贯穿天地，媲美神级中期。其实，就算东伯雪鹰的枪法达到神级中期，白胡子老者还是能够破解他的枪法，只是架不住无数的枪影一起笼罩过来，速度太快了，连绵不绝。

白胡子老者被逼得连连后退，周围空间扭曲、变幻。

东伯雪鹰眼前一花，他和白胡子老者之间的距离就发生了变化。

"你纯粹仗着力量大、速度快就想赢我？"白胡子老者的身影诡异、模糊，一会儿在左，一会儿在右，他的剑光迸发出恐怖的破坏力。

东伯雪鹰惊慌得想要抵挡，却依旧被一剑刺入体内。

"就是这时候！"东伯雪鹰眼中寒芒一闪。他手中的黑色长枪猛然横扫，同时枪杆变长。作为神器，这黑色长枪的长度自然能够变化。

在白胡子老者进行近身攻击时，长枪瞬间横扫周围的区域。白胡子老者来不及逃跑，只能靠手中的长剑抵挡。

嘭！黑色枪杆抽打在长剑上，直接让长剑弯曲，继而轰击在白胡子老者身上，让他的身体猛然弓起，往后倒飞。

东伯雪鹰得势不饶人，继续近身攻击，手中的长枪已经足足有上百米长，呼啸着朝白胡子老者袭去。白胡子老者发起攻击，东伯雪鹰根本不管，他的万劫混元身可以无视这些攻击。他尽情狂攻，时而是极点穿透真意将速度发挥到极致，时而是星辰真意将力量完全发挥出来，时而在关键时刻突兀地施展一次星辰陨灭击。

"停停停。"白胡子老者连忙喊道，"你赢了，你赢了。"

"你修炼了万劫混元身，我怎么打你都没用，可你击中我一下就会让我受伤。"白胡子老者嘀咕道，"算了，算了，算你通过第一层了，去第二层吧。"

"晚辈只是仗着身体强才勉强赢了。"东伯雪鹰说道。

战斗，就是以己之长攻敌之短，既然境界弱了些，就得发挥自身的优势。万劫混元身这么厉害，防御如此强，他当然可以不顾防御尽情地攻击。而且，他还可以将自己的力量、速度尽情发挥出来，好好压制对手。

此时，旁边出现了木质楼梯。东伯雪鹰沿着楼梯往上走，来到了第二层。这也是圆形的空旷空间，同样有一名白胡子老者盘膝坐着，只是他的膝盖上放着一根深青色长棍。

"小家伙，我在第一层的身体太弱，我在第二层的身体强得多，而且我能使用的力量可提升了不少。"白胡子老者冷笑道，"你尽管出招。"

"那晚辈就不客气了。"东伯雪鹰也不犹豫，当即身影一闪就到了半空，手中的长枪猛然挥劈而下。长枪变到百米长，当头劈向白胡子老者。

"哼！"白胡子老者双手分别抓着长棍的两端，随意地一个上挑。

嘭！长枪和长棍撞击在一起，余波冲击在登云塔第二层的空间内。

东伯雪鹰感觉到长枪反震传来的力道，不由得往后踉跄了一下，脸色大变：

"好强的力量，竟然不亚于我的。不，我是蓄势怒劈长枪，而他是原地随意一击，他的力量应该还在我之上。"

白胡子老者说道："我的这个身体可媲美玄金天罗体入门，虽说保命能力不如你，可力量占优势。我们红石山的护法弟子，一般都会练就界神级秘术。"

东伯雪鹰点点头。

他的三门二品真意都只达到三重境，靠着秘技才达到万劫混元经的门槛。而能成为护法弟子的，一般都是凝聚出二品神心的。所以，练界神级秘术，入门就相对容易多了。

"我如今实力不强，随便一个护法弟子修炼些日子，就能有我这样的实力。"白胡子老者说完，瞬间出招。

一根长棍犹如出水蛟龙，带着旋涡之力，呼啸着笼罩过来。

东伯雪鹰连忙出枪抵挡。

嘭！长棍带着旋涡之力和东伯雪鹰的枪杆碰撞了一下，枪杆不由得偏到一旁，长棍直接戳在东伯雪鹰的胸膛上。

虽然万劫混元身轻易地就抵挡住了冲击力，可东伯雪鹰还是不由得往后倒飞，跟跄几步才站稳。

"小子，你的境界还是太低了。"

白胡子老者的长棍横扫周围。无论东伯雪鹰的虚界分身如何变幻，也逃不过长棍的横扫，直接被击飞了。

"你的力量也不行。"

长棍和长枪硬碰硬，长棍顺势又砸在东伯雪鹰的脑袋上。

"你的枪法只有一招秘技，就只会进攻，太容易破解了。"

长棍仅仅一旋转就砸在东伯雪鹰的手腕上。幸好东伯雪鹰的万劫混元身厉害，他依旧能紧紧握住手中的长枪。

东伯雪鹰全方面被压制。

比力量、速度，他不行；比战斗技巧，他也不行；靠虚界分身变幻，可对方的长棍一个横扫就可以笼罩周围百米。

东伯雪鹰撞击在圆形空间的边缘，从半空摔下，甩了甩头，才恢复清明。

"还打吗？"白胡子老者扛着长棍，看着东伯雪鹰。

"不打了，不打了。"东伯雪鹰摇摇头。他刚才脑袋被连砸数十棍，有些晕了。不过，被打到现在，他皮都没破一点，头发没掉一根，万劫混元身的保命能力的确很强大。

"好好修行，你现在还只算达到护法弟子门槛，只因多修了一门界神级秘术，否则连登云塔的第一层都过不了。"白胡子老者说道。

"嗯。"东伯雪鹰点点头。

走出登云塔后，他颇为兴奋。能随时和厉害的对手交手，可以发现自身枪法的缺陷，进而不断完善。

在红尘岛上，他可以让时间加速，可以去观看开天辟地的诸多印记，可以行走问心路，可以和登云塔中的高手交手，这绝对是一处修行圣地啊。

"我一定得抓紧时间，不能松懈，争取在战争爆发前成为内门弟子，到时我的实力会比现在强得多，就能正面和巫神、大魔神一搏了。"东伯雪鹰期待着。

……

当东伯雪鹰在红尘岛上苦修时，夏族世界地底深处的血蔓花正在生长，那巨大的绿藤以及无数的细藤，还有花朵，覆盖周围大片土地。这些细藤和花朵还包裹着一具具神级生物尸体。

轰！一股恐怖的波动忽然以血蔓花为中心散发开来。血蔓花开始蜕变。

上方，全部威力汇聚，半空隐隐有巨大的海洋显现，海水汹涌。

周围城池中的人们抬头就能看到巨大的海洋，听到海水的哗哗声。

开辟神海的波动无法掩饰，夏族世界的超凡强者都能够清晰地感应到。不管是夏族，还是魔兽一族，抑或是超凡土著，都知道有一位神灵诞生了。

第349章
巫神、大魔神的烦恼

"那是什么？"

凡人们抬头，震惊地看着。

巨大的海洋出现在半空，波涛汹涌，气势磅礴，让无数人感到心颤。这个场面太震撼了。

海洋足足有方圆万里，媲美一座郡城的范围。夏族世界的主大陆上有一半的居民能够清晰地看到半空的海洋，另一半则是因为被云雾、高山等阻隔了视线才看不见。

"高空中怎么会有这么大的海洋？"

凡人们根本无法理解。别说他们了，就连称号级骑士、称号级法师们也不明白这一幕意味着什么。

……

嗖嗖嗖！

夏族世界各地，一道道身影冲天而起，停在半空，看着远处高空中那散发无尽威力的庞大海洋。

"开辟神海？"

"神海？神之领域？怎么回事？难道有神灵诞生了？"

"谁成了神灵？"

超凡强者们看到这一幕后都惊呆了。

"嗯？"一座小山村内，衣着破烂、伪装成凡人的晁青抬头看着，脸色大变，"又有神灵诞生了，是谁呢？"

他是夏族的，受到夏族世界的庇护，所以才敢在红石山内成神，而后悄悄回来。

历史上，只要夏族世界有神灵诞生，夏族、魔兽一族就会立即察看，看是不是己方诞生了神灵。若己方没有诞生神灵，那一定是对方诞生了神灵。虽然不甘心，可还是会立即退守到本方的超凡世界。

此刻，陈宫主的斗气分身出了薪火世界，来到夏族世界，站在半空遥遥看着。

"陈宫主，有神灵诞生，是不是我们夏族的？"

"陈宫主，是我们夏族的超凡强者成神了吗？"

"陈宫主，谁成神了？"

大量讯息不断传向陈宫主。

大家都很焦急，想要弄清楚情况。在超凡强者们看来，这明显就是神灵诞生的征兆，而神灵是他们无法抵抗的。他们却不知道，这一时代并不一样，这一时代的东伯雪鹰如今就拥有轻易解决掉普通神灵的实力。只是他因为自己的对手是巫神和大魔神，所以才在红石山内继续修行。

"到底是谁？"陈宫主也焦急不安。

"陈宫主请放心。"

一则讯息传来。

陈宫主心中一喜，传来讯息的正是余靖秋。

他连忙传信问道："你知道是谁？难道是雪鹰？不对，雪鹰之前的真意还没达到三重境呢。"

贺山主、司空阳可都是凝聚了本尊神心的，池丘白的三品真意达到了三重境巅峰，他们离成神都不远了。东伯雪鹰天赋超高，掌握的二品真意就足足有三种，可之前境界都不算高，据他所说，都还没达到三重境呢。

"不是雪鹰，是雪鹰送来的一个植物生命。"余靖秋传信道，"那植物生命已经成神，而且还在继续生长，将来在夏族和恶魔大战时会起很大的作用。"

"好好好。"陈宫主大喜。

陈宫主当即给夏族超凡强者们传信："大家放心，成神的是我们夏族的。至于是谁，暂且保密。"

夏族超凡强者们顿时心中一松，紧跟着狂喜起来。

如今夏族情势危急，已经开始大迁移了。此时有神灵诞生，那是何等大的喜事啊！

夏族世界中一片欢腾，树海世界内的气氛则很压抑。

树海世界内有一座戒备森严的堡垒，呈半圆球形，上面雕刻着无数符纹。这是一座无法移动的堡垒，论防御能力，在丁九战船之上。而且，这座堡垒已被加持了法阵，内外世界完全隔绝。这也是东伯雪鹰中了巫毒后的百年内，虽然查探过魔兽一族，却根本无法入内的原因。

进不去，如何正面攻打？

这座堡垒太坚固，即便丁九战船轰击都没用。

哔哔哔——

堡垒内部流淌着红色液体的湖泊中躺着一个人形身躯，其皮肤表面满是暗红色鳞甲，隐隐有着悠长缓慢的呼吸声。

在这红色湖泊旁，有一个巨大的头颅虚影和一个金袍男子的身影。

"夏族有神灵诞生了。"巨大的头颅虚影沉声道。

"我知道。"金袍男子的声音中充满愤怒，"都怪你当初太自大，被毁掉了肉身，害得我们不得不把战争推迟五十年，否则我们说不定已经占领了整个夏族世界。现在夏族有神灵诞生了，如果是其他人成神也就罢了，就怕成神的是东伯雪鹰啊！"

"这岂能怪我？"巨大的头颅虚影不满道，"夏族诞生了东伯雪鹰这等绝世超凡强者，岂是我们能预料到的？当初东伯雪鹰如果不毁掉我的魔神会总部，灭了我即将培育成功的肉身，我们哪会知道他的实力如此强？我们岂会布局围攻他？"

"正因为围攻他，才让他中了鬼六怨巫毒。在巫毒的影响下，他的实力都提升了这么多。如果没有巫毒的影响，他恐怕早就让体内的太古血脉二次觉醒了。强大的身体滋养灵魂，灵魂越发强大，他的实力恐怕比现在强得多。若真如此，我们就算提前五十年发动战争，局势也不一定比现在好。"巨大的头颅虚影反驳道。

金袍男子不再吭声。

是啊，东伯雪鹰进步太快了。即便受巫毒的影响，他上次在黑白神山竟然还能和尤兰拼个不相上下。

"你我誓约早已定下，现在没必要埋怨谁。"巨大的头颅虚影道，"我们现在要想的是到底该怎么办。"

"我们必须弄清楚成神的到底是不是东伯雪鹰。"金袍男子皱眉道，"他可是掌握了三门二品真意的超凡强者，如果成神，他对我们的威胁将超过掌握二品神心的神灵。若任由他继续提升境界，他恐怕将来有望炼化夏族世界的世界之心。一旦炼化，他就很有可能成为夏族世界的领主，到时候谁也没法在夏族世界内和他斗。"

"他就算成神，要炼化世界之心恐怕还得数千年吧。"巨大的头颅虚影道。

"他如果是回到夏族世界成神的，那么他在红石山内恐怕已经成了护法弟子，得了大量的宝物。我们日后若发动战争，他将是最大的阻碍。"金袍男子忧虑道。

"嗯……"巨大的头颅虚影沉默了下，才道，"东伯雪鹰如果成神，应该是在红石山内偷偷成神，这样才能不引起我们的注意，他反而有足够的时间继续成长。而现在是夏族世界内出现了开辟神海的波动，我觉得成神的应该不是东伯雪鹰。"

"我也觉得东伯雪鹰成神的可能性较小。毕竟他太年轻，凝聚出二品神心可没那么容易。可是，可能性再小，我们也不能大意。从现有情报来看，司空阳、贺山主等超凡强者都没成神，总归有一个超凡强者成神了吧。除了东伯雪鹰，还有谁？"金袍男子有些烦恼。

"用排除法来看，夏族的超凡强者就那么些，有能力成神的更是屈指可数，排除没有成神的超凡强者，东伯雪鹰成神的可能性是最大的。"巨大的头颅虚影道。

"嗯，我们不能大意，"金袍男子道，"必须得弄清楚。"

"怎么弄清楚？"巨大的头颅虚影问道，"我们之前派手下的斗气分身去出现波动之地查探过，根本没发现任何痕迹，显然成神的那位已经藏到其他地方了。"

"通过时空神殿去查探。"金袍男子不甘地道，"只能通过时空神殿去查了，必须得弄清楚成神的究竟是谁。"

其他超凡强者成神是小事。

若是东伯雪鹰成神，那就麻烦了。

"嗯，我先去问问吧，看时空神殿情报的要价如何。"巨大的头颅虚影道。

第350章

九年后

物质界、神界、黑暗深渊等领域中，几乎遍布时空神殿和血刃酒馆的势力。

时空神殿可以贩卖情报或者帮忙运送物品，或者将某些有需要的人送去遥远的地方。

血刃酒馆则专门发布悬赏任务，要价很高，自有一套规则。不过，只要价格合适，血刃酒馆背后的那位总馆主，也就是血刃神帝，甚至可以亲自出手。即便是追杀神界大能，血刃神帝都愿意出手。只是血刃酒馆的要价太高，可以用一个字形容——黑。

这两大势力的买卖遍布无数世界。

达尔豪是黑暗深渊的一位二重天大魔神，其庞大的领地内就有一座时空神殿。至于血刃酒馆，多得很，简直是不计其数。一来，大魔神的领地够大；二来，血刃酒馆的生意是面向一切生灵的。

连凡人世界的凡人生意，血刃酒馆都做，血刃酒馆的数量自然多得离谱，因此黑暗深渊的恶魔们能够轻易找到离得最近的血刃酒馆。

时空神殿一般服务的是神灵，相对而言数量要少得多。

"问过了。"巨大的头颅虚影开口道。

"怎么样？"金袍男子连忙问道。

"询问成神者的身份，要三万神晶；询问东伯雪鹰的实力，则要十万神晶。"巨大的头颅虚影道，"巫神，怎么样，你觉得这两个情报要不要买？"

"询问东伯雪鹰的实力，只要十万神晶？"金袍男子皱眉。

如果询问其他凡人世界的超凡强者的实力是这个价，他肯定会觉得离谱。因为这样的要价很高，一般的界神级强者都难以承受。不过东伯雪鹰是夏族世界的，那里有红石山，战争即将开始，东伯雪鹰的实力是非常重要的因素，甚至堪称决定性因素。只要十万神晶，这不太符合时空神殿的行事作风啊。

时空神殿可不是一般的黑啊，这次竟然这么大方？

"难道成神的不是东伯雪鹰？"金袍男子不解。

"这两个情报还买吗？"巨大的头颅虚影再次问道。

"买！都买！"金袍男子开口了，"大魔神，十三万神晶你付，没问题吧？"

"小事。"巨大的头颅虚影点点头。

大魔神虽然有些心疼，可如今是战争爆发前的关键时刻，岂能吝啬这点神晶？

很快，两个情报都买来了。

"我就知道，时空神殿要价低一定有原因。"大魔神怒吼道，"时空神殿只查探到数年前东伯雪鹰在黑白神山展露出的实力。时空神殿给的情报是过时的。至于现在的，时空神殿说：'东伯雪鹰进入红石山后便没再出来，实力无法预知。'"

"那成神的是谁？"金袍男子连忙问道。

"一个植物生命，叫血蔓花。"大魔神回道。

"植物生命进入夏族世界成神？"金袍男子若有所思，"那植物生命怕是东伯雪鹰在红石山内得到而后送到夏族世界的。东伯雪鹰没有现身，也不知道他现在是生是死。"

"嗯。"大魔神也很好奇。

巫神和大魔神根本不把血蔓花放在眼里，毕竟血蔓花只是身体强大，对规则奥妙的理解并不高深。等到时候战争爆发，一株血蔓花根本阻挡不住巫神和大魔神派出的大军。

"东伯雪鹰在黑白神山时实力如何？"金袍男子问道。

"根据时空神殿给的情报，东伯雪鹰掌握了虚界、星辰、极点穿透这三门二品真意，并且都达到了二重境巅峰。"大魔神回道。

"他还掌握了一门秘技。正是凭借那门秘技，他才和尤兰拼了个不相上下。"大魔神又道。

"哦。"金袍男子点点头，松了口气，"很好！能悟出秘技，这东伯雪鹰不愧是夏族有史以来天赋了得的超凡强者，确实很厉害。可是，他的境界才达到二重境巅峰。境界的提升，必须一步步踏踏实实地进行，是不能一蹴而就的。他进入红石山才四年多的时间，现在说不定连三重境都还没达到，离成神还远着呢！"

"对。"大魔神点点头。

虽说红石山内也有时间加速的区域，可巫神和大魔神都很清楚，感悟天地规则时，时间加速反而有负面影响。只有在时间流速正常的区域，感受到的天地规则才够自然清晰。仅仅四年多，东伯雪鹰能进步到什么地步啊？

"虽说我们这次花费了一些神晶，可弄清楚了一些情况，也算是好事。"金袍男子露出微笑，说道。

"要不要再向时空神殿问清楚夏族其他超凡强者的实力？"大魔神问道。

"不！即便要购买这份情报，也得等到战争爆发后。"金袍男子摇头说道，"而且，我估计这份情报会非常昂贵，我们不一定买得起。"

战争爆发前，如果知道敌方所有的底牌，那么战斗起来就容易多了。

而时空神殿自然深知这一点，重要情报的要价肯定会很高。

"别急，东伯雪鹰没成神，这对我们而言就是最好的消息了。据四年多前他的境界来看，他离成神还早着呢。"金袍男子道，"我们可以一步步安排好，到时候以强大的实力正面碾压他们。"

大魔神表示赞同："好，按照既定计划一步一步来。"

"快了，离战争爆发没多久了。"金袍男子眼中满含期待。

能让巫神和大魔神忌惮的人很少，大地神殿的那位算一个，东伯雪鹰算一个。至于其他人，根本不值一提。夏族就算诞生了一位神灵，对巫神和大魔神而言只是增加了点小阻碍罢了。

时间飞逝。

夏族一直在大迁移，为即将开始的战争做准备。

转眼便已经过去九年。

红石山。

呼！呼！

辰九和奚薇并肩往上飞，穿过世界膜壁，进入上一层的空间，继续朝上飞。他们穿过土壤，穿过虚空，穿过一层层云雾，终于抵达红尘岛。

红尘岛上。

"辰九。"梅山主人露出笑容。

"梅山兄。"辰九也笑了。

"恭喜恭喜啊，你也来到这里了。"梅山主人发自内心为他们感到高兴，因为他们都不容易。原本五支队伍的首领能有一个侥幸成功就算不错了，能有两个成功就很了不得了。然而，加上东伯雪鹰，此次可是足足有三个成功了。

"我也是侥幸才突破瓶颈，最后掌握唯我神心。"辰九说道。

"唯我神心？"梅山主人点点头，"你对唯我真意的运用能力本就在我之上，毕竟你能够研究出八臂来。你对唯我真意的理解极为高深，你能够掌握唯我神心，不足为奇。"

辰九笑着点点头。

"对了，东伯兄呢？"辰九问道。他和东伯雪鹰的关系可是几个人中最好的。

"哦，刚才我还看到他在问心路上呢。"梅山主人说道。

"我带你们过去。"旁边的奚薇微笑着道。

很快，他们就来到问心路旁。

问心路上，一袭白衣的东伯雪鹰正一步步艰难地走着，他已经走得非常远了，人影都变得很小了。只是，他每走一步就越来越艰难。

"东伯雪鹰很厉害，他已经走过问心路第一段，现在在走第二段。"梅山主人赞叹道，"他解除了体内的巫毒，又有红石山提供远超凡人世界的修行条件，还有万劫混元身滋养灵魂，进步的确快得很。虽然我这几年实力也提升了很多，可和他交手多次，我还是被他完全压制，次次惨败。"

话音刚落，问心路上的东伯雪鹰猛地倒下，摔在下面的湖面上。

嘭的一声，他重重地跌入湖内，水花四溅。紧跟着，他破水而出，往上飞去，一眼便看到了辰九、梅山主人、奚薇。

"哈哈哈。"东伯雪鹰大笑，在半空留下一道幻影，便来到了辰九他们面前。

"东伯兄。"辰九笑着打招呼。

"辰九兄，恭喜！"东伯雪鹰由衷地为这个好友感到高兴。他很清楚辰九身上背负着什么。辰九成了护法弟子，飞剑山庄和辰九自身都将苦尽甘来。

第351章
秘技大成

辰九成为护法弟子后，并没急着离开。虽然他和梅山主人都要为界神带回一门界神级秘术传承，可只要在战争爆发前回去就可以了。他们计划在二十年期满之前离开，在离开之前，当然得在红尘岛上好好修行。

红尘岛可是修行圣地。一旦离开了夏族世界，他们可就没法再回来了，当然得抓紧时间修行。

辰九掌握了唯我神心，选择了一门修炼身体的界神级秘术——星河秘藏。这门秘术能够将身体修炼到极致，让整个身体化作一条无边无际的星河。除了保命能力比万劫混元经弱些，其他方面则要略胜一筹。

不过，这门界神级秘术入门极难，修行也极难，也就专门研究身体的唯我神心掌握者勉强能入门。

当然，不管是辰九还是梅山主人，虽然各自学了一门界神级秘术，可都不是东伯雪鹰的对手。因为他们掌握神心和秘术后，实力想要再提升很难，甚至在万年内都很难再提升一步。

掌握完整的唯我神心后，想要再提升，需要悟出其他真意的神心境，而后融入自己本来的神心，让神心继续蜕变，终极目标是成就一品神心。

而东伯雪鹰不同，他的实力突飞猛进，三门真意都在不断提升。

沙沙——

东伯雪鹰修行洞天内的一个空旷院落中，大树的树叶已经黄了。风一吹，树叶纷纷飘落。

身穿白衣的东伯雪鹰穿行在周围空间中，时而出现，时而消失。

他手中的一杆长枪不断刺入虚空。

刺啦——

周围的虚空中忽然出现了一道道黑色裂痕，黑色裂痕向远处延伸。

"终于大成了！"东伯雪鹰从虚空中走出来，面露喜色，"我在红尘岛修行了十一年，我这套枪法的最后两招也完善了，总算完整了。十一年了，进步比我预料的还大得多。"

十一年的时间，他没有再受到巫毒干扰，被万劫混元身滋养的灵魂更强大了。

红尘岛上的修行条件好得惊人，东伯雪鹰掌握的三门真意都从初入三重境提升到了三重境巅峰。若再进一步，恐怕就要达到神心境了。

"神心境？"东伯雪鹰皱眉。

他的三门真意都达到了三重境巅峰，可都没有出现达到神心境的预兆。显然，要跨出这一步很难。

而梅山主人、辰九他们达到三重境巅峰多年，都经历了磨炼，在红石山的考验逼迫下，才险之又险地突破。

如果将来三门真意都能达到神心境，到底凝聚哪一种本尊神心，东伯雪鹰还没想好。现在他也没必要多想，争取达到神心境才是最重要的。

"枪法秘技大成！真意达到巅峰！"东伯雪鹰眼中放光，"希望我这次能通过登云塔第六层。"

登云塔第六层困了他三年多。如今他枪法的最后两招已经练成，自问实力提升颇多。可这也是最后一搏了，如果这次再失败，他在短时间内无法再提升实力。

……

从外面看，护法弟子的修行洞天就是一个普通的院落，不过走进去后，空间会急剧变大。

东伯雪鹰走出修行洞天，来到了问心路。他踏着问心路的石阶一步步往上走。修心，需要常常拂拭内心，不进则退。他几乎每天都会在问心路上行走十次。

轰轰轰——

疲倦感弥漫东伯雪鹰的整个灵魂，灵魂却隐隐绽放光芒。

东伯雪鹰走过第一段，走上第二段，疲倦感越发强烈，几乎淹没整个灵魂。随着一步步前进，他最终还是从石阶上摔下，陷入深层次的睡眠中。这次他依旧摔落在下面的湖泊中，溅起无数水花。他躺在湖面上，无奈地笑了笑，而后起身，继续去走问心路。一次次不厌其烦地走，他终于走完十次。

而后，他平静地朝登云塔走去，抬头看着这座九层塔楼。

……

九层塔楼的第六层。

东伯雪鹰沿着木质楼梯走上去，第六层内依旧是空旷的圆形空间。在这空间内盘膝坐着一名白胡子老者，白胡子老者的膝盖上放着一柄黑色的细剑，无鞘，锋芒内敛，不露威势。

"两个月了，你可有进步？"白胡子老者咧嘴笑道，"小子，如果没有进步，那你还是别浪费时间了。"

"前辈，晚辈想要再试试。"东伯雪鹰说道。

"好。"白胡子老者起身。

嗡！以白胡子老者为中心，一圈圈波纹朝四面八方弥漫开去，笼罩了周围的每一处。不管是真实世界，还是阴影，抑或是虚界，皆被渗透了，连粒子都被清晰地感知。而且，这无形的波纹还有着震荡之力。就算是尤兰这等级别的高手，如果在白胡子老者周围，在这波纹震荡下，身体恐怕都会崩溃。

这便是白胡子老者所使用的一门恐怖的秘技。在波纹波及的范围内，普通的新晋神灵都能轻易被击飞。

东伯雪鹰站在那里却完全不在意，他的万劫混元身轻易地就抵挡住了。他咧嘴一笑，道："前辈，小心了。"

"尽管出招。"白胡子老者傲气得很。

哗！东伯雪鹰忽然凭空消失了。

"躲起来了？"白胡子老者咧嘴一笑。他的周围出现了无数波纹，扫荡着四面八方。渐渐地，他的脸色变了，"怎么可能？"

只见弥漫在圆形空间内的波纹陡然变得越发细微，难以看清楚。白胡子老者仔细地查探着，极尽一切查探手段。

"消失了！"白胡子老者震惊，忍不住问道，"小子，你掌握虚界神心了？"

在他看来，如果掌握了虚界神心，自身就仿佛虚界的一部分，隐匿能力比达到虚界真意三重境时更强，甚至本尊无须出手，一个虚界分身就能拥有媲美本尊的实力。这也是掌握虚界神心的高手被称作最恐怖的刺客的原因。

"你应该达到虚界真意三重境巅峰没多久吧，不需要任何积累，都没任何停滞，就达到神心境了？"白胡子老者不敢相信。

"晚辈没那么厉害，晚辈的虚界真意达到三重境巅峰没多久，离达到神心境还早得很。晚辈只是刚完善好虚界真意的秘技，所以才能做到这一步。"东伯雪鹰的声音响彻周围虚空。

在这一刻，东伯雪鹰的信心更足了。白胡子老者发现不了他，他赢的概率至少大了三成。

第352章
内门弟子

"虚界真意的秘技？"白胡子老者嘴角翘起，目光扫视周围，"看来你这次是有所倚仗啊！尽管来吧，你若一直躲着，可赢不了我。"

哗哗哗——

无数波纹以白胡子老者为中心，辐散、波及周围的每一处，强大的威力足以摧毁虚界分身、幻境等。要知道，普通的新晋神灵都会被击飞，更别说东伯雪鹰如今才达到三重境巅峰的虚界分身。虚界分身的实力很强，可也就勉强冠绝一时，和新晋神灵还有些差距。

白胡子老者持着黑色细剑，冷静地等待着东伯雪鹰出手。

此刻，东伯雪鹰藏身于虚界。他不出手，对方根本发现不了他的踪迹。只有在他出手时，他的行踪才会暴露。

"来了！"白胡子老者眼睛陡然一亮，而后面露疑惑。

轰！轰！

在白胡子老者前后的两处虚空中，分别刺出一杆黑色长枪，皆带着星辰膨胀、塌陷、陨灭的场景，威势让人心颤。

两杆长枪从两个方向刺出。

"怎么可能？这两杆长枪中定有一杆是假的，可为何在我的领域秘技攻击下没有粉碎？"白胡子老者震惊。

这说明那杆假的长枪能够硬扛住他的领域秘技之威。

震惊过后，白胡子老者立即出手，手中的黑色细剑猛然一划拉就消失不见了。黑色细剑化作一道很不起眼的波纹，瞬间扫荡前后两个方向。

当！当！

一杆长枪被挡下，另一杆长枪在波纹的触碰下粉碎。

周围安静下来。

东伯雪鹰收了长枪，继续隐藏在虚界中。他此刻再度消失无踪，那白胡子老者难以察觉到他的踪迹。

"竟然有三成威力！"白胡子老者环顾左右，惊叹道，"如今你的虚界真意才达到三重境巅峰，你的一个虚界分身竟然有本尊三成的实力。"

"这不算什么，一旦我掌握虚界神心，虚界分身能拥有和本尊一样的实力。"东伯雪鹰的声音回荡在这片空旷的空间内，"前辈的剑术秘技果真厉害！我的星辰陨灭击速度非常快，而且是一前一后突然袭击，真假难辨，前辈竟然能够在一瞬间同时抵挡住两杆长枪。"

东伯雪鹰在红尘岛修行了十一年，大多数时间在练枪、参悟真意，少部分时间在研究枪法秘技。在百倍时间流速下，实际上，他只花费了两百多年的时间就创出了这套完整的枪法秘技。

其中一招便是辅助类秘技——凝真。

真也是虚，虚也是真。

真也是虚，便是成就虚无之体，为虚界真意三重境。

虚也是真，便是能够让一个虚界分身完全映照本尊，凝聚出一模一样的身体，拥有一样的实力，这个身体被称作虚界真身。战斗时，本尊会隐藏，敌人难寻其踪迹，出手的则是虚界真身，极为厉害。

东伯雪鹰如今境界颇高，又观看了红尘岛上诸多前辈留下的印记，不断参悟、琢磨，努力让虚界分身凝聚成了虚界真身。

到如今，这一招秘技算是达到了极致，东伯雪鹰的本尊可以凝真，和虚界内的景色融为一体，也能让一个虚界分身发挥出本尊三成的实力。

……

"前辈再试试接这一招。"东伯雪鹰的声音在空旷的空间内响起。

呼！呼！

两杆黑色长枪从一个方向同时刺了出来。这一次，枪尖都隐隐显现出极点穿透的场景，那极点宛如一切之起始，一切之终极。两杆长枪出招的速度极快，而且刚刺出就刺入虚空，消失在白胡子老者的视线范围内。

白胡子老者面带笑意，再次挥动手中的黑色细剑，黑色细剑也消失在虚空中。

两杆长枪和一柄细剑都穿梭在另一空间层面，不断地碰撞。其中一杆长枪时而消散，时而凝聚。等再凝聚时，却变成了真实的长枪，另一杆长枪则是虚假的。

真真假假，难以勘透。

噗噗噗……

两杆长枪的速度快到极致，在更深层次的能量层面不断出招。

黑色细剑艰难地抵挡着。

噗！一杆长枪刺入白胡子老者的胸膛，并从其后背冒出来一截枪尖。

此时，整杆长枪才完全出现在真实世界内。

"好快！"白胡子老者吃惊地看着东伯雪鹰。

"你的剑更快，可惜你的剑只有一把，而我的长枪有两杆，这才侥幸获胜。"东伯雪鹰从虚界中走出来，收起了自己的长枪。

"胜利没有侥幸。"白胡子老者胸口的伤瞬间恢复，他摇头道，"在第五层的时候，你就能以拙破巧；在第六层，你竟然以快对快，快、幻结合，正面击败我，我输得心服口服。东伯雪鹰，你的三门二品真意尚未达到神心境，可你却能够达到内门弟子门槛，真是佩服，佩服！我在超凡之境时，也远不如你。"

"前辈谬赞。"东伯雪鹰连忙说道。

"好了，出去吧！你赢了，通过第六层，你已经是内门弟子了。"白胡子老者笑着说道。

他真的很佩服东伯雪鹰。秘技不是那么好创造的。东伯雪鹰却创造出了一整套枪法秘技，而且在创造时，显然更侧重配合。枪法的招数彼此配合，使得枪法威力陡然暴增。

红尘岛上，一座雅致的楼阁内。

身穿华美衣袍的红石走出楼阁，面带喜色："他这么快就成为内门弟子了？"

……

穿过两层世界的连天藤的顶端，奚薇的身影显现出来。她看向远处的红尘岛，脸上有难以置信之色："东伯雪鹰成为内门弟子了？"

……

红石山的上层世界无比辽阔，十亿里之遥处，无数生命在繁衍。这里有无数的国度，还有宗门等。他们中几乎绝大多数都不知道，这只是洞天宝物红石山内部的一个世界，外界还有广阔的神界和黑暗深渊。

在这个世界内，地位最高的自然是那两位界神。

"嗯？"隐藏在一座普通庄园内的厚袍青年正研究一枚复杂的神印，神印飘浮着，表面的无数金色神纹在变化。

厚袍青年陡然伸手抓住神印，抬头看向上方的红尘岛："什么，那个小家伙已经成为内门弟子了？这才过去几年啊？"

……

另一个剑道宗门内。

穿着猩红披风的少年是这剑道宗门的长老，偶尔教导教导弟子。剑道宗门内，下至刚入门的超凡强者，上至宗主等神级高手，没有一个知道这少年是一位强大的界神。

"师父，师父，我要练到什么时候啊？"一个胖乎乎的少年大声问道。他拿着剑攻击眼前的一棵大树，可大树上的剑痕不断消失。

"继续练！不想练的话就滚！"猩红披风少年端坐在远处，一边大吃大喝，一边随意地说道。

胖乎乎的少年很是无奈。他怎么就拜了这么个师父呢？难怪整个宗门内他师父的弟子是最少的。

"嗯？"猩红披风少年猛然抬头，眼中闪过一丝光芒，"那个小家伙竟然这么快就已经……"

嗖！他瞬间消失无踪了。

"师父，师父，你别走啊。"胖乎乎的少年大喊，随即只能无奈地继续练剑。师父不让他停，他不敢停啊。

……

嗖！嗖！嗖！嗖！

四道身影接连出现在登云塔下，都看着塔楼的出口。

当一身白衣的东伯雪鹰从中走出来后，不由得吓了一跳。塔楼出口处怎么突然冒出来四人？奚薇前辈、红石前辈自己是认识的，另外两个是谁？

那个厚袍青年气息内敛，仿佛无底深潭，难以窥视。

猩红披风少年却有着让人心悸的锋芒，一丝气息便让东伯雪鹰心中发颤。

这是两个极为强大的存在，恐怕吹一口气就能灭掉自己。

"小师弟。"厚袍青年咧嘴笑道。

"我们从此多了一个小师弟。"猩红披风少年难得地露出笑容。

东伯雪鹰愣了愣。

旁边的红石朗声笑道："东伯雪鹰，这两位也是我们红石山的内门弟子。圣主身死之时，他们俩正在红石山内修行。因为他们都是界神，受到物质界规则的限制，所以他们根本出不了红石山，一直被困在这里。"

第353章
夫妻团聚

东伯雪鹰心中暗忖："这两位师兄好可怜啊！这个物质界极为坚固，连外来的神灵都无法强行进入，更别说界神了。"

"其实我们应该感谢师尊。"厚袍青年道，"当年那一战，连师尊都身死了，情况何其危急？师尊为了不让自己的宝物落入敌人手中，也不想让我们落在敌人的手中，硬是将红石山扔进了物质界，我们才侥幸活下来。"

"嗯。"猩红披风少年点点头，"否则，我们早就没命了。"

连大能都陨灭了，他们这些大能的弟子若落入敌人手里，很可能也会死。

虽然物质界排斥神灵以及更强的存在，可红石山是洞天宝物，能够隔绝物质界的探查。物质界只当它是一件物品。只要打破物质界的层层膜壁就不会遭到物质界规则的排斥。当然，硬是要打破物质界的层层膜壁也不是容易的事。

"我叫戈白。"厚袍青年看向东伯雪鹰，"在师尊门下的内门弟子中，我排行第二。"

"我叫贺飞云，在内门弟子中排行第七。"猩红披风少年道。

旁边的奚薇看向东伯雪鹰："小子，你排行第三十七。"

东伯雪鹰当即行礼："见过戈白师兄、飞云师兄。"

"小师弟。"戈白感叹道，"虽然师尊收了众多弟子，可神界十分危险，在漫长的岁月中，不少弟子已经死去。有些则因为活得太久，可是修心不够，对自我产生了怀疑，本尊神心最终消散、身死魄灭。仍旧活着的内门弟子，算上你，也就十二个。"

东伯雪鹰早就听说过神界的残酷，连红尘圣主这样厉害的大能都死了，更别说界神了。如果不够残酷的话，为了区区一门界神级秘术，那些界神又何必花费那么大的心思呢？

"戈白师兄，你刚刚说有些弟子活得太久，对自我产生怀疑，本尊神心都消散了？"东伯雪鹰十分惊讶，"活得久，也会想死？"

"你活过一亿年吗？"戈白看着东伯雪鹰，"十亿年，百亿年呢？"

东伯雪鹰闻言一愣。

"没有足够强的内心境界，就算有漫长的寿命，你也会受不了。活得越久，有的变得越沉默，有的则越来越癫狂，甚至守不住本心，对自我产生了怀疑，本尊神心崩溃是常有的事，觉得太疲倦而自我毁灭也很正常。"戈白说道，"还有一些界神，暂时封印自己的记忆，放弃原本的实力去投胎，开始一段新的生活……这样一来，就算将来觉醒了，新的人生会让他原本苍老的心灵受到滋养，有可能再活一段时间。不过，投胎前封印记忆，自己将没有任何实力，很可能在弱小的时候就魂飞魄散，那就是真的死了。"

东伯雪鹰暗暗感慨："活得久，原来也有这么多烦心事啊！不过，十亿年、百亿年的确很漫长，真不敢想象，活这么久会变成什么样子。夏族世界记载的历史也才几千万年而已。"

"小师弟。"旁边的贺飞云则道，"你成了内门弟子，也有诸多好处。"

东伯雪鹰露出笑容。他努力想成为内门弟子，就是为了获得诸多好处，让夏族在即将爆发的战争中更有取胜的把握。当然，自身实力大大提升，就增加了胜算。

"有一点你可能不知道。"贺飞云笑着说道，"内门弟子可以带一名家眷进入红石山。"

"带一名家眷进入红石山？"东伯雪鹰又惊又喜，不由得看向旁边的红石。

红石点点头："没错。护法弟子最是普通，不得带人进来。而内门弟子颇受圣主重视，圣主恩准内门弟子带一名家眷进入红石山，甚至可以在红尘岛上修行。不过该家眷不能得到界神级秘术之类的，除非内门弟子甘愿做出牺牲，将自己选择的界神级秘术传承送给该家眷。至于亲传弟子，想带多少家眷进入红石山都可以。当然，在红尘岛上修行的最多同时有三个。这是为了防止红尘岛上太嘈杂，毕竟过去圣主常居在此。"

东伯雪鹰点点头。

亲传弟子的待遇的确不一样，可以带一群家眷进入下界。至于去红尘岛修行，亲传弟子只能同时带三个家眷，但可以轮流来修行。

"红石前辈，我想要让我妻子进来。"东伯雪鹰连忙说道。

"没问题。你让她进入红石山外围的虚空区域，那就是我的力量波及范围。"红石道，"我可以直接将她挪移进来。"

"好。"东伯雪鹰露出喜色。

"关于成为内门弟子后可得到的一些好处，我且告诉你……"红石继续说道。

东伯雪鹰听着，心却已经飞到红石山外面了，他好久好久没见到妻子了。虽说才过去十五年，可算上加速的时间，已经过去两百多年了，真的太久了。

薪火世界。

如今，夏族的超凡强者都居住在夏都城，夏都城前所未有的热闹。原本这里有大量仆从，可如今仆从已经很少了。超凡强者、称号级骑士、称号级法师都住在这里，这里还有他们的家人。此外，这里还有其他领域的人才。超凡以下者几乎都没资格配备仆从，有仆从的只有一两个。也就超凡强者还能有十个八个仆从。

夏都城的人口更是达到了五千万。当然，大多数进入了赤云山世界等薪火宫内含的空间。如今诸多空间被开发了出来，供人居住。

除了夏都城，薪火世界的其他区域也住进了无数人。

"嗯？"

薪火宫的一座庭院内，穿着淡蓝色衣袍的余靖秋正在研究法术，她身上散发的气息越发超然。她收到了东伯雪鹰送来的大量珍贵的灵果、灵液，加上自身天赋够高，竟然一举突破，跨入了半神境。

袁青得到了夏族给予的少数灵果宝物，也跨入了半神境。

论天赋，余靖秋或许不如东伯雪鹰，可丝毫不亚于袁青、池丘白。因为她是法师，法师刚开始修炼时速度都会慢一些，往后会不断发力。贺山主、魔兽一族的奥兰大长老都是法师，由此可见，法师到后期是越来越厉害的。

"好，好啊，我知道。"余靖秋无比激动，"我这就来。"

她体内涌出浩荡的法力，半神级法力在旁边迅速凝聚成了一个余靖秋。

留下一个法力分身，余靖秋的本尊当即化作一道流光离去。

不一会儿，余靖秋撕裂出一条空间通道，直接来到地底十万里深处。这里隐隐有藤蔓出现，正是血蔓花。血蔓花此刻就在红石山旁边。

余靖秋来到这里后，直接飞向红石山周围的一片黑暗虚空。那黑暗虚空看起来很小。她飞过去时，身体急剧缩小，黑暗虚空却似乎变得很大了。

嗡！一股力量从红石山中发出，裹住了余靖秋。

紧跟着，余靖秋就消失不见了。

……

红尘岛上。

一棵低矮的大树旁，红色树叶飘落。东伯雪鹰站在那里，正平静地等待着，而他的眼睛中隐隐透出一丝焦虑。

嗡！前方空间微微扭曲，一道身影显现。

那是一名穿着淡蓝色衣袍的绝美女子，正是被称作夏族第一美女的余靖秋。自从成为半神级法师后，她身上的气息愈加空灵。

"雪鹰。"余靖秋眼中有一丝泪花，她立即飞奔过来。

"靖秋。"东伯雪鹰伸出手，和她紧紧地拥抱在一起。

第354章

大混洞真力

余靖秋能感觉到东伯雪鹰的变化很大。当初中了鬼六怨巫毒后，东伯雪鹰身体一直不怎么好，偶尔还会流虚汗，身体微微发颤。可此刻，她和东伯雪鹰紧紧拥抱在一起，她却感觉到一股雄浑、强大的力量蕴藏在东伯雪鹰体内，这股力量让她都有些震撼。

这就是万劫混元身！

虽然东伯雪鹰刻意收敛了，可身为半神级的法师，余靖秋能感觉到他已经脱胎换骨了。

二人分开。

"雪鹰，你完全好了！"余靖秋难掩激动。

"嗯，我好得不能再好了。"东伯雪鹰嘿嘿一笑，"我好得都能生娃了。"

"一见面就没个正经，你真是……"余靖秋无奈一笑，随即她看向眼前的修行洞天，"这就是你在红石山的住处？"

"刚换的。"东伯雪鹰笑道，"之前我只是护法弟子，这十一年来，我接连跨过了问心路、登云塔这两大门槛，终于成为内门弟子。这就是内门弟子专属的修行洞天。你是我的妻子，可以和我住在一起。来来来，我带你去静室瞧瞧。"

东伯雪鹰带着余靖秋逛着自己的修行洞天。

余靖秋参观完整个修行洞天，得知一座静室的造价是五千万神晶，感受过时间加速后，被震撼了。

"建造一座静室就要五千万神晶？我们夏族一共才那么一点点神晶。"余靖秋有些发蒙。

"这可是红尘圣主所建的。红尘圣主是神界大能，这对他而言算得了什么？"东伯雪鹰说道，"据说，亲传弟子的修行条件比我这里还要好。其实，我作为内门弟子，已经有资格聆听红尘圣主的教诲了，可惜红尘圣主已逝，我只能自己埋头苦修了。"

"对了，你和我同住在一起，这修行洞天里的静室你也能用。外面的登云塔、问心路、传承印记峡谷等，你都可以去看看。"东伯雪鹰说道。

"真的？可我、我又不是红尘圣主的弟子。"余靖秋不敢相信。

"你只是看看罢了，红尘岛又没什么损失。"东伯雪鹰撇撇嘴，"一些珍贵的宝物、界神级秘术传承等，你一个都得不到。那才叫罕见呢！"

"这已经很好了，比夏族的修行条件好太多了。"余靖秋很满意。

东伯雪鹰笑道："走，我带你去逛逛整个红尘岛。"

当天，东伯雪鹰带着余靖秋好好地逛了逛红尘岛。之后，余靖秋便开始在红尘岛上修行。她的法力分身一直留在薪火世界内，每年只要来红石山找本尊补充点法力便可一直维持下去。如今没了巫毒的困扰，夫妻二人打算要一个孩子了。

只是实力越强，想要孩子就越难。特别是东伯雪鹰修成了万劫混元身，要留下血脉就更加难了。毕竟这样的血脉遗传下来，就算不如父亲，实力也会极强，甚至将远超夏族历史上的任何一个太古生命。

在红尘岛上的一座小院内。

戈白、贺飞云、奚薇、红石都聚集在此，东伯雪鹰也在此处。

"你是从护法弟子升为内门弟子的，所以只能再任选一门界神级秘术，还可以在这清单上任选一件宝物。"红石说道，"当然，你还可以获得一套界神器。其中的兵器，可以为你专门炼制成血炼神兵。如果培育得好，这件血炼神兵可以进化成界神阶极品神器。单单炼制成这件血炼神兵就要五百万神晶，这是内门弟子得到的最珍贵的礼物。"

东伯雪鹰点点头。

赠予弟子们界神级秘术，对红石山而言，其实没什么损失。

至于送出清单上的宝物，也不算什么，毕竟那些宝物的价值都不太高，其中能被选择的也就价值一百万神晶。

唯有血炼神兵很值钱。一套界神器其实价值不高，因为都是界神阶下品神器，也就价值数十万神晶。可血炼神兵有希望提升成界神阶极品神器，单单炼制成本就要五百万神晶。许多普通的界神都拿不出五百万神晶，只有历经艰辛、颇有些积蓄的界神才能拿出如此多神晶，为自己换取一件珍贵的血炼神兵。

血炼神兵有一个很大的好处，容易操纵，比同层次的其他兵器威力更大。

"你还只是半神级超凡强者。"红石道，"我们红石山给你炼制的血炼神兵只有神阶极品的威力，这样你勉强能使用。如果刚炼制出来的就是界神阶下品神器，你是没法使用的，因为它的威力相当于你之前提起过的巫神剑，还有你们夏族那件血炼神兵。不过，和它们不同的是，你的这件兵器刚开始就是这个等阶，而且后面可以修行到极高的层次。"

东伯雪鹰点点头。

"对于这血炼神兵，你有什么要求吗？"红石问道。

"枪！"东伯雪鹰毫不犹豫地道，"麻烦帮我把血炼神兵打造成一杆长枪，枪杆、枪头等的尺寸就按照星石火云枪的来就好了。"

星石火云枪，自己用得很顺手。

自己即将拥有的神阶极品长枪，可以由自己操纵着变长少许。神枪可长可短，可大可小，不过若不需要神力操纵即可变化自然更好。

"好。"红石点点头。

"我可以用那套界神器去换取神晶吗？"东伯雪鹰问道。自己手里有界神器，可是根本用不到。

"可以。"红石再次点点头，"可以换取五十万神晶。"

这点小忙，红石还是愿意帮的。

东伯雪鹰笑笑，又道："红石前辈、奚薇前辈、戈白师兄、飞云师兄，我可以任选一门界神级秘术，还可以任选清单上的一件宝物。请大家帮我想想，我到底该怎么选才能击败巫神和大魔神。"

在场的四位都思索起来。

"那巫神是物质界领主，能够从神界源源不断地弄到各种兵器。不到战争爆发之时，我们根本无法预料巫神会弄来什么兵器。"戈白皱眉，"想要制订能完全获胜的计划，难。"

"二师兄！"旁边的贺飞云摇头，"这又不是研究法术，作战计划哪有能绝对保证获胜的，只要能让获胜的把握尽量大一些即可。"

"对。"东伯雪鹰在一旁附和。

制订作战计划，就靠这四位前辈了。

在这个关头，东伯雪鹰可不会逞英雄，自己胡乱做决定。

"你的实力是根本。"贺飞云道，"在夏族世界，神灵进不来，而你自身的力量会发挥奇效。你即将拥有一杆用血炼神兵炼制的神阶极品的长枪，攻击力不错，不过还不够强。"

"还不够强?!"东伯雪鹰惊诧，"巫神和大魔神的神之分身最多达到半神级的极限而已。"

万劫混元身、秘技，再加上一杆用血炼神兵炼制的长枪，东伯雪鹰估计能和神级后期的高手单挑了。如此强的实力，对付半神级极限的巫神和大魔神的神之分身应该是小菜一碟啊。

"你错了。"戈白看着东伯雪鹰，"你仔细想想。这就好像你躲在虚界中，别人的实力比你强十倍百倍，可打不到你，又有何用？"

"巫神、大魔神的境界比你高得多。巫神能成为物质界领主，天赋一定极高。我估摸着，巫神应该凝聚出了一品神心，成了界神。东伯雪鹰，你就算把三门二品真意都提升到神心境，和一品神心还是有很大的差距。你现在知道，你和巫神的差距了吧？至于大魔神，比巫神的境界还要高。虽然巫神和大魔神的实力都被压制在半神级极限，可巫神和大魔神来去无踪，对付二者，你的许多招式都是很难奏效的。"戈白说道。

东伯雪鹰若有所思。

"所以你得让自己的优势不断放大。"贺飞云说道，"对巫神和大魔神而言，你最大的优势是有庞大的力量，你的力量是不受压制的，你还受到整个夏族世界的眷顾。所以，你得继续提升你的力量。一力降十会，当力量提升到足够高的层次，一击之下，真实世界、虚界等都会粉碎。仅仅一丝余波，都不是实力被压制到半神级极限的神之分身能抗衡的。"

东伯雪鹰微微点点头。

"而且，只要你的力量变得足够强，你就可以正面击败那些战争兵器。"

"可是……我该怎么提升力量呢？"东伯雪鹰问道。自己各方面似乎都已经达到极限了。除非境界再突破，力量才能大大提升，可这不是自己想要就能实现的。

"界神级秘术。"贺飞云说道，"你已经修成万劫混元身，因为才入门，此时不适合兼修其他的身体类秘术，所以只能选修斗气神力类的界神级秘术，而且选修威力越大的越好。"

"嗯。"东伯雪鹰赞同道。

"你的星辰真意达到了三重境巅峰。有一门界神级秘术，或许你有希望入门。"戈白说道。

"什么秘术？"东伯雪鹰心生期待。

戈白和贺飞云相视一眼，显然想到了一处。

贺飞云开口说道："大混洞真力！"

第355章

秘技“混洞碾压”

“大混洞真力？别的界神级秘术呢，有没有我也能修行的？”东伯雪鹰追问。

虽然两位师兄都认为这门秘术更适合他修炼，但他总得比较比较，看哪门秘术更好。

“你的三门二品真意都没达到神心境，除了万劫混元经这门界神级秘术是因为你有虚无之体能入门外，其他的界神级秘术对你而言都有难度。其中，有两门斗气神力类的秘术对你而言相对容易些，还是有希望入门的。一门是玄罡星辰力，倾向于防御，力量也算不错。而大混洞真力则是完全极端的超强力量。”戈白解释道，“当战争爆发时，你有万劫混元身，已经足够保命，你需要的是更强的力量，所以我和老七都觉得大混洞真力更适合你。”

东伯雪鹰点点头，又忍不住问道：“戈白师兄，你刚刚说大混洞真力对我而言有些难度，应该不会太难吧？”

“如果你达到了星辰神心境，就可轻易入门。可现在嘛，你能自创出星辰真意类的秘技，多费点心思，应该也能成。”戈白说道，“至于到底要花费多长时间才能练成，这就难说了。你参悟得够深，可能很快就能练成。如果你卡住了，战争爆发后都练不成也很正常。”

“嗯。”东伯雪鹰顿时感觉到了压力。

一定得练成！

“那宝物该如何选？”东伯雪鹰又问道，“怎样才能获胜？”

贺飞云道："小师弟，你别急，你还有足够的时间。我和二师兄会好好想想，一定给你准备一个最好的方案。"

奚薇、红石虽眼界也很高，可过去主要还是跟随着红尘圣主。而戈白、贺飞云在神界纵横，经历过诸多危险，相对来说，更有实战经验。

"嗯。"东伯雪鹰点点头。

"有他们帮你，你就放心吧。走走走，先去接受大混洞真力的传承。对了，你没打算修行其他界神级秘术吧？"红石问道。

"就修炼大混洞真力吧。"东伯雪鹰道。他也觉得两位师兄说得有道理。要让敌人的力量受到压制，那么自己就要想尽一切办法提升力量，力量越强越好。当双方力量差距变得足够大，对方的规则奥妙再精妙恐怕也无用。

这就是所谓的以力破法啊！

……

一座隐秘的洞窟内。

唰！东伯雪鹰忽然被挪移进来。

洞窟内别无他物，只有半空悬浮着的一个水滴。那水滴幽幽暗暗，仿佛能吞噬一切光芒。若是仔细观看，能感觉到水滴内有着能够毁天灭地的规则奥妙，这让东伯雪鹰都不由得屏息。

"东伯雪鹰，接受传承！"红石的声音回荡在洞窟内。

悬浮着的水滴中射出一道黑光，射入东伯雪鹰的眉心，大量讯息进入他的脑海。

"我，东伯雪鹰，在血刃神帝陛下的见证下起誓……"东伯雪鹰不禁说出了誓约，洞窟内当即悬浮出半透明的誓约文字。这是传承的钥匙！他如果不立下誓约，根本无法得到传承内部更多的讯息。所以，不管是在神界还是在黑暗深渊，一些强大的存在就算学到界神级秘术，也无法外泄。因为一旦外泄，就算是违背了誓言，也会遭到血刃神帝追杀。

立下誓约后，东伯雪鹰识海中的讯息立即汇聚成了水滴虚影，水滴虚影内有无数符纹在流动，极为高深，难以参悟。讯息太多，而东伯雪鹰的灵魂相对较脆弱，根本无法接收所有的讯息，只能凝聚成水滴，在自己的承受范围内逐渐传递讯息。

"好厉害的大混洞真力！"东伯雪鹰惊叹。

大混洞真力分为六层境界，是让斗气、神力等基本的力量经过复杂的转化，转化成更强大、更特殊的力量。在神界大能创出的界神级秘术大混洞真力的引导下，会成就更高的效率。然而，就算神界大能已经创出如此秘术，照着学，但此秘术依旧对境界要求极高。

第一层就极难练成。若能将六层都练成，达到大成之境，其威力简直不可思议。须知大混洞真力练出来，是一个个水滴构成的雄浑力量。

而达到大成之境后，每一个真力水滴都内含一座混洞。何为混洞？混洞乃世界塌陷、毁灭的终极，其力量不亚于整座凡人世界，而这仅仅是一个真力水滴的力量。若练成由无数真力水滴构成的雄浑的大混洞真力，一举手一投足，恐怕一丝余波就能令星球化为齑粉。

"哦？真是了不起啊！"东伯雪鹰的识海中有无数符纹显现，亿万符纹却宛如一体，层层叠叠，彼此之间都有密切的联系，最终融为一体，极为玄妙。

"和它一比，我所创的秘技的确简单得多。"东伯雪鹰心中颇为激动。

秘技和秘术是有区别的。秘术是固定的符纹，而自己的秘技是由诸多变化形成的。不过，观看第一层的复杂的符纹，其中几乎都是星辰神心内的奥妙，这让东伯雪鹰对自己的秘技产生了许多想法。过去他认为已经很完善了，现在却觉得还是太简单，还可以继续提升。

时间一天天流逝。

在修行洞天的静室内，东伯雪鹰和余靖秋都在钻研、修行，静室内维持着百倍时间流速。

"嗯？"余靖秋一直在琢磨雪前辈这件镇族神器。

雪前辈可是神阶极品的血炼神兵！东伯雪鹰即将到手的神枪刚炼制出来也是这水准。余靖秋自然得细心钻研，以便更好地发挥出雪前辈的威力。

东伯雪鹰将大混洞真力第一层和自己的秘技对照。他发现，这样做，琢磨起来效率更高，秘技的威力也在提升。他甚至将星辰真意秘技的名字从"星辰"改为

"混洞碾压"，想要用这一招碾压巫神和大魔神。不过，这一招目前还在完善中。

"东伯雪鹰，东伯雪鹰。"一道声音从外界传来。

东伯雪鹰当即睁开眼睛。

"怎么了？"余靖秋也停止修行。

"是红石前辈。"东伯雪鹰笑道，"他竟然专门来找我，这可是很难得的啊！如果我没猜错，应该是我的那杆血炼神枪炼成了。"

余靖秋闻言大喜："炼成了？走走走，我也去瞧瞧。"

"这只是我的猜测，说不定不是血炼神枪的事。"东伯雪鹰带着余靖秋离开了静室，很快就走出了自己的修行洞天。

院落的门口，站着衣着华美的红石。

"东伯雪鹰，血炼神兵已经炼成。"红石微笑着一挥手，"你来瞧瞧。"

只见一杆黑色长枪凭空出现，飘浮在半空，枪杆上隐隐有无数黑色火焰，枪尖上有一层金光，无形的威压释放开来。

枪杆、枪尖的内部有无数神纹脉络，正是东伯雪鹰的血液灌入后炼成的神纹脉络。

东伯雪鹰一看，他的灵魂就和黑色长枪产生了共鸣。

"好！"东伯雪鹰不禁赞叹道。他越看就越喜欢，不由得伸手抓过，长枪隐隐发出低沉的呜呜声。

"我现在还未开辟神海，无法培育、温养你，不过以后我一定会好好待你。"东伯雪鹰握着长枪，轻声低语。枪杆上的火焰、枪尖上的金光立即收敛。

"东伯雪鹰，这杆长枪将来会陪你漫长岁月，你快给它起个名字吧。"红石在一旁笑道。

第356章
二师兄的要求

　　"枪名？"东伯雪鹰略一沉吟，而后眼睛一亮，"就叫饮血吧，饮血枪！"

　　"饮血枪？"红石以及旁边的余靖秋都点点头。他们俩都能够感觉到东伯雪鹰在给长枪取名时眼中蕴含的战意，也都明白他心中所想。

　　"东伯雪鹰，那我就祝你将来在和恶魔大战时，就靠这杆饮血枪击退恶魔。"红石说道。

　　"一定！"东伯雪鹰点点头。

　　"对了，半神级超凡强者使用的神器一般是神阶下品的，而你的饮血枪是神阶极品的。虽然这血炼神兵你能够使用，可对你而言，一旦催动，依旧会对你的灵魂产生很大负担。所以，你感到疲倦，甚至头疼欲裂之时，切不可继续使用，得歇息歇息，等灵魂恢复了，再继续催动饮血枪。"红石说道。

　　"哈哈……放心吧，我知道。"东伯雪鹰笑道，"靖秋她也有血炼神兵，这事我们夏族早有记载。不过，我的灵魂极为强大，我就算不间断地使用，也能使用半个时辰。"

　　"嗯。"红石点点头，"差不多吧。"

　　"那就没问题了，而且我正常战斗时根本无须催动饮血枪。"东伯雪鹰说道，"关键时刻，加大混洞真力催动饮血枪，使其威力暴增，让敌人措手不及。"

　　"你的灵魂强大，使用血炼神兵时能持续很久。"红石说完，又看向余靖秋，"余靖秋小法师，你就得小心了，你连续施展你的血炼神兵一刻后就得歇息。"

"明白。"余靖秋感激一笑。

……

时间一天天流逝。

东伯雪鹰抓紧每一天修炼秘术，他担心到时战争爆发了，自己的大混洞真力还没入门。

他每天有大半时间都在静室内修炼秘术。和他相比，余靖秋在静室内待的时间更久。身为法师，她主要还是研究法术，而她的血炼神兵上面的诸多符纹太复杂，越研究，懂得越多，她就越发狂热。

……

在红尘岛上的第十三年。

一日，树叶葱郁的大树下，东伯雪鹰盘膝而坐。他刚刚练完枪法，心有所感，当即坐下，修行大混洞真力。

在东伯雪鹰的丹田气海内，早就修炼到半神级极限的火红色超凡斗气仿佛炽热的火焰，弥漫各处。

忽然，无数符纹汇聚浩瀚的气海上方，仿佛形成了一座神奇的建筑。而后，这无数符纹竟然构成了一个水滴。这水滴无比优美，有着自然的特性，单单看了都会觉得是一个艺术品。它刚形成，周围的无数火红色超凡斗气便不断涌入。大量超凡斗气凝聚成一个暗红色水滴，跟着又凝聚成第二滴、第三滴……

东伯雪鹰体内的超凡斗气仅凝聚成十六个水滴，丹田气海内的斗气便耗尽了。

十六个暗红色水滴看似稀少，实则有着让人心惊的力量。

此时，外界的天地力量不断涌入东伯雪鹰体内，在他的丹田气海内自然转化为斗气，斗气又被东伯雪鹰转化为最浅显的第一层的大混洞真力。

红尘岛内的天地力量非常浓。在这里吸收天地力量，和在夏族世界内吸收源石差不多。东伯雪鹰的身体源源不断地吸收天地力量，暗红色水滴越聚越多。

哗哗哗——

水滴汇聚成水流。

一股暗红色水流在东伯雪鹰的体内流动。

"好舒服啊！"

东伯雪鹰体内的真力流动使身体、灵魂都很舒服。它其实也有滋养灵魂、强壮身体之效。不过，和专门修行身体的万劫混元经一比，此效果可以忽略不计。

东伯雪鹰周围形成了旋涡，大量能量不断涌入他的体内。足足过了三个时辰，他的丹田气海饱和了，无法容纳更多的力量。暗红色湖泊出现在丹田气海内，无数水流在半空飞舞。

"听说这是极端的力量，我试试看这力量如何。"东伯雪鹰操纵大混洞真力，暗红色的力量立即遍布全身。

他随意挥掌往前劈。压迫空气形成的掌刀瞬间划过长空，留下一道黑色裂痕。

东伯雪鹰露出一丝喜色，时而手指一戳，时而一拳砸出，时而手掌拍出，练到尽兴时，便拿出饮血枪施展起来。

黑色的饮血枪挥舞，周围空间在震颤，每一击的威力都无比强大，幸亏红尘岛上的空间较为稳固。

"好强的力量啊！我随意一击，就有神级后期的威力。若是催动饮血枪，配合秘技，威力能够和神级巅峰的威力一比吧。"东伯雪鹰笑道。

"虽然巫神和大魔神的境界比我高得多，可我的力量比其神之分身强太多了。不过，对方最难对付的还是战争兵器。"东伯雪鹰暗道。

如果只是对方的神之分身，威胁没那么大。重要的是，对方很可能会开辟一条稳定的空间通道。到时候，巫神和大魔神的军队袭来，其神之分身很可能亲自操纵战争兵器和自己交手。

……

"练成了？"

看到这一幕，戈白和贺飞云颇为欣喜。

戈白笑道："既然你已经练成，那就按照这一方案行事吧。我和老七仔细商量过，你可以任选清单上的一件宝物，你选一份图纸给我，我亲自为你炼制一座价值超过两百万神晶的堡垒，另外再给你百万神晶，你可以拿去换取其他宝物。"

"一座堡垒，再加百万神晶？"东伯雪鹰不由得激动起来，"多谢二师兄！"

"不用谢，这图纸对你而言不算什么，对我来说却很珍贵。趁你可以任选清单上的宝物时让你帮我弄到这图纸，算是对你我都有好处吧。"戈白说道，"三天后，我会将堡垒交给你。至于百万神晶，我现在就可以给你。"

　　东伯雪鹰点点头。

　　自己根本看不懂图纸，若是拿去换，最多换百万神晶。现在戈白师兄却愿意用百万神晶和一座价值超过两百万神晶的堡垒和他交换，他求之不得。

　　"你看看吧，这是我们制订的方案。"旁边的贺飞云一翻手，拿出一个卷轴，展开卷轴，卷轴上记载着密密麻麻的文字，是一套详细的作战方案。

　　"厉害！"东伯雪鹰眼睛一亮。

第357章 大战在即

东伯雪鹰看着这详细的作战方案，不由得点点头。两位师兄将攻、守、退路等方面都考虑得很周全。

"虽然你的准备比较充分，但毕竟那大魔神达到了二重天的境界，而巫神则是物质界领主，二者的财富恐怕不亚于我们俩。"戈白说道，"而且，巫神和大魔神可尽情地挑选各种战争兵器。这一场大战，彼此对攻，我不敢说你一定能获胜，只能说有获胜的可能。"

"我明白。"东伯雪鹰点点头。

"你如果能摧毁空间通道就更好了。"戈白说道，"如果失败，你们夏族的人就立即退守薪火世界。按我们的安排，薪火世界一定会被打造得无比稳固，巫神和大魔神根本不可能攻破。你们夏族的人就在薪火世界生活吧。至于你，回红石山修行吧，争取在万年内达到神级巅峰境界且炼化世界之心。

"如果你炼化不了世界之心，要么永远待在红石山，要么去神界，无法再返回夏族世界了。夏族世界能诞生你这么一个天才的超凡强者已经算很走运了。夏族的人以后都生活在薪火世界，恐怕永远无法再诞生一个非凡的天才，甚至都没有机会再成神，因为他们会被永远困在薪火世界。"戈白道。

东伯雪鹰点点头。

战败，就只能退守，而退守下仅存的机会就是炼化世界之心。

"在万年内炼化世界之心很难。"贺飞云说道，"炼化之人的境界要达到神级巅峰，甚至接近界神级，才有望炼化世界之心，所以物质界领主很少。你虽然天赋不错，但要在万年内炼化世界之心也是很难的。"

"我明白，所以这场战争我们夏族最好能够直接取胜，毁掉那条空间通道。"东伯雪鹰微微一笑，随即忍不住说道，"我已经入门了大混洞真力，就算再怎么努力修炼也很难再有所提升，何必要等巫神和大魔神发动战争？我完全可以现在就主动进攻。"

"攻破树海世界，摧毁那座堡垒。"东伯雪鹰道，"两位师兄，我这样的想法可行吗？"

树海世界的堡垒内可能有巫神和大魔神的神之分身的肉身，恐怕还有临时空间通道的一些设备，东伯雪鹰只要将那座堡垒摧毁，夏族就获胜了。

"别想了。"戈白摇摇头，"只要加固薪火世界，巫神和大魔神就攻不破。同样的道理，你也攻不破那座处于树海世界的堡垒。"

贺飞云解释道："因为树海世界被空间神器炼化了，和那座堡垒宛如一体，而树海世界又是依附着夏族世界的。你进攻树海世界，攻击力会被空间神器削弱，甚至被分散到整个夏族世界。除非你能正面轰破空间神器或摧毁一个凡人世界，否则你根本撼动不了那座堡垒。"

"唉。"东伯雪鹰摇摇头，他就知道没这么简单。

"那我们夏族能不能培育神之分身，请两位师兄降临夏族世界，帮忙作战？"东伯雪鹰忍不住问道。

"如果能降临，我们是很乐意的，毕竟在红石山憋得太久了。"戈白摇摇头，"可是培育适合我们的神之分身并不容易，需要在夏族世界慢慢培育，而且必须得是你们夏族人的肉身，才会受到夏族世界的世界之心的眷顾，那样我们才能降临。而培育得再快也需要百年，估计来不及。"

东伯雪鹰摇头叹息。

进攻树海世界，没指望。

己方培育神之分身，来不及。

"我听说红石山有分身法，"东伯雪鹰道，"可我在红尘岛这么久了，还成了内门弟子，都没发现什么分身法……"这还是时空神殿的使者当初告诉自己的。

"有。"戈白点点头。

"那我能不能修炼？如果我修炼了分身法，战斗时就有本尊和分身，实力也能提升。"东伯雪鹰连忙问道。

"师父早就定下规矩，我们红石山的弟子未掌握一品真意或者未成界神，禁止修炼分身法。"戈白道。

"啊?!"东伯雪鹰一愣，"为什么？"

"因为修炼分身法需要将灵魂一分为二。"旁边的贺飞云道，"灵魂本源无比重要，稍微损失一点，本源就很难承受。而修炼分身法是一下子要损失一半的灵魂本源，这会让你的修为、悟性、天资等方面全面下降。你能清晰地感觉到，修炼起来速度明显不如过去快。你现在天赋够高，在万年内是有较大希望炼化世界之心的。一旦灵魂一分为二，战斗力是提升了，可修炼速度将大大减缓，炼化世界之心的可能性也会急剧降低。"

东伯雪鹰很无奈。自己想的或许能增加己方胜算的办法都不行，难怪两位师兄之前都没有提过。

……

接下来的日子。

东伯雪鹰在红尘岛上继续修炼，努力提升境界，希望能够达到神心境。同时，他还在琢磨秘技。

而余靖秋的法力分身每年会来红石山补充法力，法力分身回去前会带上大量的宝物，以巩固薪火世界。要让薪火世界变得无比稳固，让巫神和大魔神都无法攻破。毕竟将来一旦战败，夏族就得退守薪火世界了。

……

一年又一年。

东伯雪鹰在红尘岛上已经待了十五年。

此刻，东伯雪鹰、余靖秋正在给梅山主人、辰九送行。

"二十年即将期满，巫神和大魔神随时可能发动战争，我们也该走了。"辰九看着东伯雪鹰，"我已经没什么好忧虑的了。东伯兄，你们夏族的危机即将来临，你自己得小心啊！如果实在不行，你好歹要保住自己的性命，甚至宁可成神去神界。等你成了神界大能，到时就算死去，还能在时间长河中复活。所以，不管到了什么时候，你都不能自暴自弃，必须得活着。"

"我明白，谢了。"东伯雪鹰一笑，"放心吧，我们夏族最后一定能获胜。"

"对了，我飞剑山庄处于血刃神廷统治的疆域中，在天星府治下，你以后有机会可以来找我。"辰九微笑道。

"好的！"东伯雪鹰点点头。

"听说在神界，血刃神廷、万神殿、时空岛这三者中，血刃神廷最是强势，有机会的话，我可能也会进入血刃神廷的疆域。"梅山主人笑道，"东伯雪鹰，我们就此告别了，希望你们夏族能够获胜。记住，无论何时，别轻易放弃，只要活着就有机会。"

"你们俩真是的，都不说点好听的。放心吧，我们夏族一定会赢。"东伯雪鹰笑道。

"弟妹，好好照顾雪鹰，以后我们在神界再见。"辰九叮嘱了余靖秋一句。

"嗯，辰九大哥请放心。"余靖秋说道。

"红石前辈，请送我们离开。"

梅山主人和辰九相视一眼，当即齐声说道。

嗡！

一股波动笼罩了他们，他们都笑着看着东伯雪鹰夫妇二人。

唰！唰！

二人都消失不见了。

东伯雪鹰看着他们离去。从辰九他们降临夏族世界至今已经快有二十年了，巫神和大魔神也快有所行动了，说不定在三五个月内就会发动战争。

"雪鹰，放心吧，现在的薪火世界比之前稳固多了。不管怎样，夏族固守薪火世界是肯定没有问题的，你已经为夏族做出了很大的贡献。"余靖秋察觉到东伯雪鹰的心思，劝慰道。

东伯雪鹰看了看余靖秋，点点头，心中默默想着："希望战争晚一点爆发，我或许能早日达到神心境，血蔓花的实力或许能更强些，这样一来，我们夏族获胜的概率就大多了。"

战争发动的时间拖得越久，对己方越有利。只是巫神和大魔神也怕迟则生变，一旦准备好，恐怕会立即发动战争。

第358章
动手

转眼，已经是东伯雪鹰进入红石山的二十三年后了。

夏族世界暗流汹涌，夏族的人严阵以待，因为每一天都可能是战争爆发之日。

树海世界，半球形堡垒屹立。

"怎么样？那个贪婪的窝海家族签下誓约了吗？"大魔神开口问道。

"签了。"巫神咬牙道，"那窝海家族真是趁火打劫。我们将这一方凡人世界的信仰都送给他们还不够，他们竟然还敢开口要那么多好处。"

大魔神的双眸中隐隐有火焰，低沉道："窝海家族是波羽帝国的顶尖大家族，这夏族世界的大地神殿归属于他们，信仰任由他们享用……当年，我和窝海家族的那个老家伙一战，我以为那个老家伙只是二重天界神，我能赢他，却发现他即将达到三重天界神级。那一战，我败了。没过多久，我就听说他达到了三重天界神级。那个老家伙很狡猾，在这个关键时刻，他怎么可能不开个高价？"

在神界，除了庞大的血刃神廷、时空岛、万神殿外，还有一些帝国，底蕴相对要弱些。

大地神殿背后的势力是神界的波羽帝国。

"我们这次准备得很充分。大魔神，你或许敌不过那个老家伙，可在短时间内缠住他还是可以的。只要空间通道一建成，我在另一个凡人世界的大军就可以杀进来。到时候，别说他只有一个神之分身，就算有三个五个也没用。"巫神冷笑着说道。

"就怕刚建成空间通道，那个老家伙的神之分身就穿过空间通道瞬间抵达了，说不定空间通道会被他破坏啊。"大魔神说道。

虽然大魔神有信心缠住那个老家伙一小会儿，可难免出现意外，毕竟一个在遥远的黑暗深渊，一个在神界，太久没交过手了。大魔神有了些许进步，变得更自信了，可对方毕竟达到了三重天界神级啊！

"算了，给他的好处也算是在我们能够承受的范围之内。"巫神道，"那窝海家族的人也怕我们会撕破脸，最终他们什么都得不到，可能连夏族世界的信仰都会就此失去。"

"给诸多好处，那是战争结束后的事了。"大魔神继续道，"窝海家族搞定了大地神殿，不知道，在夏族世界，会不会还有窝海家族的其他神之分身潜藏。"

"上次询问时空神殿，我们得知的也就大地神殿在夏族世界有神之分身，其他势力在夏族世界并无神之分身。"巫神道，"从上次询问到现在并没有过去多久，培育出一个神之分身的肉身可没那么快。"

"希望别出意外。"大魔神开口道，"只要其他界神不插手，这场战争我们就很轻松。至于夏族，哼，最多那个东伯雪鹰可能有点难对付，但是他的境界毕竟比较低。等我们的空间通道一建成，他就算感应到并赶过来，我们的大军也已经通过空间通道抵达了夏族世界。"

"东伯雪鹰除非成神，否则不足为虑。"巫神淡淡地道，"二十几年前，他才达到二重境巅峰，哪会这么快就成神啊？不可能。"

"我的这个肉身还需要两年时间才能培育成功。巫神，我们是不是最好先灭掉夏族？"大魔神说道，"毕竟等战争爆发后，我们再动手反而麻烦些。他们现在都在夏都城内，我们安插在夏族内的一些超凡强者可以动手了。"

"我早就准备好了。"巫神道，"我通过时空神殿送下来诸多材料，配制出了一份巫毒，早就让我魔兽一族的超凡强者带进了夏都城。只要我一声令下，那巫毒就会释放出来……哼，到时夏都城内的超凡强者的身体都会遭到巫毒渗透，无法再使用斗气、法力。至于凡人，在巫毒的侵蚀下会直接毙命。"

"没了斗气、法力，虽说依旧能够调动天地力量，可是他们催动不了神器，就连薪火宫这件空间神器也无法催动了，到时我们就能轻易攻破夏都城。"巫神无比自信。

"厉害，不愧是巫神。"大魔神微笑道。

巫毒是一种很阴险的毒，人们都很忌惮擅长使用巫毒的修行者。

"不过，夏族的先辈神灵会不会也想到了这一点，早有预防？"大魔神问道。

"放心吧，我可是物质界领主，我还能算计不过一些普通神灵？"巫神冷笑道，"我从来没将夏族的人当成对手，两三下就能把他们全部解决掉，也就那个东伯雪鹰可能有点难对付。不过，那东伯雪鹰也只是个小麻烦，你只管等着看戏就成。"

"好。"大魔神露出笑容。

薪火世界，夏都城。

夏都城内人口极多，连赤云山世界等空间内都有很多夏族的人，而超凡强者大多住在薪火宫内，只有极少数住在自己的府邸内。

一座院落的静室内，一名飞天级超凡法师正在做实验。

"嗯？"这名超凡法师不断实验着，忽然随意地从旁边的瓶瓶罐罐中拿出一个很普通的黑色瓶子，拔开瓶塞，朝面前的晶玉盘倾倒。

呼——

黑色瓶子内的绿色液体流出来，并且有无色无味的气息散发开来。

这些气息在进入这名超凡法师的体内时，瞬间渗透，进入了其体内的法力源泉。他的法力顿时受到影响，无法再调动了。不过，他依旧很平静，丝毫不为所动。

他很清楚，这是巫毒。这是巫神让他带进来的。他原本是魔兽一族的魔兽，被奥兰大长老打造出人类肉身，而后潜伏于夏族。他刻苦修行，成为超凡法师，以飞天级超凡法师的身份生活在夏族世界。

这次，大量的超凡强者汇聚夏都城。他接到命令后也来到了夏都城，就居住在薪火宫。

呼——

气息释放出来，很快就传出了屋子，朝外面散发开去。

超凡强者一旦中毒，便无法再调动斗气、法力，超凡之体倒是还能扛得住，可凡人必死无疑。

这名超凡法师继续调配巫毒，嘴角微微上翘。

他期待着人类灭绝，魔兽一族占领整个夏族世界。他潜入夏族世界漫长岁月，等的就是这一天。

第359章

神火雷

庭院所在的空间忽然凝固了，刚出了静室欲朝四周飘散的气体也被凝固住了，再也无法向外扩散。

"嗯？"静室内的这名超凡法师脸色一变。他感觉到了周围空间的变化，当即拿起黑色瓶子，猛地推开静室的石门朝外冲去。

嗖嗖嗖！

远处半空，数道身影急速飞来，为首的正是陈宫主的法力分身。

"住手！"陈宫主怒喝道。

刚冲出静室的超凡法师面目狰狞，猛地甩出手中的黑色瓶子。可他刚一甩出，黑色瓶子就被定在了半空。

砰！巨大的手掌从天而降，直接拍击在这名超凡法师身上。

这名超凡法师被拍击得吐血，跌倒在地。

"姜水，没想到你竟然是叛徒！"陈宫主等五人停在半空，陈宫主冷冷地看着这名超凡法师，"你以为就凭这巫毒就能伤到我们？"

"叛徒？我可不是叛徒！"从地上爬起来的姜水抹掉嘴角上的血，大声吼道，"我本来就是魔兽一族的，我和你们夏族向来是死敌。毒杀你们，是我应该做的事。为你们做事，那才是背叛我的族群。只可惜，我的行动没有成功。"

"带走！"陈宫主下令。

"你们想要从我口中问出秘密？做梦！"姜水的身体陡然扭曲、膨胀，瞬间就化作一只深蓝色大鸟，爪子锐利，深蓝色羽毛油光发亮，发出低鸣，"我是魔兽。这么多年来，我不敢显现出我原本的模样，现在可以无所顾忌了，哈哈……"

话音刚落，深蓝色大鸟的身体陡然炸裂开来。

陈宫主等五人依旧悬浮在半空，冷冷地俯瞰着。

"魔兽一族?!"

潜伏在夏族的奸细有两种，一种是魔神会的，另一种是魔兽一族的。魔神会的好歹都是人类，魔兽一族的都是魔兽，不出手则已，一出手那叫一个狠啊。

树海世界内。

"我说过，夏族的先辈神灵肯定早就想到你会使用巫毒，早有防范。"大魔神没好气地道，"夏族的人只要凝固空间，你的巫毒便无法扩散，你的招数就没用了。夏族的人真够厉害的，你的巫毒还没扩散，他们就发现了，真是早有防备啊。"

"防备？"巫神冷笑，"我说过，我岂会算计不过他们？除了巫毒，我还给他们准备了一份'大礼'。"

"大礼？"大魔神惊诧。

"嗯，价值十多万神晶的'大礼'。我只花费了一千神晶就购买到了，可时空神殿却向我要了十多万神晶的运输费，真够狠的。原本我没打算使用这件宝物，既然巫毒没用，那就只能来硬的了。我就不信，薪火宫能压制住这件宝物，这可比整个薪火宫都昂贵多了。"

"什么宝物？"大魔神问道。

"神火雷！灭魔级的神火雷！"

大魔神震惊了。

神火雷是法师们研究出的专门用于战争的玩意儿，那是一种极为恐怖的武器，一旦爆炸，敌我双方尽皆毁灭。神界有许多修行者一辈子都在研究神火雷，还研究出了一些威力很强、越发诡异的神火雷。毕竟有时候境界怎么都无法提升，这时候只能通过外力来增强自身的威慑力。

巫毒、虫兽、战争兵器等都属于旁门左道，可一样能让人拥有超强的实力。

神界就有擅长培育虫兽、自身地位媲美神界大能的存在。不过，因为自身实力较弱，最终因为活得太久而自我崩溃了。

"灭魔级神火雷足以媲美神级巅峰强者的全力一击。"大魔神惊叹道，"神火雷一旦在夏都城内爆发，就算薪火宫这件空间神器能感应到也无可奈何啊！在神火雷的轰击下，恐怕夏都城内的凡人以及大部分超凡强者都会毙命吧。"

"哼，我看他们怎么抵挡。"巫神冷笑，"用耗费十多万神晶的神火雷送他们上路，他们也该死而无憾了。"

为了获胜，巫神不惜付出一切代价。

夏都城内，薪火宫外面的半空，有一名超凡女强者飞过。潜伏在夏族世界内的魔兽屈指可数，而她正是其中之一。

"要使用了吗？"

这名超凡女强者被选中携带着神火雷自爆，这也是她主动要求的，她丝毫不惧死亡。

"人类，去死吧！夏族灭绝，我们魔兽一族就能兴盛，再也不用东躲西藏，再也不会被你们猎杀了。"这名超凡女强者一挥手，半空顿时出现了一个银色球体，紧跟着，银色球体泛起深红色。

轰！一股不可思议的威力陡然爆发。

无数的红光以及雷光猛然朝着四面八方辐散开去，这名超凡女强者瞬间就被湮灭了。

这股达到神级巅峰的威力辐散向四面八方，周围空间碎裂。

"这——"

远处，夏都城的人都遥遥看着半空巨大的光球，露出惊恐之色。

嗡！

一股澎湃的力量忽然显现，从四面八方包裹住了那巨大的光球。

光球那堪比神级巅峰强者一击的威力竟然被这股力量给完全包裹住了，不断地转移、卸掉。仅仅一刹那，无形的力量猛地合拢，光球湮灭。

薪火宫深处的一个隐秘空间内，陈宫主正在掌控着薪火世界的大局。

"发现神火雷！灭魔级神火雷！"

"控制成功。"

"力量转移、引导向夏族世界，转移完毕。"

陈宫主听到器灵传来的声音，顿时松了一口气。

幸好东伯雪鹰让余靖秋提前将宝物送了回来，才解除了今天的危机。当他成为红尘圣主的内门弟子后，他就托余靖秋送宝物回来，加固薪火世界。他和两位师兄商量了一番，又花费二十万神晶购买宝物，再次送回了夏族世界，加固薪火世界。

红尘岛上。

"嗯？巫毒？灭魔级神火雷？"东伯雪鹰收到了消息。

"对。"余靖秋焦急地道，"巫神和大魔神动手了，最先派出的是潜伏在我们夏族的两名来自魔兽一族的奸细。"

"巫神和大魔神还没建造稳定的空间通道，就直接对我们夏族动手了？"东伯雪鹰皱眉。他并不担心薪火世界的安全，毕竟薪火世界经过了前后两次加固，用两位师兄的话说，薪火世界已经无比稳固。就算巫神和大魔神用战争兵器控制了夏族世界，也不可能攻破薪火世界。

"嗯，巫神和大魔神估计是想要先除掉我们夏族。"余靖秋道。

东伯雪鹰冷笑一声，道："先用巫毒，后用灭魔级神火雷，巫神和大魔神真够瞧得起我们夏族的。"

第360章
神之分身降临

"雪鹰，我们该怎么办？"余靖秋有些焦急。

"能怎么办？"东伯雪鹰摇摇头，"如果有办法的话，我早就动手了。巫神和大魔神早已将树海世界完全炼化，打造得无比稳固。我能做的就是做好准备，准备得越充分越好。没办法，主动权在巫神和大魔神手里，我只能等待。不过，拖得越久，反而对我们越有利。"

"嗯。"余靖秋点点头。

巫神和大魔神都很谨慎，树海世界那座堡垒内的重点区域如今是禁止任何手下靠近的。

实际上，夏族并没有在魔兽一族安插奸细。而魔兽一族若不是因为奥兰大长老擅长生命真意，也无法潜进夏族。

……

夏都城内的一众超凡强者都颇为激动，因为那次爆炸是在薪火宫外的半空发生的，很多人都看到了。那恐怖的爆炸威力却轻易被压制住了，这让他们越发自信。

"我们夏族底蕴果真非凡。"

"夏族的先辈神灵们的确做了许多准备啊。"

一个个都很开心。

知道真相的余靖秋的法力分身，还有陈宫主，却没说什么。

东伯雪鹰仍活着的事依旧是秘密。

转眼两年过去了，东伯雪鹰进入红石山足足二十五年了，在红尘岛上都待了二十多年。

咕咕咕——

堡垒内的一个赤色湖泊渐渐干涸，只剩下少量赤色液体在泛着气泡。

躺在湖泊中央的巨大人形肉身气息雄浑，呼吸低沉有力，胸膛微微起伏。

出现在湖岸的大魔神大声笑道："哈哈哈……终于成功了，这个肉身已经培育好了。"

"一直在等你。"旁边的巫神道，"大魔神，既然肉身已培育好，那计划可以开始了。"

"嗯，开始降临。"大魔神沉声说道。

轰——

人形肉身的上方出现一个旋涡，隐隐连接着遥远的黑暗深渊。

黑暗深渊是和神界并列的势力，那里生活着无数恶魔、魔神，比大魔神强大的都有许多。普通的魔神降临投影时动静都很大，可大魔神降临神之分身时动静非常小，威力完全控制住，不随意散发。这就是超强的控制力。

哗！一个模糊的赤色虚影从旋涡中飞出，瞬间钻入人形肉身的体内。

人形肉身缓缓睁开眼睛，眸中皆是红色火焰，而后，站立起来，悬浮在半空，头上生出两根很长的弯角，面部变得瘦削，身上的鳞甲也在发生变化。

这尊恐怖的魔体悬浮在半空，自然散发着一种艺术的美感，确切地说，是符合天地规则的一种美感。

紧跟着，他的身上腾起红色火焰。红色火焰笼罩着他的身体，导致他的整个身体都无法看清了。

只见一个人形的火焰身影站在半空，而后缓缓降落在地面上。

"呼……物质界的空气真新鲜……我真是怀念啊！"火焰身影开口道。

他随意挥动了下手臂，感觉到了强大的规则在束缚着他，甚至在隐隐地排斥他。只要他愿意，恐怕一个念头就能顺着这排斥离开凡人世界。

"物质界还真不欢迎我啊，处处都是规则束缚。"火焰身影咬牙，"幸亏这肉身是这个世界土著的肉身，否则我连降临在此都做不到。想要提升一下这肉身的实力，却都遭到规则的压制。"

降临神之分身，就是这么憋屈。肉身被压制，力量被压制，速度也被压制了。

"不过，就算只有达到半神级极限的这点力量，也足够了。以我的境界，击杀那些新晋神灵简直小菜一碟。"火焰身影轻声低语。

"我都能轻易击杀新晋神灵，大魔神你可比我强多了。"另一道身影走进来。

那是一名金袍男子，眼神中充斥着阴险邪恶，正是巫神的分身。巫神的天赋虽然很高，却远远无法和掌握一品真意的超凡强者相比，后者在三千年内就能够凝聚一品神心。而巫神修行了漫长的岁月才突破到一品神心，跨入界神级。

大魔神比巫神修行得更久，更强大，是一位古老的二重天界神。

"这次应该会很轻松。"大魔神分身说道，"不过，我唯一顾忌的就是东伯雪鹰。我询问时空神殿时，时空神殿向我索要了足足五十万神晶，却只给出了一个答案——东伯雪鹰还活着，他至今仍在红石山内。至于他实力的相关讯息，却一点都没有。"

"如果时空神殿真的有关于东伯雪鹰实力的详细情报，那这份情报就不止价值五十万神晶了。"巫神分身说道。

除此之外，巫神和大魔神还想知道夏族其他强者的底细，可这份情报更昂贵，所以巫神和大魔神都没有买。在巫神和大魔神看来，除了东伯雪鹰，夏族其他强者应该不难对付。而东伯雪鹰很狡猾，一直居住在红石山。连时空神殿也只知道他还活着，他真正的实力却是个谜。

"放心吧，东伯雪鹰才修行多久啊？"巫神分身冷笑道，"我们又不是靠神之分身和他搏斗，我们有的是战争兵器。"

"嗯。"大魔神分身点点头。

之前巫神和大魔神顾忌大地神殿的那位，也是担心对方会破坏其刚开始建造的空间通道，毕竟对方是三重天的界神，境界极高，能够一瞬间就抵达空间通道处。可只要空间通道建造成功，大量战争兵器进入夏族世界，在巫神和大魔神看来，己方就赢定了。

“出发！”巫神分身道。

“走。”大魔神分身点点头，“我来驾驭战船。”

这两个都没带手下。因为建造空间通道必须保密，越快越好。而且，只要空间通道建好，就会有源源不断的手下进入夏族世界。

呼！一艘小型的深红色战船在大魔神分身的驾驭下悄无声息地出了堡垒，出了树海世界，进入空间夹层。飞行了一段时间后，很快穿透膜壁，来到夏族世界。

这是一片广袤的沙漠！

这正是巫神、大魔神选中的地方。这里荒无人烟，正好可以建造空间通道。

深红色战船依旧在飞行，可旁人通过肉眼根本无法发现。

“开始准备！”

“激发！”

大魔神分身和巫神分身一起行动，很快就将准备好的临时设备给安置好，同时激发。

轰！一股恐怖的威力猛然爆发。

耀眼的灰色光柱冲天而起。天空被撕裂，出现了一条空间通道。这条空间通道不但撕裂了内层的膜壁，连夏族世界的外层膜壁都贯穿了，连接着远处的另外一个凡人世界。

这巨大的动静，瞬间就被夏族发现了。夏族早就警惕着各处，只是之前大魔神境界太高，夏族一直没能发现。

“好大的动静，而且是空间波动，夏族世界的外层膜壁都被贯穿了。”海边渔船上的晁青猛然站起，将传信手环从储物宝物内取出，这是他离开红石山之后首次联系夏族，“陈宫主，我是晁青。”

第361章
战争爆发

薪火世界，夏都城。

咚！咚！咚！

一道道低沉的鼓声传遍整个夏都城，朝更远的区域传播开去。

夏都城内的人都仔细聆听着。

一声、二声、三声……足足九声沉重的鼓响。

所有人顿时都明白发生了什么。

当薪火宫的鼓被敲响九次，就意味着浩劫降临了。在夏族历史上，发生过人们一次次被迫退守薪火世界，外面的夏族世界的无数族人被屠戮的惨剧，而现在浩劫又一次发生了。而且，按照之前的一些传言来看，这次的严重性将远超以往。

"战争开始了？"正在研究法术模型的东伯青石抬头看着，有些紧张不安，"我哥怎么还没回来？"

东伯雪鹰并没有告诉弟弟和父母自己进入红石山的事。后来，整个夏族开始大迁移，东伯青石以及东伯烈夫妇便追问起了东伯雪鹰的事，余靖秋只说东伯雪鹰去了一个很重要的地方，如果运气好的话，就能成功解毒，回到夏族世界。

……

"战争开始了。"

府邸的另一处，正坐在一起聊天的东伯烈、墨阳瑜、宗凌猛然站起身来，脸上露出震惊之色。

"战争已经开始了，雪鹰呢？雪鹰怎么还没回来？"

……

"战争爆发了。"

"可我们连插手的资格都没有。"

"该死！"

濮阳波、卓依、公良远等人都心中发紧，彼此传信，三三两两去碰面。

……

丁九战船悬浮在薪火宫上方。

陈宫主通过传信手环下令："所有夏族半神级强者听我号令，以防有奸细，半神级强者们依次进入丁九战船内的不同舱室。"

"好。"

"走。"

一袭长袍的贺山主神色平静，急速飞向丁九战船。经过多年修行，特别是在东伯雪鹰从红尘岛送回来的诸多灵果珍宝帮助下，贺山主的实力突飞猛进。原本只是四品神心，如今进化到了三品神心，保持着夏族半神榜第一的位置，只是仍未开辟出神海。

嗖！

池丘白也飞了过去。他的三品真意如今达到了三重境的巅峰，他的实力仅次于贺山主。在贺山主掌握三品神心前，池丘白短暂地名列过夏族半神榜第一，如今则落在第二位。

"这一战，我们必须得胜！"司空阳穿着九龙火神甲，心中战意沸腾。他从薪火宫的一座庭院内飞出，飞向丁九战船。

太叔宫主、步城主等众多半神级强者，以及新晋半神级强者袁青，也飞向丁九战船。而已经成为半神级法师的余靖秋却没有出现。

咔咔咔！

丁九战船内有许多小型舱室，为防奸细隐藏其中，大家暂时分开了。

其实，有奸细是必然的。因为魔神会在夏族世界安插了半神级的强者，可除了席云外，其他的至今都没露出马脚。

丁九战船迅速破空而去，离开了薪火世界。

……

遥远而广阔的神界。

一个星球上有重重法阵，生长着无数珍贵的花草，还有一些罕见的虫兽。

一群神级巅峰强者长期驻扎在这里，进行研究。

"这乌青花的变种和原种区别很大，就是不知道药性如何。"一名有两撇胡子的老者正在观察一株巨大的植物。这植物上仅长了一个泛着深青色的奇异花朵，且每一个花瓣上都有丑陋的图案。

"紫雷兄，在时间加速下，再过三年，乌青花就成熟了，到时候我们便可仔细研究研究。"旁边的一名高瘦男子笑道，"若是成功，我俩可就立下大功劳了，至少能晋升一个阶位。"

"现在想那么多又有何用？我们还是安心研究吧。"老者笑道。

他们只是血刃神廷底层的药师。不过，能够成为血刃神廷的一分子，就足以让无数神灵羡慕了。要知道，即便是神级巅峰强者，进入血刃神廷的也只是极少数。

老者忽然表情微变，转头看向远处，那是物质界的方向。

"战争开始了？我能做的都做了。夏族的后辈们，就看你们的了！"

紫雷帝君毕竟不是界神，即便加入了血刃神廷，也只是处于底层，能帮助夏族的地方还是有限。

……

"来来来，想要加入天剑宗的都在这边站好。"

"天剑宗的高层就要来了，可别触怒了他们，否则死在这里可就太冤了。"

一群超凡强者在山下的一片空地上屏息等待着。

呼！

有一艘大船从远处飞来，船上有一群强者，气势磅礴，最弱的都是神灵。

天剑宗乃顶尖的大宗派，在周围十数个星域都颇有威名。渴望拜入天剑宗，被带到遥远的天剑星修炼的超凡强者数不胜数。只是，天剑宗收徒条件很苛刻，一般只会收经过严格筛选，有成神希望的超凡强者。

大船缓缓降落。

为首的是一名白袍长发男子，他的身后跟着一群手下。

"云海长老，我老家的小家伙就是那个背着剑、穿着紫袍的少年。"旁边一名手下传音道。他在来之前早就给云海长老塞了好处。

"嗯。"云海长老点了点头，看着那群年轻的超凡强者，随即恐怖的威压压迫下去。

"能站着的，通过初步筛选。"

轰隆隆——

强大的威压，让那群超凡强者无比畏惧。

旁边的神灵不由得惊叹："不愧是跨入了神级巅峰的存在，离达到界神级只有一步之遥，单单威压就如此恐怖。"不过，他们也清楚，神灵跨入界神级的这一步仿佛天堑。

除了那个背着剑的少年暗中受到照顾外，其他的超凡强者大多承受不了，跪伏在地。

"站着的一百二十五名超凡强者通过初步筛选，其他的都退下吧。"云海长老旁边的一名手下高声喊道。

云海长老忽然面色微变。

"夏族……"云海长老遥遥看向物质界的方向。

在很久以前，他也只是一个弱小的凡人，一步步成长，而后成神，离开了夏族世界，进入神界，一直修行到如今的地步。他心中一直牵挂着家乡。

"孩子们啊，我能做的都做了，夏族是生是灭，就只能靠你们了。"云海长老暗暗道。

"老五，你来主持下面的筛选环节。"云海长老吩咐道。

"是，师父。"立即有一名神级初期的弟子站了出来。

……

一艘战船穿梭在茫茫星空中。

一群神级强者会聚在这里，个个都达到了神级巅峰层次。

这算得上是一支精英队伍。

其中有一个抱着刀的颓废男子。

"战争开始了？"颓废男子遥遥看向物质界的方向，那是他的家乡，"唉，我还想继续冒险，多弄点宝物呢，可惜来不及了。"

他是夏族如今还活着的三位神级巅峰强者之一的赤火帝君。

赤火帝君和赤云大帝是夏族历史上惊才绝艳的两位，两人情同兄弟。薪火宫就是赤云大帝不惜一切代价送回家乡的，给夏族定下了族群根基。只可惜，赤云大帝已经死了。

……

一位位夏族先辈神灵，包括一些实力较弱的，都得知了战争爆发的消息，他们都心系家乡，只是能做的很有限。

红石山，云层之上的红尘岛上。

"主人，有很强大的空间波动，夏族世界的外层膜壁都被贯穿了。"

这是血蔓花传来的讯息。

东伯雪鹰给了它一个传信之物。他担心夏族在探测方面的效率差了些，而血蔓花是渗透夏族世界内的，而且早就达到了神级，感应更灵敏。

"雪鹰，巫神和大魔神开始建造空间通道了，战争爆发了。"余靖秋急匆匆来找东伯雪鹰。

"这一天终于来了。"东伯雪鹰牵着余靖秋的手直接飞到庭院上空，同时高声道，"红石前辈，请送我们回夏族世界。"

"雪鹰，你要小心啊！"

红石、奚薇、戈白、贺飞云几乎瞬间就出现在旁边。

"小心啊！"戈白叮嘱道。

"如果顶不住，就回红石山来。只要在万年内炼化世界之心，你一样能赢。"贺飞云说道。

他们都不放心，纷纷嘱咐东伯雪鹰。

"东伯雪鹰还要赶时间呢，你们就别废话了。"红石说着，随意地一挥手。

嗖！嗖！

东伯雪鹰、余靖秋同时消失，被挪移到夏族世界去了。

第362章
雪鹰现身

丁九战船高速穿梭空间，朝夏族世界西部的沙漠赶去。

晁青驾驭着丁九战船。浩浩荡荡的神力拥入丁九战船，令这艘神界战船展露出真正的威力。就算是晁青，也只能发挥出丁九战船的部分威力。因为他的境界不够高，丁九战船内的许多法阵他也无法完全催动。幸亏这只是丁九序列的低等战船，他这个神级初期的高手勉强能操纵。若是高等战船，需要上百名神级巅峰强者或是一个神级军团才能操纵。

呼！沙漠的上空出现一艘黑漆漆的神界战船。

"那是……？"

陈宫主、贺山主、太叔宫主、步城主、池丘白、司空阳等人还没从晁青成神的惊喜中平静下来，就被眼前的场景震撼到了。

只见一座六芒星状的庞大灰色堡垒屹立在远处，堡垒的上方是锥形顶，锥形顶散发着强烈的空间波动，显然它内部就是稳定的空间通道。

"好大！"

这座灰色堡垒占地面积极广，凡人根本看不到它的尽头。堡垒足足上千里高，穿破了云层，比夏族世界的任何一座山都要巍峨。和它一比，丁九战船显得很渺小。

"快看堡垒外层。"

堡垒的表层出现了一个个孔洞，从孔洞中飞出了一艘艘战船，战船通体深绿色，千米长，船身有复杂的特殊的符纹字符，正是神界的文字，翻译成夏族的文字就是——丙九。

"丙九？"陈宫主脸色一变，"这是丙九战船?!"

丙九战船也是神界的制式战船，不过比丁九战船高一个级别，一艘的价钱就能买上百艘丁九战船。

轰隆隆——

上方出现了海洋虚影，而且是数个海洋虚影。这些海洋虚影彼此叠加，混淆在一起。

"开辟神海？"夏族的半神级强者们感到惊慌，"这么多人同时成神？"

……

庞大的堡垒内部。

巫神分身和大魔神分身并肩而立，平静地看着。

"空间通道已经建成，堡垒已经稳固。"巫神分身露出笑容，"我们成功了！现在就算冒出个神之分身来，也威胁不到我们。别说是三重天界神，就是神界大能亲自降临神之分身也休想攻破我们的堡垒。"

"巫神，你可别太嚣张。若真有神界大能要杀你，哪里需要降临神之分身？"大魔神分身打趣道。

"哈哈哈……"巫神分身讪讪一笑，"我哪有资格惹得神界大能来对付我啊？我刚才是太高兴了，随口一说，随口一说而已。"

大魔神分身笑了。

"空间通道一旦稳定，堡垒放下，即可护住空间通道，我们就算成功了。"巫神分身又道，"接下来，就是将整个夏族世界改造成一个超大型的堡垒，这需要些时间。"

"嗯。"大魔神分身点点头，"之前我们准备了那么多的手段，看来都没什么用了。"

此次，空间通道建成，巫神分身和大魔神分身引来了一大批半神级强者，其中甚至有达到成神门槛的，此刻都接近成神。

"伟大的巫神，第一分堡已经固定。"

"伟大的巫神，第二分堡已经固定。"

除了中央的主堡垒外，这座庞大堡垒的六个角上各有分堡垒。主堡垒主要是为了保护稳定的空间通道，六个分堡垒则是辅助。

巫神分身和大魔神分身第一时间亲自出手，先建好主堡垒，分堡垒就不急了。

"有空间波动。"大魔神分身看向远处。

"夏族除了这艘丁九战船，还有什么？"巫神分身也看向远处，"难道是东伯雪鹰？"

"应该是他。东伯雪鹰一直隐藏着不现身，现在终于现身了，可又有何用？"大魔神分身冷笑道。

……

丁九战船悬停在半空。此外，半空显现出了一个个海洋虚影，足足有十八个。

同时有十八位成神？夏族什么时候出现过这样惊人的场景？

那巍峨的堡垒、半空一个个叠加的海洋虚影、一艘艘气息不凡的丙九战船……显然，随着稳定的空间通道建成，巫神和大魔神轻易让大规模的力量进入了夏族世界，其中的部分力量就让夏族的人惊呆了。

"这未免太强大了！"

"怎么抵挡？就算降临几个神之分身都没用啊。"

轰！空中出现一道黑漆漆的裂缝。

丁九战船内的晁青、贺山主、陈宫主、池丘白等人，还有远处堡垒内的巫神分身、大魔神分身等，都看向那黑漆漆的裂缝。

一个白衣青年和一名淡蓝色衣袍女子并肩飞了出来。

"雪鹰！"陈宫主惊喜地叫道。

"是雪鹰！"司空阳也激动起来，"他没死，他回来了！"

"哈哈哈……是雪鹰，雪鹰从红石山回来了。我就知道他没死。"晁青畅快地笑着，"我这个老头子都能活下来，他怎么可能死呢？"

池丘白、太叔宫主、步城主、宫愚、袁青等半神级强者也都激动无比。

"还真是他！"

"他竟然活着出来了。"

远处堡垒内的巫神分身和大魔神分身并不慌乱，自认为胜券在握。

……

东伯雪鹰一眼看去，看到了那座庞大的堡垒，还有半空逐渐消散的海洋虚影。

"和预料的一样，物质界领主不好惹啊！"东伯雪鹰轻声念叨，随即一挥手。

轰！一个庞然大物从半空降落。

这是一座金字塔，占地面积极大。论高度，远在对方的庞大堡垒之上。

东伯雪鹰和余靖秋瞬间进入了金字塔。

嗡——

蒙蒙光芒在塔尖亮起，朝四面八方弥漫开去，形成了一个巨大的光罩。

周围十万里被光罩给笼罩住了，远处的堡垒自然也被笼罩住了。周围十万里内的天地力量都被强行束缚、调动。周围十万里宛若成了一个小型的世界，这个小型世界的核心就是那座金字塔。

"星塔?！"

黑色堡垒内的巫神分身、大魔神分身眼睛都瞪得滚圆，一副见鬼了的模样。

"能在凡人世界强行控制部分区域自成一个世界，且是传说中的十二阶星塔……"巫神分身难以置信地道，"怎么可能? 这、这……"

星塔在神界是常见的一种战争兵器，星塔光芒照耀的范围就是己方的领域。而十二阶星塔能够形成的已经超出领域的范畴，可以自成一个世界了。

第363章

血蔓花

"十二阶星塔？"

大魔神分身和巫神分身相视一眼，而后透过黑色堡垒的外壁看到远处半空的丁九战船也飞入了星塔。

"十二阶星塔价值两百多万神晶，怎么会出现在夏族世界？"巫神分身道。

普通的一重天界神，能拿出百万神晶就算不错了。巫神作为物质界领主，本尊留在物质界内，根本不怕得罪谁，也不怕冒险。巫神虽然修行时间不算太久，可身家却颇为不凡，能拿得出千万神晶。可这些财富是巫神一次次冒险积累的，要巫神一口气拿出两百多万神晶购买一座十二阶星塔，恐怕巫神也得掰掰手指头好好盘算一番。

在非必要的情况下，不管是巫神还是大魔神，都舍不得如此消费。

大魔神拥有的神晶比巫神多不了多少，其实力虽然比巫神强大，可毕竟生活在黑暗深渊中，得小心翼翼的，不像巫神那么不怕死。

"巫神，你是物质界领主，我本以为你无须经过时空神殿就能将宝物带到物质界。"大魔神分身开口道，"我们准备得已经够充分了，可谁承想……"

如果经过时空神殿运送一座星塔进来，运输费用至少两亿神晶。别说巫神和大魔神了，就是三重天界神都会舍不得。

"怎么会这样？"巫神分身仍有些难以接受，低吼道，"据我所知，成为红尘圣主的护法弟子，只能得到十万神晶。就算成为内门弟子，最多得到百万神晶。他哪来的十二阶星塔？难不成他成了亲传弟子？"

"可据我所知，红石山的规矩——成为亲传弟子的，要么是掌握了一品真意的超凡强者，要么是在一万年内掌握一品神心的神灵。东伯雪鹰修行至今才多久啊？难道他是掌握了一品真意的超凡强者？如果他是掌握一品真意的超凡强者，那这场战争我们就没必要发动了。一定会有大能来收他为徒。大能插手的话，我们不得不低头。"巫神分身说道。

"他不可能是掌握一品真意的超凡强者。"大魔神分身摇头道。

掌握一品真意的超凡强者，在神界，在黑暗深渊，都是天之骄子。红石山虽然坠入了夏族世界，可就像在神界的神灵一样，红石山中的人还是能和物质界的家人联系的。在红石山内的奚薇、贺飞云、戈白等也是能够和神界联系的，可以暗中将消息传送给和红石山关系亲近的神界大能。

如果大能插手，这场战争自然就结束了。

而大能高高在上……凡人世界有亿万个，关于对一个凡人世界的争夺，在没有特殊理由的情况下，大能是不会自降身份插手的。到了大能那等境界，出手前更加重视脸面。

"看来是红石山中的界神在帮东伯雪鹰。"巫神分身说道，"那界神估计是觉得东伯雪鹰值得相帮。"

"可红石山内的宝物又能有多少？"大魔神分身全身火焰熊熊，低吼道，"它坠入物质界后，内部的宝物用一件就少一件。东伯雪鹰能得到一座十二阶星塔，算很了不起了。"

巫神分身和大魔神分身猜得没错。红石山内的宝物并非无穷无尽，可是红石山内刚好有一位擅长炼制宝物的界神——戈白，这十二阶星塔就是戈白炼制出来的。为了让夏族在这场战争中获胜，戈白还炼制出了其他可以帮助东伯雪鹰的宝物，让东伯雪鹰一方大大增加了胜算。

"清醒点吧。"巫神分身透过黑色堡垒的外壁看着远处散发着光芒的星塔，"虽然我不愿意承认，但这场战争的确多了很多变数。"

建造好稳定的空间通道，堡垒落下之后，巫神分身和大魔神分身认为赢定了。

至于东伯雪鹰，就算成为红尘圣主的护法弟子，又能如何？

可看到一座十二阶星塔出现，巫神分身和大魔神分身就知道情况不妙了。

"那就战吧！"大魔神分身声音轰隆，"我们有稳定的空间通道，可以从神界选取各种宝物传送过来，我就不信还赢不了一个东伯雪鹰。"

巫神分身点点头："赢不了一个小家伙，那才是笑话。"

星塔巍峨。

一个广阔的殿厅内。

东伯雪鹰、余靖秋正在这里，旁边有一道道身影凝聚，分别是晁青、贺山主、陈宫主、池丘白、太叔宫主、步城主、司空阳等人，他们的目光都落在东伯雪鹰的身上，个个无比惊喜。

"诸位，我说话可能不中听，但我认为在场的人中依旧有魔神会或魔兽一族的奸细。"东伯雪鹰说道，"所以，大家暂且待在各自的区域，只留一个投影在这。"

"哈哈……这是应该的。为了战争获胜，再怎么谨慎都不为过。"陈宫主看着东伯雪鹰，脸上满是喜色，"我早就猜到雪鹰你还活着，可无论我怎么询问靖秋，她就是不肯告诉我实情。"

"陈宫主，对不住。"余靖秋道。

"没什么，你这么做是对的。"陈宫主笑道。

晁青笑眯眯地看着东伯雪鹰。

东伯雪鹰也看着晁青，笑道："晁老，我早就听说你已经回来了，却一直没能和你见面。"

"唉，我以为我借助丁九战船能给巫神和大魔神狠狠一击。谁承想，这巫神和大魔神的实力远远超出了我的想象。"晁青摇头说道，"这已经不是神之分身在战斗了。"

"巫神和大魔神建造了稳定的空间通道，连接了另外的凡人世界。"东伯雪鹰道，"巫神可以将神界的宝物源源不断地送下来，无须经过时空神殿。这场战争颇为难打，不过我先下手为强，放下星塔，令周围自成一个世界，已经占了优势。"

"能赢吗？"陈宫主问道。

顿时，在场的其他人都看着东伯雪鹰。

"能搏一搏。若能正面摧毁那座堡垒，毁掉空间通道，那我们就能赢了，巫神分身和大魔神分身再也不能进来。若是输了，我们只能退守薪火世界，我得回红石山继续修炼，争取在万年内炼化世界之心。如果我不能炼化世界之心，那我们夏族就翻不了身了。"东伯雪鹰道。

一旦战败，薪火世界会被重重包围，日后夏族超凡强者无法再进入红石山。

"搏一搏吧。"司空阳沉声说道。

"雪鹰，你体内的毒解了吗？"池丘白问道。

东伯雪鹰笑道："当然解了。"

"巫神和大魔神此次闹出的动静出乎我们的意料，这次就看你的了。"池丘白又道。

"放心，我们还是有搏一搏的实力的。"

东伯雪鹰话音刚落，外面忽然隐隐在震动。

东伯雪鹰他们都看向外面，殿厅的墙壁立即映照出了外面的场景——在苍茫的沙漠上，一株巨大的植物随风摇曳着，无数的藤蔓以及妖艳的红色花朵肆意摇摆。这株庞大的植物很高，穿过了云层，完全能和星塔媲美。

这株庞大植物的藤蔓、花朵的表面都覆盖着一层黑色的流体，黑色流体上还有着复杂的神纹。

东伯雪鹰露出笑容。

那黑色流体是一件专门为植物生命配备的兵器，极为强大，花费了东伯雪鹰三十万神晶。黑色流体和血蔓花结合使用，简直如虎添翼。血蔓花也是这次行动的主要战力。

"主人，要动手吗？"血蔓花发出了声音。

"血蔓，别急。"东伯雪鹰的声音传出了星塔。

……

另一边的黑色堡垒内。

"伟大的巫神！"

十八个身影恭敬行礼，个个散发着神的气息。

巫神分身和大魔神分身却平静地看着堡垒外，看到了那株摇曳的血蔓花。

"血蔓花，看体形，应该达到了神级中期。在星塔内，它的实力能增强五成。"巫神分身说道，"从它的表面来看，它似乎是某种特殊的兵器，其实力可再度提升，或许能接近神级后期。"

"先出手试试看。"大魔神分身开口道。

第364章

交锋

"你们分别驾驭一艘丙九战船去试试对付这血蔓花。"巫神分身下令。

"是！"

十八位预备神灵恭敬应命。

作为界神，巫神在神界同样有着很大的权势，轻易就在自己的势力范围内找到了这十八位随时能突破成神的半神级超凡强者。这十八人也很愿意为巫神效劳。毕竟就算成神，他们在神界也只是亿万神灵中平庸的一个。可若立下大功劳，他们的地位可就不一样了。

嗖嗖嗖！

很快，黑色堡垒上，一艘艘丙九战船飞起，内部都有一名半神级超凡强者。

"丙九战船要价很高，寻常的神级巅峰强者也买不起吧。"

这十八人都有些激动，立即仔细研究丙九战船内的诸多法阵，想要让它发挥出更强的实力。

"走，去戏弄戏弄这血蔓花。"

"区区一个植物生命，也敢和我们斗？"

这十八人都信心满满。

在神界，他们只是很普通的阶层。而在凡人世界，他们堪称巅峰力量。

……

不管是巫神分身、大魔神分身，还是东伯雪鹰他们，都在观看着这一幕。

星塔内。

"贺山主。"东伯雪鹰来到贺山主处，和他并肩行走在星塔内，"有一件事情得麻烦你。"

"雪鹰，你尽管说。"贺山主连忙说道。他急于为夏族奉献一点力量。可是，之前他们看到了庞大的黑色堡垒，还有一艘艘丙九战船，感觉到了压力。

"战争爆发，我们最大的倚仗就是这座星塔。"东伯雪鹰说道，"这是一座十二阶星塔，能操纵周围空间自成一个世界。在这个世界内，我们的一举一动能够调动更多威力。巫神一方反而会遭到压制，实力下降，而我们的实力则会提升。除此之外，星塔甚至能形成非常稳固的世界膜壁，非常坚韧，巫神和大魔神根本无法破开。"

贺山主一听，顿时大喜："雪鹰，你的意思是，巫神和大魔神根本无法冲出这星塔范围？"

"嗯。"东伯雪鹰点点头，"巫神和大魔神若被困在这里，就出不去了。"

"那我们岂不是赢定了？"贺山主大喜。

只要长期困住敌人，不就相当于赢了？

"战争兵器都很消耗能量。"东伯雪鹰摇头，"十二阶星塔消耗的能量更多，如果没有精通法阵者去操纵，要维持星塔的运转，一年最多要花二十万神晶。"

"二……二十万神晶?!"贺山主震惊了。

东伯雪鹰无奈地道："要困住巫神和大魔神，还要占据绝对的地利，岂是这么容易的？我在星塔内存放了六十万神晶，可以维持星塔三年的运转。"

"雪鹰，你找我来，"贺山主顿时明白了，"是想让我操纵星塔？"

"星塔内部有众多法阵，运转起来非常复杂，"东伯雪鹰说道，"比丁九战船复杂得多。可如果能够参悟部分法阵，更有效地引导神晶的能量，那么就可以节省神晶。一年可能只需要十五万神晶，甚至可能更少。"

贺山主点点头。

夏族半神级强者们操纵丁九战船，一枚神晶的能量只能发出一次超强的攻击。可如果是强大的神灵去操纵，一枚神晶的能量甚至能够发出上千次的攻击。千倍的差距，超过九成九的能量都浪费了。

星塔显然更复杂，对能量的要求更高，十个八个神灵的神力都不够，需要大量的神晶同时维持。

"靖秋在红石山内琢磨法阵八百年。"东伯雪鹰道，"她的天赋本就极高，很适合操纵星塔。只是，操纵星塔的法阵对灵魂的负担太大，比催动神级巅峰的血炼神兵的负担还大。靖秋无法一直操纵星塔的法阵，所以我希望你和靖秋轮流来。"

"好。"贺山主点头笑道，"靖秋法师的天赋的确极高。你们这一代，长风、你、靖秋法师、袁青都天赋极高。或许世界意志也知道我们夏族面临大浩劫，所以帮助我们夏族，让我们夏族接连诞生天才吧。"

东伯雪鹰淡淡一笑："或许吧。贺山主，请你赶紧研究星塔的法阵。这是你的屋子，你在这里即可操纵。"

一个封闭的厅内。

贺山主进去后便清晰地感应到整座星塔在运转，当即借助天地之力感应，很快就发现了星塔内部无数运转的法阵。

这太繁杂了。

雄浑的神力肆意奔腾。许多法阵是用神力强行催动的，无数能量逸散，浪费掉了。可没办法，不管是余靖秋还是贺山主，境界都没达到最高层次，只能节省一些能量。就算是神级巅峰的强者，也只有极少数擅长法阵的才有可能完美掌控星塔，那样一来，能量能节省百倍，一年只需耗费两千神晶。可惜，夏族还没有那样的存在。

呼！东伯雪鹰一迈步，穿过空间，来到了余靖秋所在的厅内。

余靖秋盘膝而坐，操纵着星塔。在红尘岛上时，她就琢磨星塔超过五百年的时间了。亲手炼制出星塔的戈白指点过她多次，让她的操纵能力不断提升了。所以，论操纵星塔，余靖秋是最厉害的。在她全力以赴的操纵下，一年只需要耗费十二万神晶。

东伯雪鹰对贺山主的要求不高，先达到一年只耗费十五万神晶，而后更少……

星塔维持得越久，己方的胜算就越大。

"嗯？"东伯雪鹰的目光透过星塔，看着外界。

广袤的沙漠上，血蔓花已经和那十八艘丙九战船交手了。

哗！无数雨滴在空中凝聚，欲侵蚀血蔓花。

耀眼的虚影巨剑，怒斩血蔓花。

无数的白色丝网，缠绕向血蔓花。

……

十八艘丙九战船悬浮在远处半空，都不靠近，远距离攻击着血蔓花。

血蔓花无比神勇，肆意挥动藤蔓，一举一动都能引起庞大的天地威力。有星塔的辅助，它的实力大大提升了。特别是身上那黑漆漆的特殊的战争兵器，让它变得更强大了。明明处于神级中期，在二者的辅助下，硬是发挥出了神级后期的实力。

丙九战船的威力受到星塔的压制，攻击力比血蔓花随意一根藤蔓挥劈时的威力还要弱些。

"主人，它们的速度太快，我抓不到它们。"血蔓花有些焦急，正和东伯雪鹰进行心灵交流。

星塔内。

"雪鹰，这些神界战船奈何不了血蔓花，可血蔓花也碰不到它们。"陈宫主道。

"嗯。"东伯雪鹰点点头，"血蔓花的速度的确比较慢，这是它的弱项。"

"血蔓，进攻堡垒。"东伯雪鹰下令。

"好，主人。"血蔓花立即兴奋起来。

东伯雪鹰看着远处的黑色堡垒，当即思索着。要想毁掉稳定的空间通道，必须摧毁那座堡垒。

"看看那座堡垒到底有多强吧。"东伯雪鹰暗暗想着。

……

"情况很糟糕。"巫神分身和大魔神分身透过堡垒外壁观看远处发生的战斗。

巫神分身道："丙九战船在星塔的压制下，威力勉强接近神级后期。而血蔓花有着神级后期的战力，而且体形庞大，有无数藤蔓……那十八艘丙九战船对血蔓花根本没影响。"

"这点力量不够，再加点力量，将东伯雪鹰的绝招逼出来。"大魔神分身全身火焰熊熊，"能拿出十二阶星塔，他肯定准备了攻击我们堡垒的手段。这血蔓花的力量不错，可境界太低，根本威胁不到我们。"

"好。"巫神分身点点头。

双方都很谨慎，都想要先摸清对方的手段。

这场战争的胜负，对两方都太重要了。

第365章

绝世超凡强者

堡垒深处，空间通道中荡漾着涟漪。

哗！一道身影从中走出。

这是一名戴着银色面具的男子，他站在那里，身上隐隐散发出恐怖的高温，让周围空间都有些塌陷。明知道这是巫神和大魔神的地盘，他却依旧没有收敛气息。

"尤平长老，巫神和大魔神在前面等你，请随我来。"一名魁梧的半神级恶魔恭敬道。

"嗯。"银色面具男子冷淡地应道。

他在那半神级恶魔的带领下很快来到了一个殿厅内，只见巫神分身、大魔神分身都在这里。

"拜见巫神、大魔神。"银色面具男子微微行礼，随即直起身子。

"尤平长老。"巫神分身微笑着打招呼。

"看来巫神遇到了麻烦，最终还是和我定下了誓约。"银色面具男子道。

誓约是刚刚定下的。如果不是遇到了麻烦，巫神不会请尤平出手。

"我是遇到了麻烦。你的对手就是那东伯雪鹰……"巫神分身当即仔细说明情况。

尤平则冷漠地看着外面，面具下的脸部表情没有丝毫变化。他看着殿壁外面的沙漠，还有那高高耸立的十二阶星塔，心中盘算起来。

"好，我知道了，东伯雪鹰你就交给我来对付，我会帮你灭了他。"尤平冷冷地道，"给我点时间，我先开辟神海。"

"随时可以。"巫神分身微笑道。

尤平转身就走。

巫神分身和大魔神分身默默地看着尤平的背影。

"这小子够狂的。"大魔神分身说道。

"他掌握了两种二品神心，又自创出一门秘技，被奇兰国主收为亲传弟子。如果不是我用一百五十万神晶和一艘乙九战船请他出手，他恐怕早就成神了。为了定下誓约，我可是拖了他近百年。"巫神分身笑道，"听说他还学了一门界神级秘术。如今正是他最风光得意的时候，能不狂吗？"

自创出了秘技，意味着成了绝世超凡强者，有资格被一些强者收为亲传弟子。毕竟掌握一品真意的超凡强者太罕见，出现一个，连大能们都抢着收为亲传弟子。

"奇兰国主不是大能，他竟然能够随意给弟子界神级秘术传承？"大魔神分身惊叹道。

自己学界神级秘术和传授别人界神级秘术是两个概念。大能们对界神级秘术的掌控很严。就算是界神，想要学一门界神级秘术都很不容易。

红尘圣主乃所谓的大能，所以才有足足十八门界神级秘术能传承。可奇兰国主并非大能，却能传授弟子一门界神级秘术，算很厉害了。

"奇兰国主在神界占领大片疆域，拥有自己的帝国，岂是我们能比的？"巫神分身道。

"你的消息够灵通的，竟然能找到尤平这样的半神级强者。"大魔神分身夸赞道，"掌握两种二品神心的强者极少，而能自创秘技的恐怕在一个星域内也很难找到一个，掌握两种二品神心又没突破成神的更为罕见，恐怕找遍上千个星域都很难找到。"

"运气好罢了。"巫神分身一笑，自己要找的就是这样的绝世超凡强者。

哗哗哗——

沙漠的上空又出现了海洋虚影，这一次出现的海洋虚影的规模格外庞大，比之前几次出现的都大得多，几乎充斥了整个星塔世界的膜壁范围。

"这是……？"星塔内的东伯雪鹰瞳孔一缩。

"开辟神海?！好大的一座神海！"东伯雪鹰瞬间感觉到了压力。

"方圆十万里的神海?！"陈宫主也惊呼道，"听说境界越高者，开辟出的神海越庞大，现在成神的那位实力绝非寻常神灵能比。"

步城主剑眉微蹙："难道巫神和大魔神从神界请来了极为厉害的超凡强者，那超凡强者来这里后就突破成神了？"

外来者就算成神，也会遭到世界意志抵制，是不可能炼化世界意志的。可是，敌人实力太强大，应对起来很麻烦。

"看看再说。"东伯雪鹰说道。

难怪戈白师兄、飞云师兄也没获胜的把握。

……

十八艘深绿色战船停止了和血蔓花的纠缠，回到了堡垒内。

这时，另外一艘战船飞了出来。

这是一艘耀眼的火红色战船，同样仅仅千米长，战船上也有两个神界的符纹字符。它刚飞出，散发的炽热便让周围空间扭曲了。它的表面环绕着火焰。

普通超凡强者看去，只能看到战船的外形，根本看不清战船上的符纹字符。

东伯雪鹰乃万劫混元身，肉眼就能清晰地看到这艘战船。

"乙九战船？"东伯雪鹰皱眉。

在神界，常规的制式战船分为甲、乙、丙、丁四个级别。甲一、甲二、甲三……乃至甲九，这个排序代表的是战船大小。甲一战船是超大型战船，比普通的星球还庞大。甲二、甲三……越往后越小，甲九战船最小，仅仅千米长。不过，战船体形小也有好处——强大的神灵就能操纵，而甲一战船要由一个超大型的神灵军团去操纵。同样，丁九战船算是神级战船里级别最低、体形最小的。在时空神殿的剥削下，夏族先辈神灵能送下来这么一艘已经很不容易了。

"乙九战船的威力极强，不知道谁在操纵，是刚刚成神的那位吗？"东伯雪鹰一想到那神海虚影能覆盖周围十万里就感到不妙，夏族历史上就没诞生过这么厉害的神灵。

……

散发着灼灼火焰的乙九战船的内舱室中，银色面具男子冷漠地看着外面。

"凡人世界？"他冷冷地低语。他是绝世超凡强者成神的，更被奇兰国主收为亲传弟子，哪会将一个凡人世界放在眼里？

"一个丑陋的植物生命，境界又低，"尤平冷漠地看着外面逼近的血蔓花，"根本不堪一击，去死吧！"

乙九战船加速飞行，瞬间消失在血蔓花的视线范围内。

"嗯？那战船在哪？在哪啊？"血蔓花大惊。

"血蔓，那艘战船已经逼近你了。"东伯雪鹰当即心灵传音。他是借助星塔才发现那艘乙九战船的踪迹。虽说星塔由余靖秋、贺山主轮流操纵，可星塔是被东伯雪鹰炼化认主了的，东伯雪鹰允许他们操纵，他们才能操纵。

毕竟东伯雪鹰也得防着一点，虽然他极为信任贺山主，可谁知道贺山主是不是叛徒呢？防人之心不可无，特别是此战关系到夏族的命运。

"蠢货，还没找到？"

乙九战船突然出现，却已经到了血蔓花面前，同时一道冰冷的声音回荡在半空。

紧跟着——

轰——

乙九战船的船底显现巨大的法阵图案，那法阵图案爆发出了无比耀眼的火焰。一时间，周围变成了一片火海。

血蔓花置身于火海中，火光无比耀眼，威力让周围的沙砾瞬间融化为粒子流，紧跟着，粒子流开始分解。

不单单是真实世界，连虚界在火焰下都开始扭曲。

这恐怖的温度让人恐惧。

"主人，火焰温度太高，且带着强烈的冲击波，我被压制在地底了。"血蔓花无奈道。

星塔内，东伯雪鹰看着这一幕。

巫神和大魔神的底牌比他预料的还要大。能通过乙九战船发挥出如此强的攻击力，除了乙九战船本身威力足够强以外，还需要操纵者对战船内的法阵极为了解。

"幸亏血蔓有神兵护体，自保无虞。"东伯雪鹰暗道，"看来得我出手了。"

呼！他一迈步，便离开了星塔，出现在沙漠上空。

第366章
东伯雪鹰初显实力

"是雪鹰！"

星塔内的陈宫主、司空阳、池丘白、太叔宫主等人都吃惊地看着这一幕。之前那艘乙九战船展露出的威势他们看得清清楚楚，连堪称能够毁天灭地的血蔓花也被正面碾压了。

"雪鹰怎么直接出去了？他就这么赤手空拳对敌？"

"他怎么连战争兵器都没有？"

夏族超凡强者们担心不已。

敌人还驾驭着乙九战船呢。

……

"终于出来了。"

巍峨的堡垒内，大魔神分身、巫神分身看着沙漠上空突然出现的白衣青年。只见那白衣青年踏着虚空，白衣飘荡，仿佛闲庭信步。

"他没成神。"巫神分身惊讶地道，"我没感觉到神的气息。"

"他竟然没有借助外物就这么冲出来了？"大魔神分身也很惊讶，"难不成他想凭一己之力和乙九战船硬碰硬？"

"或许他还有什么宝物未曾拿出来。"巫神分身道。

巫神分身和大魔神分身都仔细观看着。这场战争中，如今唯一的阻碍就是东伯雪鹰。

东伯雪鹰脚踏虚空，快速走向远处的乙九战船。不管是星塔，还是那座堡垒，都封锁了周围空间波动，防止瞬移。

当彼此距离数十里后，东伯雪鹰停了下来。

"东伯雪鹰。"一道冰冷的声音在半空回荡，"怎么，你就这么和我交手？"

"你只是巫神和大魔神的爪牙，少废话。"东伯雪鹰站在半空，直接喝道。

"我可不是那两位的爪牙，我是那两位请来对付你的。没想到，你这个超凡强者竟然这么嚣张，看来我得给你点颜色瞧瞧了。"乙九战船内的尤平看着东伯雪鹰，银色面具下的双眸中闪过一丝不屑。这人竟敢在他面前如此嚣张，真是找死！

"请来的？难怪此人能将乙九战船的威力发挥到这一程度，果真非同凡响。"

轰！远处的乙九战船陡然划过长空，朝东伯雪鹰逼近。

东伯雪鹰眉毛一挑。

乙九战船速度之快，远超自己，这就是战争兵器的优势。

东伯雪鹰的右手上出现了一杆黑色长枪，枪尖隐隐泛着金光。

"去死吧！"乙九战船内的尤平轻声低语。

乙九战船的船底再次出现巨大的法阵图案，法阵图案迸发出耀眼夺目的火焰，火焰带着毁灭性气息横扫周围。乙九战船内的操纵者对法阵的控制达到了极高的程度。

毁灭性的火焰袭击而来。

东伯雪鹰的身影瞬间变得虚幻，进入虚界。

哧哧哧——

周围一切被摧毁，炽热的温度带着冲击波渗透虚界，让虚界都扭曲了。

虚界内的东伯雪鹰平静地看着这一切。火焰渗透虚界后，便只剩下百分之一的威力，对万劫混元身一点威胁都没有。别说是在虚界，就算是在真实世界，万劫混元身都极为强大，即便东伯雪鹰只是练成第一层，面对这达到神级巅峰的法阵火焰的近距离袭击，最多受点轻伤罢了。

片刻后，火焰消散。

东伯雪鹰的身影又出现在真实世界，身上的白衣依旧干净，不染一点尘土。

"嗯？"乙九战船内的尤平脸色微变，"听说他掌握了极点穿透、虚界、星辰这三门二品真意，就算躲在虚界内，单靠身体就能轻易抵抗住。"

神级巅峰的威力，就算只剩百分之一，也不是超凡之躯能扛住的。

"那就换一个法阵。"尤平冷笑道。

不同的规则奥妙渗透虚界，效果是不一样的。比如完整的空间之道，能百分百渗透虚界。

而像神火雷这种爆炸性的，纯粹极限威力，一点规则奥妙都没有，渗透虚界后恐怕连万分之一的威力都没有。只有核心处可能会强行摧毁虚界，其他区域对虚界的威胁可以忽略不计。这就是所谓的力量强大，可规则奥妙如果完全没有也是不行的。没有境界，连虚界都感应不到，怎么攻击？而乙九战船上有数种法阵，每种法阵有不同的攻击性规则奥妙，对虚界的威胁也不一样。

嗡——

波纹从乙九战船中释放开去，辐散向四面八方。所过之处，连空气中的灰尘都化作虚无。

东伯雪鹰的身影变得虚幻，进入虚界，紧跟着从虚界中出来，依旧毫发无损。那无形的波纹渗透虚界后依旧有三四成的威力。东伯雪鹰体表的真意仿佛广袤大地在缓缓旋转，又卸去大半威力，而后渗透万劫混元身，最终这威力对他一点影响都没有。

透过领域感知，他就判断出了这波纹的威力。如果有威胁，他不会直接用身体硬扛。显然，要伤到他，这点威力还不够。

"什么?!"尤平看到身影变得虚幻，而后又变得真实的东伯雪鹰，不禁大惊，"这招对他依旧没用？"

换作他，根本不能硬扛这样强的攻击。

这无形波纹对身体的破坏性太强了，可这个超凡强者却扛住了。

他哪里知道东伯雪鹰修炼的是红石山保命能力第一的界神级秘术——万劫混元经？

……

恐怖火焰毁灭一切、无形波纹扫荡、巨大法阵图绞杀、上百条火龙围攻，连续四重攻击，各有各的擅长。

可东伯雪鹰行走在半空，时而身影虚幻，时而真实。这些攻击，连他的一根头发都没伤到。除了波纹袭击还算有点威胁外，其他三种攻击连威胁都谈不上。

"这、这、这都扛住了？"乙九战船内的尤平惊呆了。

这艘乙九战船是他选的。当年就是他自己要求巫神将这艘战船作为定金给他，他才没急着成神，多等了近百年。这战船内的法阵和他领悟的两种二品神心契合。所以，就算有星塔压制，这艘战船依旧能发挥出神级巅峰的威力。

可是，眼前这个超凡强者竟然扛住了。

他哪里知道这超凡强者的身体极其强大，能够随意压制普通的神灵？防御、保命能力更是极强，而且能够和虚界融为一体，又自创出了防御类真意秘技，整体实力很强。连戈白、贺飞云都认为，在凡人世界中，要杀掉东伯雪鹰几乎是不可能的事情。

"这、这个超凡强者……"

巫神分身和大魔神分身也惊呆了。

"他一定是修炼了界神级秘术，而且是保命能力极强的界神级秘术。"巫神分身说道。

修炼了界神级秘术的超凡强者不是神灵，却胜似神灵啊！

……

"哇！"

"太厉害了！"

"简直无敌！"

"雪鹰、雪鹰竟然这么强大！"

夏族超凡强者们之前还在担心，现在却都无比激动。

东伯雪鹰的实力比他们想象的强多了。这个夏族历史上最强大的超凡强者，在红石山内蜕变，现在开始展露出耀眼的光芒。

……

"你如果就这点手段，那还是滚远点吧！"

东伯雪鹰无视乙九战船，直接朝远处的黑色堡垒走去。虽然乙九战船伤不到他，可他也伤不了躲在乙九战船内的尤平。这乙九战船除了攻击手段，更主要的还是逃命保命手段。

"该死！"一声愤怒的低吼响起，从乙九战船中飞出来一道身影。

尤平一挥手，便收了乙九战船。

"敢出来了？"东伯雪鹰转头看向他。

"乙九战船的攻击手段只有那几种法阵，"尤平冷冷地道，"根本无法发挥出我的实力。东伯雪鹰，你给我听好了，我叫尤平，是神界奇兰国主的亲传弟子。我之所以告诉你这些，是想让你死个明白，别死了都不知道死在谁手里。"

"奇兰国主的亲传弟子？"东伯雪鹰看着尤平，"好大的名头啊！可惜，战斗还是得靠实力。"

第367章

激战

"我的名头就是靠实力获得的。"尤平那银色面具下的双眸中闪过一道光芒，"我看得出来，你应该在红石山学到了某种保命的界神级秘术。可惜啊，保命能力再强大，不代表战斗厉害。我这就让你这个小小的超凡强者见识见识这个世界是何等广阔，强者是何等多。"

话音刚落，无形的力量降临，笼罩四面八方，也笼罩了东伯雪鹰。

在这广阔的领域内，尤平便是核心，他就是主宰。

"神之领域？"东伯雪鹰看出了门道，"尤平，十二阶星塔的光芒照耀，自成一个世界，你的神之领域可没用。"

"是吗？"尤平冷笑道。

嗡嗡嗡——

无数波纹出现在了领域内。一圈圈波纹以尤平为中心，朝四面八方传递开去，天地间几乎处处都是波纹。星塔世界笼罩周围十万里，却处处有波纹在荡漾。大量波纹在东伯雪鹰的身上汇聚，不断地纠缠、束缚。一眼看去，东伯雪鹰和尤平就是周围十万里内波纹集中的两个点。

"嗯？"东伯雪鹰眉头微皱。

他现在完全可以躲进虚界，凭虚界秘技"凝真"消失得无影无踪，让尤平无处可寻。不过，这是他在红尘岛修炼多年后遇到的第一个强大的对手。如果他很快解决掉对方，之后恐怕会遭到巫神和大魔神强烈的反扑。所以他觉得得利用这一战，磨炼自身的枪法。如果能借此突破，达到神心境，那就更好了。

"怎么样？你是不是感觉到了束缚，行动受到了阻碍，速度大大减缓？"尤平左手一伸，手中凭空出现了一柄刀，刀鞘古朴，呈黑色，刀柄则是深红色的，"我还是超凡强者时，在神界碰到过许多对手，一次次战斗，让我变得越来越强，一些所谓的天才超凡强者连我的一刀都接不下，不知道你能接我几刀。"

"你的对手有没有说过你废话很多？"东伯雪鹰站在半空，手持饮血枪。

"看招！"

话音刚落，尤平整个人顺着一道波纹一闪，身影消失无踪。他的速度特别快，东伯雪鹰借助星塔才能确定他的行动轨迹。

"太快了！"东伯雪鹰咋舌。

尤平瞬间出现在东伯雪鹰左侧百米外，同时左手持着刀鞘，右手瞬间一闪。

唰！一道刀光划过。

当！东伯雪鹰本能地挥出一枪格挡，施展出他悟出的枪法秘技——大地。

秘技如其名，是防御类枪法，特点是如同大地般浑然一体，让敌人无法攻破。刀锋落下时，正好击在东伯雪鹰的枪杆前端。

两柄神器碰撞，溅起无形波纹。

唰！刀立即被收回。

远处的尤平却已经消失不见，半空留下了清晰的刀光痕迹。

"太突然！太快！"东伯雪鹰惊叹道。

之前乙九战船的攻击方式被法阵限定了，来来回回就那么几种。而真正的强者体悟天地规则，掌握了诸多奥妙，施展出的攻击是多种多样的，所以强者最后靠的还是自身。

"竟然抵挡住了！你的枪法的防御够厉害的，我看你能抵挡住几刀。"尤平的话音在波纹领域内回荡。

唰唰唰！

尤平刚出现在右侧，一道光线就一闪而过。

一刹那，又有一道光线出现在后方。

身影一次次闪烁。

刀光一次次闪过。

尤平出刀速度极快，还好东伯雪鹰掌握了一整套防御类枪法秘技，防御得滴水不漏。不过，这是因为星塔提前发现了尤平的行踪，否则，他突然出刀，东伯雪鹰的防御难度会骤增。难怪他说当年在超凡之境时，很多对手都抵挡不住他一刀。

除了身影变幻无踪、刀法快之外，重要的是波纹能束缚住东伯雪鹰。幸好东伯雪鹰的体内涌动着浩浩荡荡的大混洞真力，这是极端的力量。如此强大的力量，使这点束缚的影响很小。东伯雪鹰凭借枪法秘技，还是能够抵挡住尤平的攻击的。

"嗯？"

堡垒内的巫神分身、大魔神分身看到这一幕，惊讶不已。

大魔神分身疑惑不解："怎么回事？他可是奇兰国主的亲传弟子，他连续发出攻击，怎么都被东伯雪鹰给防住了？"

"别急，这只是他探查对手实力的手段。"巫神分身对尤平更了解，毕竟是巫神分身亲自邀请尤平来对付东伯雪鹰的，"就算面对东伯雪鹰，尤平也很谨慎。他现在的攻击方式进可攻，退可守，等他全力出击时，东伯雪鹰就抵挡不住了。"

……

远处，夏族超凡强者们也在观战。

尤平的攻击速度太快了，快得他们都看不到尤平的行动踪迹。

东伯雪鹰好歹在尤平显现身影并攻击时能看清，其他时候是借助星塔探查的，而夏族其他超凡强者连尤平显现身影的一刹那都看不清。因为尤平刚现身便出刀，紧跟着立即闪身，变换了位置。

一次次变换位置……

超凡强者们只看到半空一道道刀光闪烁，每一次只留下一道黑色的空间裂痕。

"如果他和我们交手，我们恐怕反应不过来吧？"

陈宫主、晁青、司空阳、太叔宫主、池丘白都感觉到了自己和对方极大的实力差距。这就是绝世超凡强者成神后的真正实力。

……

尤平连续挥出上百刀，每一刀的速度极快，且从不同位置进行攻击。

"他的枪法防得真严密。"尤平的身体顺着波纹瞬间移动数十里，"那就直接狂攻吧。"

尤平眼中寒光一闪。

他的身影突然出现在半空，双手握着刀柄，深红色长刀高高扬起。

在这一刻，长刀化作黑色的太阳，向四方迸发着火焰。长刀刚被举起来，散发的威势就让东伯雪鹰心惊。

"啊！"

远处观战的夏族超凡强者们总算看清了尤平的身影。

战斗到现在，这是尤平第一次双手握刀柄。

"他这是要和我拼命了？"东伯雪鹰双手握着枪杆。

尤平之前都是瞬间出手，而这次战斗风格却截然相反，让东伯雪鹰觉得不妙。

"去死吧！"尤平怒吼道。

轰！

长刀所化的黑色太阳瞬间爆炸了。

天地间瞬间白茫茫一片，东伯雪鹰肉眼完全看不清任何事物。不过，东伯雪鹰有引力领域、虚界领域、极点穿透感应的领域，还在星塔世界的笼罩下，他感应到一柄长刀正以极快的速度朝自己怒劈而来。

那刀的速度太快，东伯雪鹰本能地反应过来，用长枪去抵挡，可长枪的速度都慢了，毕竟做出本能反应也是要时间的。

这一刀快得让东伯雪鹰都来不及抵挡。

嘭！东伯雪鹰瞬间被劈得坠入大地深处。

天地间的一片白茫茫渐渐消散，露出了凌空而立的尤平。

此刻，夏族超凡强者、巫神分身、大魔神分身都紧张地看着。

喀喀喀！

一阵咳嗽声响起。

东伯雪鹰从沙漠地底飞了出来。

他抹了抹嘴角上的血，抬头看了看高空中的尤平："这是什么招数？够厉害的！竟然让我吐血了。"

在星塔的压制下，尤平之前仅仅发挥出神级后期的威力。可刚才那一刀，威力飙升到接近神级巅峰。最重要的是，规则奥妙极为恐怖，使得这一刀的速度极快，东伯雪鹰都没能防住。东伯雪鹰确定这一刀的威力在自己承受范围内，所以没施展虚界秘技，选择硬扛，毕竟他的对手可不只有眼前这一个。

"只是吐血？"尤平暗道，"我都施展出秘技了，还只能令他吐血？"

第368章
逃到神界

在星塔内观战的夏族超凡强者们心都悬着，他们可听不见远处尤平和东伯雪鹰的对话。他们只看见东伯雪鹰被轰入沙漠地底，出来时似乎受伤了。

"那人伤到雪鹰了？"

"难道雪鹰战败了？"

一群人焦急不已，却无法掺和这一层次的战斗。

就算是巫神和大魔神，也只是境界极高。在位面意志的压迫下，仅仅达到半神级极限的他们能做的也有限。

……

"能承受住我一刀，你有资格当我的对手。"尤平双眸中充满战意，他将眼前的东伯雪鹰当成了大敌，"接招吧！"

尤平瞬间消失无踪，身影遁入波纹中，刹那间就冲到了东伯雪鹰的面前。紧跟着，天地间再次变成白茫茫一片，狂暴的力量迸发，刀光袭击而来。

东伯雪鹰却根本不抵挡，手中的长枪瞬间刺向尤平，一片白茫茫中出现了星辰膨胀、陨灭的场景。

东伯雪鹰敢用身体硬扛一刀，尤平却不敢硬扛这一枪。毕竟东伯雪鹰的大混洞真力使得他一举一动都有神级后期的威力，再加上星塔的辅助，还有秘技星辰陨灭击，这一枪的威力堪比神级巅峰的威力，且规则奥妙诡秘莫测。

威力如此强的一枪，如果用身体硬扛，尤平必死无疑。毕竟尤平修炼的界神级秘术更注重攻击，在保命上不擅长。

当！尤平的战刀瞬间变招，挡住了东伯雪鹰这一枪。

在兵器的碰撞下，冲击波扫向四面八方，周围上千里皆是险境，地底的一些泥土和岩石粉碎成了粒子流，而后归于虚无。

当当当！

兵器不断地碰撞。

双方奋力搏斗。

尤平尽情施展刀法。他面对东伯雪鹰时，其他方面都没有优势，就速度占很大的优势。不管是他掌握的秘技，还是秘术，都极为擅长速度，所以他的变招极快，一招招连绵不绝。

东伯雪鹰的枪法虽然算快，但明显被压制了，只能一次次以攻对攻，甚至宁可放弃防守身体，也要逼得对方不得不防御。

即便如此，双方交手数十招，东伯雪鹰偶尔身体中刀。

轰隆隆——

东伯雪鹰受了伤，不断往后退，紧跟着坠入地底。

尤平以惊人的速度一直追着东伯雪鹰。尤平追击的速度比东伯雪鹰暴退、坠入地底的速度更快，所以东伯雪鹰无法摆脱尤平的追击。

从地底，东伯雪鹰又被追得冲出了地表。

一眼看去……

只见一道爆炸波动划过长空，钻入地底，而后钻出地表。那波动内的就是正在搏斗的尤平和东伯雪鹰。

夏族超凡强者们十分紧张，却根本看不清战斗情形。

境界超高的巫神分身、大魔神分身遥遥看着，却能查知一切战斗情况。尤平那神出鬼没的遁行手段，在巫神分身和大魔神分身看来没什么特别的。毕竟能够成为一重天界神，那可是凝聚出了一品神心的。拿大魔神分身来说，比巫神分身的境界还要高。若是本尊能够降临，翻手间就能灭了东伯雪鹰。

不过，这里是物质界，有规则限制，注定要保护这些凡人。而神界、黑暗深渊才是那些强大存在的广阔天地。

"怎么样？"巫神分身问道，"尤平能赢吗？"

"他占了上风。东伯雪鹰顾不上防守，只能仗着强壮的身体强行进攻。"大魔神分身道，"东伯雪鹰每次中刀都会受伤，受伤的次数多了，小伤累积成大伤，很可能会没命。然而，要解决东伯雪鹰，这场战斗估计得持续一两天。"

巫神分身轻轻点点头。

在神界，两个强大的神灵搏斗，连续几天时间，才能击败对方，这是常有的事。特别是那些保命能力强的，非常难对付。曾经有一些强大的界神遭到神灵军团围攻，却硬是坚持了一年多的时间，最后才被斩灭。

……

转眼便过去了半个时辰。

东伯雪鹰数次被打得嘴角流血，似乎受伤了。实际上，只是内腑震动，他顺势将血吐出来，伪装成受伤的模样。其实，尤平根本没有伤到他。

"速度如此快，真厉害啊！"东伯雪鹰暗暗惊叹，"尤平的秘技倾向于速度，他的界神级秘术应该也倾向于速度，速度竟然快到这个地步，完全是压着我打。唉，我得尽快让极点穿透真意达到神心境，否则速度差距太大，我根本就没有还手之力。"

极点穿透真意在速度上比较擅长，可东伯雪鹰境界不够高，还没达到神心境。此外，东伯雪鹰修炼的两门界神级秘术，一门是保命护体的，另一门大混洞真力则倾向于绝对的力量，所以他在速度上完全被尤平压制了。

"不过，该结束了。"

东伯雪鹰和尤平鏖战了半个时辰，就是为了磨炼自己的枪法，毕竟能在生死间搏斗的对手难寻。

双方来来去去就这些招式，东伯雪鹰已经摸透了对方的底细，这么打下去对自己磨炼枪法没什么帮助了。

"结束吧！"东伯雪鹰的大混洞真力瞬间涌入饮血枪，催动这件血炼神兵。

在此之前，东伯雪鹰都没催动过饮血枪，仅仅将它当作普通的兵器使用。没用力量催动，饮血枪展现不了它的威力。不过，大混洞真力让东伯雪鹰拥有神级后期的实力，又有星塔的辅助，还有秘技，轻易就能接近神级巅峰的实力。

如果东伯雪鹰催动饮血枪，攻击、速度等方面能够得到全方位提升，一招一式的威力都会暴增，这样就没有磨炼枪法之效了。

东伯雪鹰早就发现尤平威胁不了自己的生命，所以慢慢地和尤平切磋，以迷惑巫神和大魔神。而现在，到了该收网的时候了。

轰——

饮血枪陡然横扫过去，枪杆都弯曲了。一瞬间，周围隐隐有一颗黑色的星星在缓缓旋转。这一枪的威势陡然暴涨。

尤平大惊，他感觉到了死亡的威胁，连忙挥刀格挡。

嘭！

秘技——混洞碾压！

这是东伯雪鹰第一次施展这门秘技。这是他学会大混洞真力后，花费最多修炼时间的一门秘技。这门秘技有一个最大的特点——完全倾向于力量，用力量碾压。

东伯雪鹰催动饮血枪，立即让其威势提升到神级巅峰，又施展混洞碾压，威势更大。

"啊！"尤平的战刀被枪杆抽打得压在了胸膛上，一股浩浩荡荡的力量旋转着传递进他的体内。他的身体瞬间碎裂，狠狠撞击在下方的大地上。

大地轰鸣，周围的一切全部粉碎，化为无数粒子流，归于虚无。

"我、我差点……"尤平碎裂的身体瞬间凝合。他惊恐地看向远处的东伯雪鹰，"我差点死了……"

东伯雪鹰刚刚发出那一击后，尤平体内的生命力就损耗了七成，这还是因为他有神阶极品的铠甲护体。若东伯雪鹰的那一招威力再大一点，很可能一招就碾压了尤平，显然尤平的身体较为脆弱。

"走走走！"尤平不敢继续战斗了。他毫不犹豫地转身，顺着夏族世界对他的排斥离开了。

"人呢？"半空的东伯雪鹰看着远处的大坑发愣。

"尤平怎么突然消失了？连星塔都无法找到他了。

"难道他还有什么厉害的潜行之术，连星塔都发现不了他？不可能啊！"

"嗯？"远处的巫神分身、大魔神分身也微微一愣。

"该死！他逃了，逃到神界去了。"巫神分身立即反应过来，不由得怒吼，
"废物！废物！"

第369章
巫神分身出手

神界广袤浩瀚，无边无际。远处有一颗颗星球，苍茫的星空中凭空出现了一名戴着银色面具的男子，正是被夏族世界排斥出来的尤平。

"我差点死在一个小小的凡人世界。"尤平心里一阵后怕，有些不敢相信，"就算有星塔压制我，星塔世界的力量辅助那个东伯雪鹰，可他明明没有成神，他应该还没有掌握二品神心，境界和我差了一大截，他不可能一招差点灭了我啊。"

尤平还施展秘技刀法去抵挡了，先是用战刀抵挡，后用神阶极品的铠甲抵挡，在东伯雪鹰的一击之下，却还是差点毙命。

"而且，我感觉到他的枪法似乎不亚于我的刀法。"尤平暗道。

他的刀法是在二品神心境的基础上所创的，而东伯雪鹰的枪法只能在三重境巅峰的二品真意基础上所创，威力却相当。显然，东伯雪鹰悟出的枪法更厉害。

"茫茫神界、黑暗深渊、物质界，厉害的超凡强者很多啊！"尤平暗暗感慨，"难怪我有如此天赋，却还是没能吸引大能收我为弟子。"

除了当年红尘圣主愿意收下众多弟子，其他大能都是高高在上的，许多只收三五个亲传弟子，能收十个八个内门弟子的算很不错了。大能们收徒很是挑剔，毕竟天赋不够高的收来教导，最多培养成二重天界神，可那又有何用呢？所以，红尘圣主在超凡强者中的名声很好，可惜他早已仙逝。

"我还得继续潜修，比我天赋高的有很多。"尤平这次受了很大的打击，决定继续潜心修炼。他当即一挥手，旁边出现了一艘乙九战船，他进入乙九战船内，

"还好。虽然战败后得不到那一百五十万神晶了，可我至少弄到了一艘乙九战船，也不算太亏。"

乙九战船悄悄地在广袤星空中撕裂出一道缝隙，钻入裂缝中，消失不见了。

尤平和巫神早就定下了誓约，不过，誓约中并没要求尤平战败就得身死，所以契约还是偏向于尤平的。尤平在百年前就已经能成神了，为了这一战硬是拖延了百年。巫神当时就给他送了一艘乙九战船，让他多等百年再成神。如果不需要他出战，乙九战船就当白送给他。他战了、输了，那么就没有其他好处了。赢了，则还能得到一百五十万神晶。显然，不管胜败，尤平都不愿吃亏，更不可能赔上自己的性命，毕竟他和巫神只是合作关系而已。

夏族世界。

在星塔灯光的照耀下，东伯雪鹰站在半空仔细地查看整个沙漠。

"不可能，那个尤平不可能逃过星塔的探查，难道……他逃到神界了？"

东伯雪鹰想不到其他可能。

在凡人世界成神后，会感觉到整个凡人世界对自己的排斥，顺着排斥即可离开凡人世界，进入神界。当然，若硬是拖延，可以拖延一万年，到时候若还不肯走，就会被凡人世界强行送走。

"我刚使出绝招，他就逃了。"东伯雪鹰暗忖，"他逃掉也罢，至少不会再成为阻碍。论实力，尤平和我相差无几。只不过我有星塔的辅助，所以才能碾压他。"

在星塔的辅助下，东伯雪鹰的整体实力增强了五成，而尤平的实力则被削弱了五成。此外，东伯雪鹰胜在力量，尤平则胜在速度，双方力量的差距远不止三倍，所以东伯雪鹰能一招击败尤平。当然，尤平的速度很快，东伯雪鹰很难抵挡住急速袭向自己的尤平，不过可以凭借万劫混元身硬扛。

"那个神灵刀客呢？"

"他怎么消失了？"

"雪鹰赢了？"

星塔内的夏族超凡强者们议论纷纷。

东伯雪鹰微微一笑。他炼化了星塔，自然听得到星塔内的人说话。

"如果我料得没错，那个神灵刀客应该逃去神界了。"东伯雪鹰的声音回荡在星塔中的殿厅内。

"逃了？"

"他逃去神界了？"

陈宫主、司空阳、步城主、池丘白闻言后，万分惊讶。

……

东伯雪鹰搜寻了一会儿，他猜测尤平逃去神界了，便朝远处的黑色堡垒冲去。

"既然动手了，就不必浪费时间，趁势一举摧毁这座堡垒。我倒要看看，除了请来一位厉害的神灵外，巫神和大魔神还有什么招数。"

嗖！东伯雪鹰高速飞过去。

黑色堡垒内，巫神分身、大魔神分身都焦急万分。

"该死，该死，那尤平真是个废物！他可是奇兰国主的亲传弟子，自创出秘技的天才超凡强者，都成神了，用的都是神阶极品的兵器、铠甲、战靴，竟然被吓跑了。"巫神分身咬牙切齿地道，"他真是没用。"

"怎么办？我们怎么抵挡东伯雪鹰？"沐浴在火焰中的大魔神分身低沉地道，"我们的境界虽然比他高很多，可是受到物质界的规则压制，我们的力量只能达到半神级极限。而东伯雪鹰的枪法威力却已经达到了神级巅峰，双方实力差距实在太大，我们的胜算非常小。"

东伯雪鹰的长枪只要触碰到巫神分身和大魔神分身，就会让巫神分身和大魔神分身灰飞烟灭。而巫神分身和大魔神分身就算击中东伯雪鹰，都不一定伤得了他。

"还能怎么办？东伯雪鹰的实力比我们预料的强得多。他一个超凡强者，竟然能发挥出神级巅峰的威力，"巫神分身摇摇头，"并且还有星塔的辅助，太强了。"

巫神分身和大魔神分身却不知，东伯雪鹰掌握了大混洞真力、血炼神兵，配合秘技混洞碾压，就算没有星塔辅助，也能达到神级巅峰的威力。有星塔辅助，威力更强。

"我只要能有神级中期的力量，就能轻易灭了他。"大魔神分身沉声道。

"这是物质界，不是神界，更不是黑暗深渊。"巫神分身摇摇头。

"他来了。"大魔神分身忽然喝道。

远处的东伯雪鹰化作流光，正朝这边冲过来。

"你上，还是我上？"大魔神分身问道。

"我来对付他。我使用巫毒，或许能有奇效。大魔神，你快想想办法，看怎么对付这东伯雪鹰，毕竟你活得比我久，黑暗深渊中各种稀奇古怪的战斗方法很多。我们现在如果战败，损失太大了，必须得想办法赢。"

在一个凡人世界碰到一个绝世超凡强者，对方能发挥出神级巅峰的威力，就连枪法境界也超高，并且还能拿出一座十二阶的星塔，这让巫神和大魔神也没辙了。

"好。"大魔神分身点点头，"你尽量拖延时间。我去问问我那些朋友，看有什么办法能对付这个绝世超凡强者，你一定要撑住……"

"放心，东伯雪鹰要击败我可没那么容易，说不定我用巫毒就能解决掉他。"巫神分身冷笑一声，随即转身迅速离开了。

……

东伯雪鹰飞向黑色堡垒，转眼便飞过了五万余里，视野中的黑色堡垒越来越大。忽然他眉头一皱，他看到堡垒顶部开启的通道中飞出一道流光，迅速朝他飞了过来。

（本册完）
更多精彩尽在《雪鹰领主 新版7》！